HEXENGLÜCK

DIE HEXEN VON KEATING HOLLOW, BAND 15

DEANNA CHASE

Übersetzt von
HELENA TAMIS

Das Medium Harlow Thane hat ihre Laufbahn als berühmte paranormale Ermittlerin aufgegeben. Nachdem ihr Leben von einem hinterhältigen, verschlagenen Geist auf den Kopf gestellt wurde, will sie sich nur noch in Keating Hollow niederlassen und den neuen Pub der Stadt betreiben. So sehr sie die Geisterjagd auch aufgeben will, sind zu ihrem Pech die Geister noch nicht mit ihr fertig. Genauso wenig ihr Ex Cash Moses. Mit einem Geist, den sie anscheinend einfach nicht verbannen kann, und ihrem Ex, der die Vergangenheit ins Lot bringen will, koste es, was es wolle, sieht es aus, als stünde Harlows Plan für ein ruhiges Leben gar nicht zur Debatte.

Cash Moses will zwei Dinge: Rache an dem Geist nehmen, der ihm alles gestohlen hat, und Harlow Thane. Um den Geist aufzuspüren und unschädlich zu machen, braucht er Harlows Hilfe, nur dass sie kein Interesse hat. Nicht an dem Geist und nicht an ihm ... sagt sie zumindest. Irgendwie muss er eine Möglichkeit finden, hinter ihre Schutzmauern zu kommen, damit sie mit ihrer Vergangenheit abschließen und zu einem glücklichen Ende weiterziehen können.

KAPITEL 1

„Zwei Irish Coffees, bitte", sagte Brian Knox, der Harlow sein schrecklich attraktives Lächeln zuwarf.

„Im Ernst?", fragte Shannon. Seine umwerfende rothaarige Frau stand neben ihm. „Glaubst du nicht, wir hatten schon genug?"

„Du hast gesagt, du willst Kaffee." Er nahm sie an der Taille und kam näher, um sich mit einem Kuss an ihren Hals zu schmiegen. „Was hätte ich denn sonst bestellen sollen?"

Lachend tat sie so, als würde sie sich herauswinden, bevor sie sich schließlich an ihn kuschelte. „Es wäre vermutlich das Beste gewesen, irgendwas ohne Alkohol zu bestellen."

„Aber wir feiern doch. Wo bleibt denn da der Spaß?" Er löste sich von ihr und zwinkerte Harlow zu.

„Da ist was dran", sagte Harlow, die sich bereits an die Arbeit machte und eine frische Kanne Kaffee aufsetzte. Es war Frühlings-Tagundnachtgleiche, kurz nach acht Uhr, und die Party tobte im Städtchen Keating Hollow schon den ganzen Tag. Es hatte mit einem Frühlingsfestival begonnen, gefolgt von einer Gruppenreinigung im Fluss, und nun waren alle, die nicht wollten, dass die Party zu Ende ging, ins Equinox gekommen, dem neuen Pub mit Musikbühne, den Chad Garber kürzlich eröffnet hatte. Chad und seine Frau Hope waren vor ungefähr einer Stunde gegangen, sodass Harlow die Verantwortung überlassen blieb.

Solange nicht plötzlich eine Menge Gäste mehr kamen, war Harlow zuversichtlich, dass sie und Cam, der junge Mann, den sie vor ein paar Monaten eingestellt hatten, ganz gut zurechtkommen würden.

Er ist heiß, sprach der hier wohnhafte Geist in Harlows Ohr.

„Er ist verheiratet", erwiderte sie automatisch, weil sie vergaß, dass sie den Geist normalerweise einfach ignorierte.

Nicht der. Der, der grade reingekommen ist.

Harlow warf einen raschen Blick zur Tür und schaute dann noch mal hin.

Ich hab dir doch gesagt, der ist heiß, sagte der Geist.

Der Geist hatte schon recht. Zum ersten Mal, als Harlows Blick auf Cash Moses gefallen war, hatte sie an Ort und Stelle gewusst, dass sie verloren war. Er war nicht nur hochgewachsen, dunkelhaarig und gut aussehend, sondern er war auch voller Leben. Er war eine Art Mann, die es einfach heller in jedem Raum werden ließ. Und diese Lebendigkeit hatte mehr als alles andere dafür gesorgt, dass sie die nächsten zehn Jahre ihres Lebens damit verbracht hatte, mit ihm durch dick und dünn zu gehen. Er war nicht nur ihr bester Freund gewesen, sondern auch ihr beruflicher Partner und die Liebe ihres Lebens.

Aber das hatte sich letztes Jahr verändert, als sie allem, was sie sich aufgebaut hatte, den Rücken gekehrt hatte ... darunter ihrer Beziehung zu Cash.

Harlow unterdrückte ein Stöhnen und löste ihren Blick, tat so, als hätte sie ihn nicht bemerkt. Vielleicht, wenn sie ihn ignorierte, würde er den Hinweis verstehen und verschwinden. Nicht, dass er das in den drei Monaten, seit er in Keating Hollow aufgetaucht war und angefangen hatte, ganz zufällig immer wieder bei ihr im Equinox vorbeizuschauen, jemals getan hätte.

So ein Glück hatte sie nicht.

„Harlow", sagte er, während er zum Tresen schlenderte, dieses sexy schiefe Lächeln auf den Lippen.

„Cash", erwiderte sie seufzend. „Ich habe doch gesagt, ich habe kein Interesse."

„Das habe ich schon verstanden." Er nahm am Tresen Platz und sagte: „Ich bin hier, weil ich ein Bier möchte. Was immer du aus dem Zapfhahn empfehlen kannst. Du weißt ja, was ich mag."

Das stimmte schon. Sie ging hinüber zu den Zapfhähnen, schnappte sich ein gekühltes Glas und schenkte ein Porter aus der Keating Hollow Brauerei ein. Ohne ein Wort stellte sie es vor ihm ab und begab sich dann zum anderen Ende des Tresens, um Wanda Danvers zu bedienen, die örtliche Immobilienmaklerin, und ihren Lebensgefährten Cameron Copeland, der auch der Schreibpartner von Miranda Moon war. Seit Cameron, Miranda und ihr Mann Gideon Alexander die Mystik Roads Studios eröffnet hatten, eine neue Produktionsgesellschaft neben dem Pub, hatte Harlow beide Paare ziemlich gut kennengelernt, und sie waren Stammgäste im Equinox geworden.

Wanda legte ein paar Schlüssel auf den Tresen und grinste Harlow an. „Der Besitzer dieses Hauses, für das du dich zur Miete gemeldet hast, hat heute die Papiere unterschrieben. Ich hoffe, du bist bereit zum Einzug."

„Ernsthaft?" Harlow schnappte sich die Schlüssel und schob sie in die vordere Tasche ihrer Jeans. Seit sie in die Stadt gezogen war, hatte sie ein winziges Studio-Apartment über einer Garage gemietet und einfach darauf gewartet, dass sich etwas Perfektes für sie auftat, das sie mieten konnte. In der gemütlichen Hexenstadt war es bekanntermaßen schwer, gute Mietshäuser zu finden. Und noch schwerer, ein Haus zu kaufen. Die meisten Leute kauften letztlich unbebautes Land und bauten selbst, wenn sie sich auf Dauer in Keating Hollow niederlassen wollten.

„Ich dachte, dass sie es auf jeden Fall an das Paar vermieten würden, das aufgetaucht ist, nachdem wir es uns angesehen hatten."

„Die wollten nur monatsweise mieten. Da du bereit warst, für zwei Jahre zu unterschreiben, hast du gewonnen." Wanda zwinkerte ihr zu. „Ich hab dir doch gesagt, das könnte funktionieren. Der Besitzer hat es satt, immer nur Kurzzeitmieter zu haben."

„Dann danke für den Tipp, denn ich habe kein Interesse, in absehbarer Zukunft irgendwo anders hinzugehen." Harlow brachte ihnen ihre Getränke, und als Shannon sich neben Wanda setzte, fragte Harlow: „Kann ich dir noch einen Irish Coffee bringen?"

„Bloß nicht", sagte sie leicht verwaschen und kicherte dann. „Wenn ich noch was trinke, muss man mich vielleicht hier raustragen."

Harlow lächelte vor sich hin und nickte dann. „Es ist gut, die eigenen Grenzen zu kennen."

„Shannon!", rief Brian durch den Raum. „Du musst diese Schoko-Sahnebonbons probieren." Er griff in eine weiße Papiertüte und zog eine der Pralinen heraus.

„Oh, genau das brauche ich." Shannon erhob sich, deutete auf ihn und machte eine lässige Bewegung mit dem Handgelenk, während sie einen Strahl ihrer Magie in seine Richtung schickte. Verschiedene Dinge passierten gleichzeitig. Die Magie traf Brian an der Schulter, sodass er zur Seite stolperte, während die Magie an ihm vorbeizischte und die Eingangstür aufstieß.

„Nein!", rief Shannon, als Brian die Praline fallen ließ, und sie schickte einen weiteren Strahl ihrer Magie, um die Süßigkeit zu fangen, bevor sie auf den Boden fiel. Die schokoüberzogene Praline flog geschmeidig direkt in Shannons Hand, und sie hielt sie triumphierend hoch, als hätte sie gerade den Hauptgewinn gezogen.

In der ganzen Bar brach Applaus aus, und alle johlten zustimmend.

Alle, bis auf Harlow. Die Haare in ihrem Nacken hatten sich aufgerichtet, und ihre Haut begann in dem Augenblick zu prickeln, als die Tür aufschwang. Harlow griff instinktiv in ihre zerrissene linke Tasche, schnappte sich den Eisendorn, den sie an ihren Oberschenkel gebunden trug, und lief hinter dem Tresen hervor auf Brian zu.

Der Mann war auf einem Knie, hielt sich den Kopf mit einer Hand, während er mit der anderen wedelte, als würde er jemanden – oder etwas – vertreiben wollen. Für jene, die nicht die Fähigkeiten eines Mediums besaßen, sah es so aus, als hätte er einen Anfall. Aber Harlow wusste es besser.

Sie schnappte sich Brians Hand und zog ihn hinüber zur Wand. Sobald sein Rücken an den Rigips stieß, hob sie den Arm und stach den Geist, der sich an ihn klammerte, durch die Brust, nagelte ihn mit ihrem Eisendorn an die Wand. Der Geist stieß ein tiefes Knurren aus, fuhr herum, als würde er sich von dem Dorn lösen wollen, dann löste er sich mit einem lauten Ploppen in nichts auf.

In der ganzen Bar war es leise geworden, bis auf ein langsames Klatschen, von dem sie wusste, dass es bestimmt von Cash Moses kam.

„Gut gemacht, Harlow", sagte er hinter ihr. „Gut zu sehen, dass deine Fähigkeiten, selbst nachdem du dir ein Jahr freigenommen hast, noch so fein abgestimmt sind wie eh und je."

Harlow stieß angehaltene Luft aus und ignorierte ihren Ex, genauso wie sie es in den letzten drei Monaten getan hatte. Ursprünglich hatte er die Neuigkeiten, dass sie die Geisterjagd aufgab, nicht gut weggesteckt und war vor sechs Monaten aufgetaucht, um sie zu bitten, wieder zurückzukommen. Sie hatte etwa eine halbe Minute lang darüber nachgedacht, bevor sie ihm abgesagt hatte. Sie war fertig damit, freiwillig Geistern nachzujagen. Es war zu gefährlich. Sie wandte den Blick zu Brian. „Alles in Ordnung?"

Er blinzelte sie an. „Ich glaube schon. Was zum Teufel ist da gerade passiert?"

Shannon erschien an seiner Seite, ihre Stirn war vor Sorge in Falten gelegt. Sie drückte ihm eine Hand auf die Wange, ihr Blick musterte ihn, als würde sie nach Verletzungen suchen. Dann wandte sie sich an Harlow, die Augen leicht zusammengekniffen.

Harlow konnte das Misstrauen spüren, das von der anderen Hexe ausströmte, und sie unterdrückte ein erschöpftes Seufzen. So hatte sie sich überhaupt nicht vorgestellt, dass ihr Tag laufen würde, als sie an diesem Morgen aufgewacht war, obwohl sie nicht wusste, weshalb sie so überrascht war. Es war Tagundnachtgleiche, einer der Tage, an denen der Schleier, der die Welt der Lebenden und die Schattenwelt trennte, dünner war. Geisteraktivität war an einem solchen Tag zu erwarten. Aber aus irgendeinem Grund hatte sie sich etwas vorgemacht und gedacht, Keating Hollow wäre vielleicht anders. Sie hatte gehofft, die Magie, die sich durch die ganze Stadt zu ziehen schien, würde die Geister irgendwie abstoßen, die während der Tagundnachtgleiche zu ihr gezogen wurde, und dass sie es schwerer hätten, sich zu materialisieren.

So viel zu dieser Theorie.

Harlow riss ihren Dorn aus der Wand und räusperte sich dann. „Ein Geist ist durch die Tür gekommen, als Shannons Luftmagie sie aufgestoßen hat, und hat sich sofort an dich geklammert."

Shannon stieß ein Keuchen aus und bedeckte ihren Mund mit der Hand, die Augen aufgerissen.

„Was?" Brian schaute sich um, er wirkte verwirrt. „Wie? Warum?"

„Ich weiß nicht, warum, aber das Wie ist ziemlich einfach. Der Schleier zwischen dieser Welt und der Schattenwelt ist heute sehr dünn", sagte Harlow. „Es ist leichter, dass sich die Geister materialisieren können." Sie ließ den Teil weg, dass sie eine Art Magnet zu sein schien, die ihnen die Energie gab, und fuhr dann fort. „Es könnte sein, dass es ein Geist gewesen ist, den du entweder in diesem Leben oder in einem vergangenen kanntest, oder er hat sich vielleicht einfach nur von deiner Energie angezogen gefühlt."

„Aber da Harlow ihn bereits zurück in die Schattenwelt geschickt hat", sagte Cash locker, „lässt sich das nicht herausbringen, außer er materialisiert sich erneut. Dann können wir ihm vielleicht einige Fragen stellen."

„Fragen?", fragte Shannon. „Wird dieses Ding zurückkommen?"

Harlow beäugte Shannon. „Du hast ihn gesehen?"

Ein Schauder lief über sie, während sie nickte. „Er war irgendwie grünlich-grau. Wie so eine durchscheinende Kreatur aus der Kanalisation."

„Ja, so hat er schon irgendwie ausgesehen", sagte Harlow nickend. „Aber es ist höchst unwahrscheinlich, dass er heute zurückkommt. Nicht, nachdem ich ihn mit meinem Dorn aufgespießt habe. Es gibt vermutlich nichts, um das man sich Sorgen machen muss."

Cash hob vor ihr skeptisch eine Augenbraue, und sie unterdrückte ein Zucken. Nun, da der Geist die Bar an der Tagundnachtgleiche betreten hatte, war es wahrscheinlich, dass noch mehr kommen würden. Es war, als wäre ein spiritueller Weg angelegt worden, der jede ruhelose Seele direkt zu Harlow führen würde.

„Aber ...", sagte Harlow, die sich den Nacken rieb. „Nun, um sicher zu sein, glaube ich, wir schließen lieber, damit ich eine Reinigung durchführen kann. Ihr wisst schon, lieber auf der sicheren Seite."

Ein paar Leute stöhnten enttäuscht.

Cam rief: „Alles klar, Leute. Ihr habt die Chefin gehört. Es ist Zeit, zusammenzupacken." Er ging am Tresen entlang und reichte Rechnungen herum.

Im Nu hatten die meisten Gäste bezahlt und waren hinausgegangen, wünschten Harlow Glück und Erfolg bei der Reinigung. Zusätzlich zu Cam, Harlow und Cash blieben nur Miranda und Gideon, Wanda und Cameron und Shannon und Brian da.

Miranda berührte Harlow am Arm. „Wie können wir helfen?"

Harlow warf einen Blick zu Cash und dann wieder zurück zu Miranda. „Vielen Dank, aber Cash und ich werden mit dem Pub fertig. Das Beste für euch alle ist, bei euch zu Hause mit Salbei zu räuchern, wenn ihr ankommt. Das wird eure Energie während der Nacht von allem Uneingeladenen reinigen."

Miranda zögerte, und Harlow wusste, dass sie etwas einwenden wollte, aber dann sagte Shannon: „Miranda, können du und Gideon mich und Brian mit nach Hause nehmen? Ich glaube nicht, dass von uns einer fahren sollte."

„Natürlich", erwiderte Miranda und drückte Harlow die Hand. Sie lehnte sich an Harlow und sagte: „Zögere nicht, anzurufen, falls du irgendwas brauchst. Ich kann helfen."

Harlow nickte. „Danke."

Als sie weg waren, wandte Harlow sich an Cam. „Du kannst auch gehen."

Cam warf einen Blick auf Cash und runzelte dann die Stirn. „Nö. Ich bleibe noch zum Aufräumen, außer ich bin im Weg."

„Nein, das ist es nicht", sagte Harlow. „Es ist nur, dass … Na ja, manchmal können ungewöhnliche Dinge während einer aktiven Reinigung passieren."

Sein Blick ging wieder zu Cash. „Da möchte ich wetten." Dann wischte er den Tresen fertig ab, bevor er sich zur Tür begab. „Ruf nur an, wenn du mich wieder hier brauchst. Das meine ich ernst."

„Danke, aber ich bin sicher, ich komme klar", sagte Harlow und winkte, während er hinaus in die Nacht ging.

Cash lachte leise. „Er macht sich mehr Sorgen wegen mir als wegen irgendwelcher Herumtreibergeister, denen du vielleicht begegnest."

„Weiß ich", fuhr ihn Harlow an, nicht sicher, weshalb sie ihren Frust an ihm ausließ. Es war ja nicht, als hätte er den Geist gerufen. Wenn er das hätte, hätte er sich an ihn geheftet anstatt an den ersten warmen Körper, der ihm in den Weg geriet.

Cash hob die Hände. „Du brauchst mich nicht anzufahren. Ich bin nur hier, um zu helfen."

Harlow wollte ihm sagen, er solle gehen, dass sie das im Griff hatte, aber sie wusste, das war leichtsinnig. Da der Schleier offen war, brauchte sie Verstärkung. Und Cash Moses war der Beste für diese Aufgabe. „Also gut dann. Fangen wir an, bevor dieser Geist neben dir es schafft, dich nackt auszuziehen."

„Was?" Er schaute von einer Seite zur anderen, seine Lippen waren verzogen. Als er keine Geister sah, schaute er hinab auf sein inzwischen fast ganz aufgeknöpftes Hemd und fluchte tonlos. „Sie ist wieder da?", fragte er Harlow, weil er wusste, dass sie die Gabe besaß, die ihr gestattete, Geister normalerweise zu sehen, bevor sie sich für alle anderen materialisierten.

„Sie ist wieder da", bestätigte Harlow. Dann hob sie den Dorn über den Kopf und stürzte sich auf Cashs geisterhafte Stalkerin.

KAPITEL 2

*C*ash bewegte sich weg, bevor Harlow ihren Dorn direkt durch seine linke Schulter stieß. Er wusste sofort, dass Harlow hinter dem Geist her war, den er Stella genannt hatte. Es war nur schwer zu ignorieren, wenn Stella ihm an den Hintern fasste. Er riss seine Eisenkette aus der Tasche und wirbelte auf dem Absatz herum.

Jackpot. Er spürte, wie sich die Kette um den immer noch unsichtbaren Geist legte, ihn an Ort und Stelle sicherte. Es dauerte ein paar Augenblicke, aber schon bald materialisierte sich der Geist und schaute Harlow aus ihren großen, tief eingesunkenen Augen mordlüstern an.

„Er gehört mir", zischte Stella, die sich herumwarf, aber sich nicht ganz aus dem Eisen befreien konnte.

Harlow stieß ein äußerst genervtes Seufzen aus und ging zu dem Geist hinüber.

Stella funkelte sie an. „Halt dich fern von meinem Mann."

Harlow ignorierte sie und schaute zu Cash. „Ist das der echte Grund, weshalb du mich gesucht hast?"

„Nein", sagte er felsenfest und wünschte sich, er könne

Stella würgen. Der Geist war seit inzwischen ein paar Monaten von ihm besessen und schien immer in den ungelegensten Augenblicken aufzutauchen. Er hatte sie über ein dutzendmal aus seinem Leben entfernt, aber nichts, was er tat, schien lang zu halten. Allmählich dachte er schon, jemand hätte ihn verflucht, und er würde sie niemals loswerden. „Aber ich muss zugeben, wenn du es schaffst, sie zu verbannen, wäre das ein hervorragender Bonus."

„Du konntest das nicht?", fragte Harlow, die den Kopf schief legte, um ihn zu mustern.

„Offensichtlich nicht. Zumindest nicht auf Dauer." Er wedelte mit der Hand zu Stella, die sich sehr wahrscheinlich jeden Moment aus ihren Fesseln befreien würde. „Willst du jetzt mal weitermachen, oder hoffst du, dass du noch eine Gelegenheit bekommst, mit diesem Dorn auf mich zu zielen?"

Harlow verdrehte die Augen. „Mach kein solches Drama. Ich würde doch nicht …"

Stella warf die Arme in die Luft, zerbrach die feste Eisenkette um sie herum, und dann ging sie direkt auf Cash los.

Er hob sofort die Arme, als wolle er sich abschirmen. Es war ein Anfängerfehler, aber sie hatte bereits sein liebstes Werkzeug zur Geisterjagd zerbrochen. Die Eisenkette hatte ihm viele Jahre gedient und Geister festgesetzt, sodass Harlow sie verbannen konnte. Während des letzten Jahres hatte er seine eigenen Verbannungen vorgenommen. Und obwohl es ihm üblicherweise gelang, nahmen es einige der verbannten Geister nicht sonderlich gut auf. Er war in letzter Zeit von mehr als nur ein paar angepissten Geistern heimgesucht worden.

Stella war aber anders. Sie war nicht wütend; sie war einfach nur hartnäckig. Aus irgendeinem Grund schien sie zu glauben, wenn sie sich nur stark genug bemühte, würde Cash zustimmen und ihr Freund werden. Ganz egal, dass sie ein Geist war und keinerlei Anbindung an die Wirklichkeit hatte.

Harlow sprang zur Tat, ihr Talent noch genauso brillant, wie es das vor einem Jahr gewesen war, bevor sie sich von der Geisterjagd abgewandt hatte. Innerhalb von Sekunden hatte sie den Geist an den Tresen gepresst und ihr den Eisendorn durch die Hüfte gestoßen, um sie an das Holzgestell zu nageln. Sie warf einen Blick zu Cash. „Muss ich sie befragen?"

Manchmal hingen Geister nur herum, bis sie eine Nachricht überbracht hatten. In diesen Fällen reichte es manchmal einfach, ihnen zuzuhören, damit sie die Grenze wieder überschritten. Das hier war keine solche Gelegenheit.

„Nein. Sie hat keine unerledigten Geschäfte. Sie weigert sich nur einfach, sich von dieser Welt zu lösen", sagte Cash.

„Es sieht eher so aus, als würde sie sich weigern, sich von *dir* zu lösen", erwiderte Harlow, die den Geist beäugte.

Stella starrte Cash an, ihre Miene war von Verlangen erfüllt. Sie schaute Cash in die Augen und leckte sich über die geschürzten Lippen. „Ich könnte dich glücklich machen. Du musst mir nur eine Chance geben."

„Schick sie bitte weg", flehte Cash Harlow an.

Harlow verzog das Gesicht zu einem Grinsen, und einen Augenblick lang dachte Cash, sie würde ihm seinen Wunsch vielleicht nicht gewähren. Er stellte sich vor, wie der Geist mit ihm am Tisch beim Abendessen saß, auf eine Wanderung mitkam, neben ihm im Bett lag, in seine Dusche eindrang … ein Schauer ging über ihn hinweg, und er verzog das Gesicht.

„Du weißt doch, das würde ich dir nicht antun", sagte Harlow, die offensichtlich seine Gedanken las. In einer flüssigen Bewegung packte sie wieder ihren Dorn, drehte ihn und rief: „*Eicere!*"

Stellas Mund bildete ein großes *O*, und ihre Augen weiteten sich, und dann zersplitterte der Geist plötzlich in eine Million Einzelteile, bevor er zu nichts verblasste.

„Vielen Dank", sagte Cash, der sich auf einen der Barhocker setzte und ein erleichtertes Seufzen ausstieß. „Die werde ich nicht vermissen."

„Wo hast du sie denn aufgetrieben?" Harlows Lippen verzogen sich zu einem leichten Lächeln. „666-Stalker?"

„Witzig." Cash lachte leise. Bei den Göttern, er hatte es vermisst, mit ihr zusammenzuarbeiten. Hatte sie vermisst, und ihren lockeren Umgang. Er wollte ihr gerade genau das sagen, als sie die Arme vor der Brust verschränkte und auf ihn herabschaute.

„Ich weiß, was du denkst", beschuldigte sie ihn, ihre ganze Belustigung war weg. „Die Antwort lautet immer noch nein. Besonders, da wir beide wissen, obwohl du vielleicht wieder mit mir arbeiten möchtest, bist du hier in Keating Hollow wegen diesem Flittchen, das dir keine Ruhe lassen wollte. Sag nicht, du hättest sie nicht erwürgt, wenn du die Gelegenheit dazu gehabt hättest."

Cash starrte sie einen langen Augenblick an. Harlow lag falsch. Er war in Keating Hollow, weil er das Haus seiner Tante geerbt hatte. Und erst, als er hergekommen war, um den Nachlass zu regeln, war ihm klar geworden, dass sie in der Stadt war. Aber das hatte er ihr nicht gesagt. Er wusste nicht mal, weshalb. Stattdessen hatte er versucht, sie dazu verlocken, wieder mit ihm zusammenzuarbeiten. Sie hatte ihn durchweg abgewiesen, und er hatte es widerstrebend fallen gelassen. Aber er hatte es nicht geschafft, von ihr weiterzuziehen. Und er wusste, das würde er auch nie. Er stand auf und ging zu ihr hinüber.

Harlow blinzelte mit argwöhnischen braunen Augen zu ihm empor. „Was machst du da, Cash?"

Er antwortete nicht. Stattdessen drückte er ihr seine

Handfläche auf die Wange und liebkoste den Knochen leicht mit dem Daumen.

Ihre Augen schlossen sich flatternd, und sie lehnte sich in seine Berührung, und da wusste Cash sofort, dass sie auch nicht über ihn hinweg war. Sie hatte ihn ja vielleicht verlassen und schob ihn weiter von sich, aber das lag nicht daran, dass sie ihn nicht wollte. Nein. Sie wollte ihn auf jeden Fall. So viel war klar. Er musste nur herausfinden, wie er ihr helfen konnte, von ihrer Vergangenheit zu heilen, und dann konnten sie vielleicht, nur vielleicht, ihre Beziehung wieder aufnehmen.

„Ich zeige dir, dass nicht alles nur um diesen Geist geht", sagte er leise. So viel stimmte. Er hatte nicht vorgehabt, in Keating Hollow zu bleiben. Nicht, bis ihm klar geworden war, dass sie es zu ihrem neuen Zuhause gemacht hatte, und diese Entscheidung hatte überhaupt nichts mit dem Geist zu tun.

Ihre Augen klappten auf, und sie trat einen Schritt zurück. Den Blick wandte sie ab, als sie sagte: „Es wird spät. Ich glaube, du solltest jetzt vermutlich gehen."

„Nein", erwiderte er milde, weil er wusste, dass sie das nerven würde.

„Nein? Du machst Witze, oder?" Sie starrte ihn an, ihre Miene war ungläubig. „Was bringt dich denn auf den Gedanken, dass du hier einfach reinmarschieren und tun kannst, was immer zur Hölle du willst?"

„Ich tue nicht, was immer zur Hölle ich will", sagte er geduldig. „Aber ich weigere mich, zu gehen, denn wir wissen beide, je näher die Mitternacht rückt, desto leichter ist es für Geister, in unserer Welt zu erscheinen. Und da es scheint, als wäre dieses Gebäude so eine Art Magnet für sie, lasse ich dich hier nicht allein zurück."

Ihr Kinn spannte sich an, aber sie wandte nichts gegen sein Argument ein. Stattdessen sagte sie: „Normalerweise ist es nicht so. Tatsächlich waren die Wintersonnenwende und der

Silvesterabend ganz lahm. Ich glaube, heute lag einfach so viel Magie in der Luft, die durch die Feierlichkeiten hervorgerufen wurde, und all diese Energie ruft sie vermutlich herbei. Jeder Geist, der sich materialisieren wollte, hat vermutlich seine Chance wahrgenommen."

„Deshalb bleibe ich, bis du schließt", sagte Cash, während er sich einen Lappen schnappte und anfing, die Tische abzuwischen.

„Das musst du nicht machen", sagte Harlow, die nach dem Lappen griff.

Cash trat einen Schritt zurück, während er den Lappen hinter dem Rücken versteckte. „Das weiß ich doch. Ich will es. Jetzt entspann dich einfach und lass mich dir helfen, Harlow. Ist doch keine große Sache."

Sie nickte, aber sie wussten beide, dass es eigentlich schon eine große Sache war. Denn heute, nach dreihundertachtundsiebzig Tagen, hatte Harlow Thane Cash Moses zurück in ihr Leben gelassen, selbst wenn es nur für einen Abend war.

Den würde er nehmen.

Fünfundvierzig Minuten später, sobald der ganze Tresen geputzt war, und in der Bar gefegt und gewischt, machten sie eine ordentliche Reinigung mit Salbei.

„Ich hoffe, das biegt es hin", murmelte Harlow, während sie und Cash durch die Eingangstür hinausgingen.

Er wartete ein wenig, während sie abschloss, und dann stand er da, die Hände in den Taschen, brachte es körperlich einfach nicht über sich, ihr von der Seite zu weichen.

„Von hier an komme ich klar", sagte Harlow, die ihre Schlüssel in die kleine Tasche steckte, die quer über ihrem Körper hing.

„Ich bringe dich zum Auto", sagte Cash, der ihr eine Hand unten auf den Rücken legte. Harlow öffnete den Mund, um sich dagegen zu wehren, aber Cash schnitt ihr das Wort ab. „Lass mich das doch einfach machen, okay? Ich will sicherstellen, dass bei dir alles klar ist. Freu dich doch einfach, dass ich nicht darauf bestehe, dich nach Hause zu bringen." Obwohl er das wirklich wollte. Wenn es nach ihm ging, hätte er sie in seinen Jeep gesteckt, sie mitgenommen zum Haus seiner Tante, und sie in sein Bett gepackt, wo er sie im Auge behalten konnte, bis die Tagundnachtgleiche vorüber war. Aber er wusste besser als jeder andere, dass sie dem niemals zustimmen würde.

Harlow lachte. „Okay, Cash. Du kannst mich zu meinem Auto bringen. Nur dieses eine Mal."

„Vielen Dank." Er schaute hinab auf das Kopfsteinpflaster, suchte nach ihrem Auto, aber er sah es nicht. „Wo ist der Mustang?"

„Weg", sagte sie mit einem Seufzen.

Er stutzte und schaute dann auf sie hinab. „Du hast den Mustang verkauft?"

„An meine Schwester", sagte sie mit einem Schulterzucken. „Hier war er im Winter nicht praktisch zum Fahren, und sie hat ein neues Auto gebraucht, daher … Es ist besser, wenn er in der Familie bleibt, oder?"

„Schätze schon", sagte er, spürte den Verlust wie einen Stich. Obwohl er das Auto nicht gesehen hatte, seit er in der Stadt gewesen war, war ihm nie der Gedanke gekommen, dass sie es vielleicht aufgegeben hatte. Er hatte angenommen, es wäre irgendwo anders geparkt, nicht auf der Hauptstraße, oder sie hätte sich ein weiteres Fahrzeug gekauft, und er stünde zu Hause in einer Garage. Wie viele Erinnerungen hatten er und Harlow denn in diesem Mustang von 1965? In sein Gehirn hatten sich so viele eingegraben. Ihr erstes Date. Der erste Kuss. Das erste … alles. Dort war es auch, wo er sie gefragt hatte, ob sie ihn heiraten würde, und wo sie ihre

Verlobung vor nur einem Jahr aufgelöst hatte. Diese Erinnerung war wie ein Schlag in die Magengrube. Er griff in seine Tasche und strich mit den Fingern über die kleine Samtschatulle, in der der Verlobungsring war, den er die ganze Zeit über bei sich trug. Er wusste nicht, warum. Er wusste nur, dass er ihn immer in seiner Nähe haben musste.

Zumindest hatte Imogen jetzt den Mustang. Obwohl er bezweifelte, dass sie ihn so instand halten würde, wie Harlow es getan hatte. Sie hatte das Auto behandelt, als wäre es ein wertvoller Schatz. Und wenn man Cash fragte, war es das auch.

„Wo ist Imogen inzwischen?", fragte er. Denn Harlow hatte ihn in den letzten drei Monaten auf einer Armeslänge Abstand gehalten, und sie hatten sich mit persönlichen Dingen nicht auf den neuesten Stand gebracht. Er hatte ihr nicht mal erzählt, dass er das Haus seiner Tante geerbt hatte. Er fragte sich, ob sie es wusste und einfach nie etwas darüber sagte. Oder ob sie einfach ihr Bestes tat, überhaupt nicht an ihn zu denken.

„Im Napa Valley", sagte sie und klang müde. „Sie arbeitet auf einem Weingut, kümmert sich um die Hochzeiten dort."

„Das ist gut." Er warf einen Blick auf ihr Gesicht und sah den ungefilterten Schmerz dort. Da nahm er ihre Hand in seine und drückte sie. „Sie wird sich schon fangen … früher oder später."

„Vielleicht. Vielleicht nicht." Während sie sich einem Subaru Crosstrek näherten, wandte sich Harlow an ihn. „Vielen Dank, dass du heute Abend geholfen hast. Obwohl ich nicht sicher bin, ob ich dich gebraucht hätte, wärst du nicht in den Pub gekommen."

Er lachte leise, denn es stimmte. Er war derjenige gewesen, der den Geist angelockt hatte, den sie hatte verbannen müssen. Und obwohl sie sich um einen weiteren hatte kümmern müssen, war es ja nicht so, als hätte Cash viel getan, um ihr zu helfen. Sie wäre auch allein klargekommen. „Es war das Risiko nicht wert, dich allein im Pub zurückzulassen. Wir wissen beide, wenn man zwei Leute da hat anstatt nur einer Person, kann das schon reichen, um die Geister abzuhalten."

„Das und der Salbei von der Reinigung", sagte sie schnippisch.

„Dir macht es einfach Spaß, mir die Luft rauszulassen, oder?", fragte er, wieder einmal erheitert.

„Immer." Nur einen kurzen Augenblick hielt sie inne, dann stellte sie sich auf die Zehenspitzen und gab ihm einen geisterhaften Kuss auf die Wange. „Vielen Dank noch mal. Gute Nacht, Cash."

„Nacht, Harlow. Zögere nicht, mich anzurufen, wenn irgendwas oder irgendjemand auftaucht."

Sie nickte ihm rasch zu, dann stieg sie in ihr kleines SUV.

Cash stand noch ein paar Augenblicke auf der Straße und wartete, bis sie rückwärts rausgefahren und dann in die Nacht verschwunden war. Er musste sich mit allem zusammenreißen, was er hatte, um nicht in seinen Jeep zu springen und ihr nach Hause zu folgen. Er rieb sich über die Brust, genau dort, wo der Schmerz von dem gebrochenen Herzen von vor einem guten Jahr ausharrte. Aber als der Bereich unter seinen Fingern dann nicht zu pulsieren begann, wurde ihm klar, dass endlich, nach zwölf Monaten der Sehnsucht nach Harlow, der Schmerz angefangen hatte, nachzulassen.

Es war passiert, als sie ihm den Kuss gegeben hatte.

Jetzt musste er ihr nur noch einen Grund geben, es noch mal so zu machen.

KAPITEL 3

as zum Teufel habe ich da gemacht, dachte Harlow, während sie schnell aus der Innenstadt wegfuhr. Weg von Cash Moses.

Sie hatte ihn in ihre Gedanken gelassen. Sie hatte es genossen, Zeit mit ihm zu verbringen, viel zu sehr. Teufel auch, sie hatte ihn sogar geküsst.

Das war *nicht* der Plan.

Der Abend hatte sich einfach nur so vertraut angefühlt. Sie und Cash, die zusammen einen eifersüchtigen Geist abwehrten, war so sehr Teil des Lebens gewesen, das sie zehn Jahre lang miteinander geführt hatten, dass es ganz natürlich gewirkt hatte, zurück auf diese Rollen zu verfallen, als sie es gebraucht hatten. Und das einzige Mal im Lauf des letzten Jahres, in dem sie sich wirklich gefühlt hatte wie ihr altes Ich.

Sie schüttelte den Kopf, versuchte, diese Gedanken abzuschütteln. Es gab einen Grund, weshalb sie sich von der Geisterjagd und Cash entfernt hatte. Ersteres war zu gefährlich, und Letzterer war viel zu verführerisch. Beides würde zu Schwierigkeiten führen.

Schwierigkeiten, die sie nicht brauchte.

Sie hatte ihrer Schwester ein Versprechen gegeben, und sie hatte vor, es zu halten. Das war der Grund, weshalb sie sich in den letzten drei Monaten verschlossen hatte, jedes Mal, wenn er ins Equinox gekommen war. Sie hatte nicht mehr getan, als zu fragen, was er trinken wollte, und ihm die Rechnung gereicht. Na ja, das, und sich geweigert, wieder seine Partnerin bei der Geisterjagd zu werden.

Ihr Handy klingelte durch die Lautsprecher ihres Autos, und spielte *Grounded* von den Scars, der Band, die Levi Kelley mit einem Freund gegründet hatte.

I knew, it was time to leave it all behind
The leaves are fallin'

I CAN'T SHAKE your words from my mind
And now you're callin'
Telling me, I take too many risks

THAT ALL YOU need is for me to be grounded

HARLOW MUSSTE NICHT auf das Display schauen, um zu sehen, wer anrief. Sie drückte auf Annehmen auf dem Lenkrad und sagte: „Hey, Schwester. Fröhliche Tagundnachtgleiche."

„Du weißt doch, dass ich das nicht feiere", sagte Imogen.

„Okay." Harlow hielt ihren Tonfall locker, weil sie wusste, wenn sie irgendeinen Hauch Ärger auf ihre Schwester zeigte, würde sie auflegen, und es würde Monate dauern, bevor sie wieder etwas von ihr hörte. „Was ist los? Irgendwas Aufregendes?"

„Nichts Aufregendes, nein", sagte Imogen, die niedergeschlagen klang.

„Was stimmt dann nicht?", fragte Harlow. Am resignierten Tonfall ihrer Schwester war etwas, das in ihren Eingeweiden Entsetzen aufkommen ließ.

„Hast du denn jemals eine größere Bleibe gefunden als dieses Studio, das du mietest?", fragte Imogen zögerlich.

„Ja! Wie es der Zufall so will, schon. Ich habe die Schlüssel gerade heute bekommen. Zwei Schlafzimmer, zwei Bäder, und es ist draußen am Rande der Mammutbäume. Ich habe gehört, nicht weit entfernt von der hinteren Grundstücksgrenze gibt es einen Wasserfall, also stelle ich mir vor, ich werde eine Menge Zeit damit verbringen, das zu erkunden, sobald ich mich eingerichtet habe."

Imogen schnaubte. „Sobald du dich eingerichtet hast? Ich wette, du bist heute Nacht draußen und suchst nach diesem Wasserfall."

Es *war* Tagundnachtgleiche, und es gab keine bessere Möglichkeit, eine allgemeine Reinigung durchzuführen, als es draußen unter dem Mondlicht zu machen. Aber Harlow biss nicht an. Ihre Schwester wollte nichts mit Geistern oder Magie zu tun haben, nach dem, was im Vorjahr passiert war. Auf gar keinen Fall wollte sie hören, dass Harlow eine jährliche Reinigung durchführte. Sie räusperte sich. „Es reicht jetzt von mir. Ich will von dir hören. Weshalb klingst du so niedergeschlagen?"

„Ich hasse es, dass du mich so gut kennst", sagte Imogen, die ein bisschen genervt klang.

Harlow lachte leise. „Tut mir leid. Hätte ich nicht fragen sollen?"

„Nein, das ist nicht ... arrgh. Ich habe meinen Job verloren."

„Was? Warum?" Harlow fuhr in die lange Zufahrt zu ihrem

Apartment über der Garage, das sie mietete, und stoppte den Motor des Subaru.

„Ich bin daran nicht schuld", stieß Imogen schnell hervor. „Die Familie verkauft an eine große Weinkelterei, und die haben bereits Angestellte, die sich um die Hochzeiten kümmern, also werde ich eingespart, schätze ich." Ihre Stimme bebte leicht, und Harlow wusste, dass sie sich kaum noch zusammennehmen konnte.

„Das tut mir leid, Schwester. Gibt es irgendwas, das ich tun kann?"

„Was denn etwa? Einen Geist fragen, ob es irgendwelche offenen Stellen gibt?", fragte sie sarkastisch. „Nein, danke."

Harlow mahlte mit den Zähnen. Ihre Schwester war schon seit Monaten auf einen Streit aus. Bisher hatte Harlow es geschafft, sie jedes Mal in eine andere Richtung zu lenken, aber nachdem sie sich mit zwei Geistern auf Abwegen herumgeschlagen und bei Cash ihre Wachsamkeit fallengelassen hatte, hatte sie nicht das Zeug dazu, sich diesmal edel zu verhalten. „Das ist nicht fair, Imogen, und das weißt du auch. Das habe ich alles vor über einem Jahr aufgegeben."

„Das ist nur vorübergehend, und das wissen wir *beide*", fuhr Imogen sie an.

Wut ballte sich in Harlows Eingeweiden und schien ihre Kehle nach oben zu kriechen, bis ihr Gesicht aufgeheizt war. „Ich weiß nicht, was du von mir willst, Imogen. Ich habe letztes Jahr mein ganzes Leben für dich aufgegeben, darunter Cash." Ihr brach die Stimme, und sie verfluchte sich stillschweigend, weil sie ihrer Schwester ein Gefühl gezeigt hatte, wenn es um Cash Moses ging.

„Darum habe ich dich nie gebeten, Harlow", sagte Imogen inbrünstig. „Also mach du mir nicht deine gescheiterte Beziehung zum Vorwurf."

Die Worte ihrer Schwester trafen sie direkt in die Brust,

denn sie stimmten. Imogen hatte nicht gewollt, dass sie Cash verließ, aber das hatte sie tun müssen. Als sie ihrer Schwester versprochen hatte, dass sie die Geisterjagd hinter sich lassen würde, hatte es keine Wahl gegeben. Wäre sie bei Cash geblieben, wäre sie schnell wieder da gewesen, wo sie vorher gewesen war. Gleich wieder dort, wo sie vor gerade mal einer Stunde gewesen war. Sie und Cash hatten so viele Jahre damit verbracht, gegen Geister zu kämpfen, dass es einfach schien, als wäre das etwas, von dem sie sich nicht abwenden konnten, selbst wenn sie es wollten. Nicht, wenn sie zusammen waren. Obwohl also Imogen nicht ausdrücklich darum gebeten hatte, dass sie Cash verließ, hatte sie indirekt darum gebeten, denn es gab keine Beziehung zu Cash ohne die Geister, die sie plagten.

Sie würde es niemals aussprechen, aber die Wahrheit war, dass Harlow das alles für Imogen aufgegeben hatte. Aber trotzdem verabscheute ihre einzige lebende Verwandte und die Person, die sie auf der ganzen Welt am meisten liebte, sie immer noch.

Harlow stählte sich und sagte: „Ich mache es dir nicht zum Vorwurf. Ich habe meine eigenen Entscheidungen getroffen, und das liegt ganz bei mir. Noch mal, es tut mir leid, dass du deinen Job verloren hast. Wann ist denn dein letzter Tag?"

Es gab eine lange Pause, dann sagte Imogen: „Vor sechs Wochen."

Harlow lehnte sich auf ihrem Sitz zurück und verarbeitete die Information. Ihre Schwester war schon seit ein paar Wochen arbeitslos und hatte gerade eben entschlossen, es ihr zu erzählen? „Ich verstehe."

„Sei doch nicht so", forderte Imogen, die wieder ein wenig feuriger wurde. „Ich habe es dir nicht gesagt, weil ich gehofft hatte, einen neuen Job zu haben, bevor ich die Nachricht überbringe. Du weißt schon, damit du nicht wieder die große Schwester gibst und versuchst, alles hinzubiegen."

Harlow schloss die Augen und fühlte sich einfach nur

erschöpft. Es war ein ganzes Jahr mit genau dieser Unterhaltung vergangen. Die Einzelheiten änderten sich, aber der Subtext war immer derselbe. In Imogens Augen war Harlow überengagiert, mischte sich als große Schwester ein, die Imogen nicht wirklich zutraute, sich aus Schwierigkeiten fernzuhalten. Der schlimmste Teil war, dass dieser Einschätzung mehr als nur ein Hauch Wahrheit innewohnte, und ganz gleich, wie Harlow versuchte, ihrer Schwester zu beweisen, dass sie sich verändert hatte, hatte nichts funktioniert. Imogen vertraute ihr nicht. Nicht ganz. Und Harlow konnte ihr das nicht übel nehmen. Nicht nach der Art, wie die Dinge im letzten Jahr gelaufen waren. „Tut mir leid", sagte sie leise. „Deinem Tonfall entnehme ich, dass du keinen Erfolg damit hattest, was zu finden."

„Nein."

Harlow wartete darauf, dass sie fortfuhr, weil sie wusste, dass Imogen es ihr jetzt nicht erzählt hätte, hätte sie eine andere Wahl gehabt. „Was kann ich tun?"

„Nichts", sagte Imogen automatisch und fluchte dann leise. „Ich meine, es gibt nicht wirklich irgendwas, was du tun kannst, um das hinzubiegen, aber da ich nichts gefunden habe, und vertraue mir, ich habe gesucht, werde ich es mir nicht leisten können, hierzubleiben. Ich habe mich gefragt, ob …"

Die Stimme ihrer Schwester brach ab, die Stille zwischen ihnen war betäubend. Harlow weigerte sich, den Satz für ihre Schwester zu beenden. Sie hatte keine Schwierigkeiten zu glauben, dass Imogen sich ins Zeug gelegt hatte auf der Suche nach einem neuen Job. Ihre Schwester war niemand, der um Hilfe bat. Falls sie jetzt fragte, bedeutete das, dass es langsam heikel für sie wurde.

„Arrgh! Hast du nicht gesagt, dieses Haus von dir hätte ein zweites Schlafzimmer?", fragte Imogen schließlich.

„Schon. Und du weißt ja, dass meine Tür immer offensteht",

sagte Harlow, sowohl erfreut, dass ihre Schwester auf der Suche nach Hilfe zu ihr gekommen war, als auch nervös wegen des Gedankens, dass sie bald bei ihr lebte. Falls sie weiterhin verbale Spitzen in Harlows Richtung austeilte, würde das eine sehr unbehagliche Wohnsituation ergeben. Aber um nichts auf der Welt würde sie sich weigern, ihrer Schwester zu helfen, darum setzte sie sich ein Lächeln auf und fragte: „Wann kann ich dich erwarten?"

Imogen stieß ein langes Seufzen aus. „Morgen. Ich habe bereits gepackt."

„Ich schreibe dir die Adresse."

„Danke", sagte Imogen, und die Leitung war tot.

Es würde nicht die Wiedervereinigung werden, von der Harlow geträumt hatte, aber hoffentlich war es ein Schritt in die richtige Richtung, um ihre Beziehung zu kitten.

Harlow stieg aus dem Fahrzeug, eilte die Stufen hinauf und schlüpfte in die kleine Wohnung, um eine Reisetasche zu packen. Aber in dem Augenblick, in dem sie das Zimmer betrat, brach die Hölle los.

Eine kleine Lampe flog durch den Raum und verfehlte sie knapp, als sie an die Wand knallte, der Keramiksockel zersplitterte in winzige Stücke. Die Lichter an der Decke gingen an und aus, gefolgt von den Schranktüren, die sich öffneten, und das Billiggeschirr aus dem Ramschladen fiel heraus auf den Kachelboden.

„Hab nur Spaß, solange du noch kannst!", brüllte Harlow, während Zorn durch sie hindurchraste, als sie die faulige Energie im Raum sofort erkannte. Sie hatte sie zum letzten Mal vor über einem Jahr gespürt, gleich nachdem sie den Geist aus dem Körper ihrer Schwester verbannt hatte. „Nur weil ich dich nicht sehen oder mit dir reden kann, heißt das nicht, dass ich dir nicht dein Dasein zur Hölle machen kann!"

Die Drohung war ein wenig zahnlos, aber das hieß nicht,

dass Harlow es nicht versuchen würde. Trotz der Schutzzauber, die sie nutzte, um ihre Wohnung geisterfrei zu halten, war klar, dass der ausdünnende Schleier an der Tagundnachtgleiche diesem speziellen Geist viel zu viel Energie verliehen hatte. Der Salbei, mit dem sie beinahe täglich räucherte, hatte nicht geholfen, und genauso wenig der Schutzkreis.

Die Sofakissen flogen direkt auf Harlow zu, trafen sie mitten ins Gesicht. *Zumindest waren es nur Kissen,* sagte sie sich und versuchte, ihnen auszuweichen.

„Was hast du noch?", forderte Harlow sie heraus, in der Hoffnung, je mehr Energie der Geist aufbrachte, desto früher würde er ausbrennen und verschwinden, bis zum nächsten Mal, wenn er genug Energie gesammelt hatte, um Harlow anzugreifen.

Der Gasofen ging mit zischender Flamme an, und genauso plötzlich ging die Flamme wieder aus. Harlow eilte zum Herd und drehte den Knopf, schaltete das Gas ab, damit der Geist nicht am Ende noch die Wohnung in die Luft jagte. Als sie sich gerade umdrehte, zischte ein Messer an ihrem Kopf vorbei und bohrte sich in den Schrank rechts von ihr.

„Ach, das reicht jetzt aber", rief Harlow, die instinktiv nach dem Dorn in ihrer zerrissenen Tasche griff. Aber sobald sie die Finger um den kühlen Griff legte, ließ sie ihn wieder los, weil sie wusste, dass es keinen Sinn hatte. Dieser besondere Geist schien immun gegen den Eisendorn zu sein. Obwohl Harlow sie nicht sehen konnte, spürte sie die Anwesenheit des Geistes, und das letzte Mal, als sie sich getroffen hatten, hatte Harlow sie an die Wand genagelt, nur um herauszufinden, dass bei ihr die Magie nicht funktionierte. Im Grunde war Harlow aus dieser Begegnung gerade noch davongekommen, ohne selbst besessen zu werden, und die Magie, die sie eingesetzt hatte, um den Geist abzuwehren, hatte sie in den Tagen danach viel zu geschwächt zurückgelassen.

Der Kampf gegen diesen Geist hatte sie mehr als nur ein bisschen verletzlich gemacht. Ihre beiden Hauptwerkzeuge, ihr Dorn und die Magie, die sie nutzte, um Geister zu verbannen, waren völlig nutzlos. Stattdessen griff sie nach dem Salz und einem Salbeizweig, den sie auf dem Tresen gelassen hatte, und betete, dass sie das zumindest verlangsamen würde.

Während Harlows Hand sich um das Salz schloss, wurde ihr der Behälter beinahe von dem Geist aus der Hand gerissen. Harlow griff fester zu und warf dann eine erhebliche Menge Salz in die Richtung des Geistes.

Der Effekt trat sofort ein. Die Energiekugel musste einen ordentlichen Treffer einstecken, und die Lichter flackerten nicht mehr.

Harlow ging vor, zog einen Salzkreis rund um die Energiekugel. Sie pulsierte immer noch eifrig, aber die Sperenzchen hörten völlig auf.

„So ist es also? Salz ist dein Verderben?", rief sie, doch ihr Bauchgefühl sagte ihr, dass das nicht ganz stimmte. Hatte sie nicht beim letzten Mal, als sie diesen Geist bekämpft hatte, einen Salzkreis benutzt? Den Geist hatte sie nur verbannen können, indem sie sich mit ihrer eigenen Magie abgeschirmt hatte und dann gewartet hatte, bis dem Geist Energie ausging und er wieder zurück in die Schattenwelt verschwand. Die Tatsache, dass Harlow sie in einem Kreis festhalten konnte, war eine Neuentwicklung. Aber warum? Was war diesmal anders?

Sie wusste es nicht, und sie wollte eigentlich nicht abwarten, um es herauszufinden.

Harlow eilte hinüber zur Kommode und schob hastig genug Kleidung für mindestens ein paar Tage in eine Tasche. Dann, nachdem sie nachgesehen hatte, um sicherzustellen, dass der Geist noch festsaß, lief sie ins Bad, um ihren Kulturbeutel zu packen. Das letzte, was sie sich auf dem Weg nach draußen schnappte, war eine Zigarrenkiste, die sie in einer Schublade in der Küche aufbewahrte.

Mit einem letzten Blick auf den Geist schloss Harlow die Tür vor dem ganzen Schlamassel und lief zurück zu ihrem Subaru. Sobald sie angeschnallt war und die Straße entlang raste, fiel ihr auf, wie sehr ihre Hände zitterten.

Sie stieß einen langen, langsamen Atemzug aus und hatte den heftigen Drang, Cash anzurufen. Er hatte recht gehabt; sie hätte die Nacht nicht allein verbringen sollen. Nicht, wenn der Schleier zum Jenseits so dünn war. Es wäre nur ein Anruf nötig, und er wäre da. Das wusste sie ohne Zweifel. Trotzdem verwarf sie den Gedanken. Nun, da der Geist festsaß, zumindest vorerst, war es unwahrscheinlich, dass sie die Kraft auftreiben würde, Harlow in dieser Nacht in ihrem neuen Haus zu finden. Bis dahin wäre der Schleier wieder gestärkt, und wahrscheinlich würde es dem Geist viel schwerer fallen, durch ihre Verteidigung zu dringen. Besonders, wenn sie um ihr neues Haus einen dicken Salzkreis zog.

Zufrieden mit ihrer Entscheidung zwang sich Harlow dazu, das Lenkrad ein wenig lockerer zu nehmen, während sie die Schultern bewegte, weil sie versuchte, ein bisschen Anspannung loszuwerden.

So hatte sie gar nicht vorgehabt, die Tagundnachtgleiche zu feiern.

KAPITEL 4

*Z*wanzig Minuten später stand Harlow vor ihrem neuen Haus, eine Packung Salz in den Händen. Es war in ihrem Kofferraum gewesen und war noch ein Überbleibsel aus ihren Tagen als Geisterjägerin. Nach allem, was sie im Lauf ihrer Geisterjägerkarriere gesehen hatte, gab es einfach ein paar Dinge, ohne die sie nicht leben konnte. Eine große Packung Salz hinten in ihrem Auto gehörte dazu. Dazu kamen noch ein gut gepflegter Vorrat an Salbei und viele weiße Säulenkerzen. Diese drei Dinge waren grundlegend, wenn man es mit einem unwillkommenen Geist zu tun hatte.

Nachdem sie eine dicke Schicht Salz um das Haus ausgelegt hatte, ließ sie eine kleine Öffnung direkt an der Eingangstür. Dann machte sie sich an die Arbeit, um im Haus zu räuchern. Sie nahm vier Bündel Salbei, um das Haus bis zu ihrer Zufriedenheit zu reinigen, und als sie fertig war, zündete sie eine der Kerzen an und intonierte: *„Eicere, eicere, eicere."* Die Worte hallten durch das Zimmer, verbannten vorsorglich jeden Geist, der vielleicht in dem Haus herumgelungert hatte.

Obwohl sie bezweifelte, dass welche eingezogen waren.

Dieses Haus war ziemlich neu. Es war erst vor zehn Jahren erbaut worden, und die Besitzer hatten fünf Jahre darin gewohnt, bevor sie umgezogen waren und es in ein Mietshaus umgewandelt hatten. Soweit sie wusste, war in dieser Zeit nichts Ungewöhnliches passiert, und keiner war gestorben. Die Wahrscheinlichkeit, dass es dort spukte, war gering. Es war einer der Gründe, weshalb sie es unbedingt hatte mieten wollen.

Sobald sie sich überzeugt hatte, dass das Haus gereinigt war, ging sie zurück nach draußen und schloss die kleine Lücke im Salzkreis.

Erschöpft setzte sie sich auf die Stufen, die hinauf zum Haus führten, und schaute auf, um den fast vollen Mond anzusehen. Das helle Licht reichte aus, um einen Teil ihrer Erschöpfung zu vertreiben, und plötzlich hatte sie das Verlangen, diesen Wasserfall zu suchen.

Imogen hatte recht gehabt.

Allein der Gedanke, dass Harlow widerstehen konnte, die Tagundnachtgleiche mit einer guten körperlichen Reinigung unter dem Mondlicht zu feiern, war lachhaft. Obwohl sie ihre Geisterjäger-Karriere an den Nagel gehängt hatte, war sie immer noch eine Hexe, oder? Harlow ging nach drinnen, schnappte sich eine Jutetasche und füllte sie mit ihren Utensilien. Sobald sie auf dem gut ersichtlichen Weg war und die beruhigenden Geräusche des Wasserfalls hörte, wich die verbleibende Anspannung aus ihren Gliedern.

Es war einfach etwas an einem Spaziergang unter dem Mondlicht, das sie immer zu beruhigen schien. Und obwohl sie wusste, dass sie an einem solchen Abend aufpassen musste, um nicht noch weiteren Geistern zu begegnen, war die Magie, die in jede Faser von Keating Hollow gewoben war, berauschend genug, dass sie sich nicht dazu aufraffen konnte, sich noch weitere Sorgen zu machen. Außerdem saß der eine Geist, dem sie nicht begegnen wollte, in ihrer alten Wohnung fest und würde heute Nacht nicht zu ihr kommen. Sie war zuversichtlich, dass sie mit jedem anderen fertig werden konnte. Als der Pfad sich zu einer kleinen Lichtung öffnete und Harlow das Mondlicht erspähte, das auf dem Wasserfall glitzerte, brannten Glückstränen in ihren Augen. Sie hatte niemals so sehr dieses Gefühl gehabt, dass sie einfach irgendwohin gehörte, wie in diesem zauberhaften Städtchen. An diesem Ort, wo die Mammutbäume ihre Seele beruhigten und der Fluss sie mit Magie versorgte.

Als sie die Kleinstadt Ojai in Kalifornien vor sechs Monaten verlassen hatte, war sie überhaupt nicht sicher gewesen, wo sie letztlich landen würde. Sie hatte einige Zeit damit verbracht, die kalifornische Küste hinauf zu fahren, und versucht zu entscheiden, was gut passen könnte. Es gab einen Ort an der zentralen Küste namens Premonition Pointe, in dem sie einiges Potenzial gesehen hatte. Letztlich wäre das durchaus eine Möglichkeit gewesen. Erst hatte sie gedacht, nachdem sie noch etwas weiter auf Erkundung gegangen war, würde sie dort enden. Aber dann hatte sie ihren Weg nach Keating Hollow gefunden, als wäre es ein Leuchtfeuer gewesen, und war niemals wieder gegangen.

Wenn man bedachte, dass Harlows und Imogens Kindheit darin bestanden hatte, alle paar Jahre umzuziehen, hatte sie nicht wirklich einen Ort gehabt, den sie zu Hause nannte. Hätte man sie bedrängt, hätte Harlow gesagt, das Haus ihrer Großmutter in Ojai, aber sogar dieses alte Craftsman-Haus, das ihre Großmutter geliebt hatte, hatte sich niemals ganz richtig angefühlt. Es hatte zu viele Geister, die auf dem Durchweg waren, und immer Harlows Aufmerksamkeit verlangten. Ihre Großmutter hatte ihr zwar das Gefühl gegeben, geliebt zu werden und in Sicherheit zu sein, das Haus selbst war Harlow aber niemals geheuer gewesen.

Es war seltsam, dass Harlow nach Keating Hollow ziehen konnte, einen Ort, wo sie niemanden gekannt hatte, und sofort dazu passte. Klar, sie hatte von Silas Ansell gehört, von Levi Kelley, Cameron Copeland und Miranda Moon, aber das lag nur daran, dass sie als Drehbuchautoren und Schauspieler in der gleichen Unterhaltungsindustrie arbeiteten, in der auch sie gearbeitet hatte. Aber sie waren einander nie begegnet, und das hatte sie auch nicht erwartet. Promi-Geisterjägerinnen bewegten sich nicht unbedingt in denselben Kreisen wie Film- und Rockstars. Oder zumindest normalerweise nicht. Aber inzwischen war sie ein paar von ihnen begegnet, weil sie den Pub betrieb.

Harlow war gerade an den Bäumen vorbei, als ein großer weißer Wolf neben dem Wasserfall auftauchte, die Ohren zurückgelegt, und auf Harlow herabstarrte. Sie blieb abrupt stehen, beobachtete und wartete ab. Der Wolf knurrte nicht, aber er war angespannt.

Ihr Herz fing an zu rasen. Was sollte sie denn tun, wenn sie einem Wolf begegnete? Stillstehen und warten, oder langsam rückwärtsgehen? Sie versuchte immer noch, zu entscheiden, aber da entspannte sich der Wolf, seine Ohren wurden wieder normal.

Eine Bewegung auf der linken Seite zog ihre Aufmerksamkeit auf sich, und Harlows Panik begann, ihr feuchte Hände zu bescheren. Wenn der Wolf Rudelgefährten hatte, hatte sich diese Nacht gerade zum Schlechteren gewandelt. Aber als sie hinübersah, gab es keine weiteren Wölfe, nur eine Frau, die barfuß ging, mit langen, dunklen und sehr nassen Haaren, in einer dunkelgrünen Robe. Tropfen hingen an ihrer sichtbaren Haut, sodass offensichtlich wurde, dass sie gerade aus dem Wasser gestiegen war.

„Er ist nicht gefährlich", sagte die Frau, die dem Wolf eine Hand auf den Kopf legte und eines seiner Ohren streichelte. Der Wolf lehnte sich an sie, drückte seinen ganzen Körper an ihr Bein.

Harlow blinzelte die Frau an, dann den Wolf. Sie hatte niemals einen zahmen Wolf getroffen. „Es tut mir leid. Ist das dein Grundstück? Ich wollte nicht eindringen."

„O nein. Das ist öffentliches Land." Die Frau kam näher und streckte die Hand aus. „Ich bin Zya Rossi. Du bist Harlow, oder? Die den neuen Pub betreibt, Equinox?"

„Ja." Harlow schüttelte ihr die Hand. „Schön, dich kennenzulernen, Zya. Dir gehört der Wollladen, oder?" Harlow hatte noch keine Zeit bei *Verhext und zugenäht* verbracht, aber der Name Zya war ungewöhnlich genug, dass sie ihn aus den Unterhaltungen ihrer Gäste wiedererkannte.

„Stimmt." Sie lächelte und legte die Hand wieder auf den Kopf des Wolfes. „Das ist übrigens Silver."

Harlow schaute dem Wolf in die intelligenten Augen und fragte sich, wie die Frau zu dem Wolf gekommen war. „Hallo, Silver."

Der Wolf entspannte seine Haltung, und seine Zunge hing ihm aus dem Maul, sodass er eher wie ein verspielter Welpe wirkte, und nicht wie ein gefährlicher Wolf.

„Ich wollte nicht stören", sagte Harlow. „Ich kann wiederkommen, wenn du hier fertig bist."

„Du hast nicht gestört. Ich habe gerade mein Ritual für die Tagundnachtgleiche abgeschlossen", sagte Zya. „Silver hat auf mich aufgepasst." Sie lächelte auf den Wolf hinab und beäugte dann Harlows Jutetasche. „Nicht, dass wir erwartet hätten, dass jemand vorbeikommt. Ich nehme an, deshalb bist du auch da. Der Wasserfall ist der perfekte Ort dafür."

Harlow hätte sich normalerweise keiner Frau anvertraut, die sie gerade erst getroffen hatte, aber aus irgendeinem

Grund fühlte sie sich sofort wohl mit Zya. Manchmal passierte so was. Als würde vielleicht ihre Seele eine ähnliche Seele erkennen. „Ja, tatsächlich. Ich wollte eine Reinigung durchführen, damit ich mit weniger Gepäck in den Frühling starten kann, um es mal so auszudrücken."

Die Frau lachte leise. „Na, dann machen wir mal Platz. Außer du willst, dass ich und Silver auf der Lichtung Wache halten?"

„O nein", sagte Harlow, die mit einer Hand wedelte. „Ich glaube nicht, dass es dafür wirklich einen Grund gibt, oder? Nicht in Keating Hollow. Für eine magische Stadt ist dieser Ort überraschend zahm."

Zya stieß ein lautes Lachen aus, dann wurde sie rasch wieder nüchtern. „Ich nehme an, das stimmt schon. Obwohl ich sagen möchte, dass es nicht gänzlich unbekannt ist, dass die Dinge hier aus dem Ruder laufen. Und wenn sie das tun, kann das wegen des magischen Elements schwer zu sehen sein. Kennst du diesen Spruch, ‚die Dinge sind nicht, wie sie scheinen'?"

„Ha."

„Du glaubst, alles ist in Ordnung, und dann stellst du fest, dass deine zukünftige Schwiegermutter dich verflucht hat, sodass du von einem verrückten Geist besessen bist, damit sie deine Taten gegen dich einsetzen kann, und gegen ihren Sohn, in einem Sorgerechtsstreit wegen ihres Enkelkindes."

Harlow blinzelte sie an. „Bitte sag mir, dass das nicht passiert ist."

„Ach, schon", erwiderte Zya mit einem wenig erheiterten Lachen. „Hat nicht funktioniert, der Göttin sei es gedankt, aber es hat mich etwas vorsichtiger werden lassen, wenn es darum geht, mit wütenden Familienmitgliedern umzugehen."

„Das kann ich nachvollziehen", sagte Harlow, die versuchte, nicht das Gesicht zu verziehen. Es war ein Jahr her, seit

Imogen besessen gewesen war, was dazu geführt hatte, dass sie ein völlig anderer Mensch wurde, und Harlow schämte sich immer noch dafür, wie sie mit der Situation umgegangen war.

„Ich schätze, du hast recht. Sogar ein friedlicher und verzauberter Ort wie Keating Hollow hat bestimmt so seine Probleme."

„Die Magie heizt immer alles noch ein bisschen stärker an." Zya deutete auf eine Stelle gleich abseits des Weges, die im Schutz der Bäume war, und sagte: „Wie wäre es, wenn Silver und ich gleich da drüben warten? Damit hast du deine Privatsphäre, und wir werden dich warnen können, wenn wir jemanden oder etwas Ungewöhnliches sehen."

Harlows Instinkt sagte ihr, das Angebot abzulehnen, aber stattdessen stellte sie fest, dass sie nickte. „Vielen Dank."

„Das ist doch gar kein Problem. Komm schon, Silver." Die beiden verschwanden zwischen die Bäume. Sie waren still und hatten eine fast ätherische Art an sich. Ohne Zweifel waren sie hervorragend darin, sich unter aller Augen zu verstecken. Wenn sie nicht gesehen werden wollten, würde man sie nicht sehen.

Mit dem Gefühl, ein bisschen weiter mit ihrer Gemeinschaft verbunden zu sein, bewegte sich Harlow zu dem Wasserfall und fing an, ihre Vorräte auszupacken.

KAPITEL 5

*C*ash fuhr in die Zufahrt des alten zweistöckigen Farmhauses, das fast hundert Jahre lang in seiner Familie gewesen war, und schaltete den Motor seines Jeeps ab. Es war für ihn immer noch surreal, dass er in Keating Hollow gelandet war. Als Harlow ihn vor über einem Jahr verlassen hatte, nachdem sie ihre paranormale Geisterjäger-Sendung verloren hatten, war er am Boden gewesen, weil sie ihr gemeinsames Leben so völlig aufgegeben hatte. Es hatte nicht lange gedauert, bis sich diese Niedergeschlagenheit in Wut verwandelt hatte, und er war überzeugt gewesen, dass es mit ihnen hundertprozentig vorbei war. Wie konnte er jemals wieder jemandem vertrauen, der einfach so davongelaufen war?

Nicht, dass sie irgendein Interesse gezeigt hätte, sich wieder zu versöhnen. Tatsächlich hatte sie überhaupt keinen Kontakt mit ihm aufgenommen. Sie war eiskalt weggegangen, und das hatte mehr als alles andere seinen Zorn beflügelt.

Aber dann hatte das Schicksal sich zu Wort gemeldet, als er und sein Bruder das Haus seiner Großtante geerbt hatten.

Eines, das zufällig eben in Keating Hollow war. Erst als er hergekommen war, um sich den Zustand des Hauses anzusehen, damit sie entscheiden konnten, ob sie es behalten oder verkaufen wollten, war ihm klar geworden, dass Harlow sich erst vor ein paar Monaten hier niedergelassen hatte.

Er hatte gewusst, dass das ein Zeichen war.

Und Cash Moses ignorierte keine Zeichen. Ihren Pfaden war es bestimmt, einander wieder zu kreuzen. Er hatte das glasklar in dem Augenblick gewusst, in dem er ihr begegnet war und herausgefunden hatte, dass sie im Equinox arbeitete. Da hatte er herausgefunden, dass er nicht wütend gewesen war. Nicht wirklich. Er war verletzt gewesen.

Aber genauso sie.

Das sah er jetzt. Sie hatte ihn gebeten, die Geisterjagd aufzugeben, es alles hinter sich zu lassen, und er hatte sich geweigert. Er war fest davon überzeugt gewesen, dass sie weitermachen und neu anfangen konnten. Dass alles, was sie brauchte, ein bisschen Zeit war. Dass sie zu ihm zurückkommen würde, wenn sie Zeit gehabt hatte, darüber nachzudenken.

Das war sie nicht. Stattdessen hatte sie in Keating Hollow neu angefangen.

Und jetzt hatte er das auch getan. Auf die eine oder andere Art würde er eine Möglichkeit finden, sie beide von den Verheerungen des Vorjahres genesen zu lassen. Er musste nur herausbringen, wie er wieder ihr Vertrauen gewann.

Cash schob alle seine Überlegungen zur Seite und sprang aus dem Jeep, wünschte sich immer noch, Harlow hätte ihn an diesem Abend bei sich bleiben lassen. Nach der Szene im Pub war er mehr als nur ein bisschen besorgt, wie der Rest der Nacht laufen würde. Er wusste, dass sie sich verteidigen konnte, wenn weitere Geister auftauchten, aber er verabscheute den Gedanken, dass sie sie allein bekämpfen musste.

Während er mit der Hand über die Stoppel auf seinem Kinn rieb, begab er sich ins Farmhaus und schaltete das Licht am Eingang ein, als er drinnen war. Im Haus war es ruhig, aber er wusste sofort, dass er nicht allein war.

Er wirbelte herum, griff in seiner Tasche nach der Eisenkette und holte nichts heraus, weil ihm zu spät einfiel, dass sie vorhin im Pub zerstört worden war.

„Huch, großer Bruder", sagte Shaun, der die Hände hob. „Hier sind keine Geister."

„Shaun? Was zur Hölle, Mann?", stieß er hervor, sein Körper bebte leicht wegen des Adrenalinrauschs. „Hättest du nicht versuchen können, mich anzurufen, anstatt mich so zu erschrecken?"

„Tut mir leid. Mir war nicht klar, dass ich einen Termin ausmachen muss, um mein eigenes Haus zu nutzen." Shauns Tonfall war ausdruckslos, während er seinen Bruder aus zusammengekniffenen Augen betrachtete.

Cash verdrehte die Augen. „Das habe ich nicht gemeint, und das weißt du auch." Er ging in die Küche und direkt zur Kaffeemaschine. Er hatte seine nachmittägliche Dosis Koffein verpasst, und wenn er sie nicht bekam, würde er am Morgen schreckliche Kopfschmerzen haben. Während er den gemahlenen Kaffee abmaß, warf er einen Blick zu seinem Bruder. „Warum hast du im Dunkeln gesessen?"

Shaun zuckte mit einer Schulter. „Das hatte ich nicht vor. Ich schätze, die Nacht hat sich einfach an mich rangeschlichen."

„Ist dein Truck in der Garage?" Cash glaubte keinen Augenblick, dass sein Bruder einfach vergessen hatte, das Licht einzuschalten. Er hatte nicht angerufen, um Cash wissen zu lassen, dass er kam, sein Truck war nirgends zu sehen, und er hatte sich auf den Sessel in der Ecke des Wohnzimmers gesetzt, ohne das Licht einzuschalten, offensichtlich nur, um darauf zu warten, dass Cash nach Hause kam. Nichts davon war unabsichtlich geschehen.

„Ja. Ist das ein Problem?"

Cash hob eine Augenbraue. „Das ist interessant. Wo hast du die Möbel hingestellt?"

„Was für Möbel?", fragte Shaun langsam.

„Tante Janes Möbel. Ich hab die in die Garage gestellt, bevor das Ganze hier geliefert wurde." Cash wedelte mit der Hand zum Wohnzimmer hin. Das erste, was er getan hatte, war, die Siebziger-Jahre-Möbel von Tante Jane rauszubringen, und sie durch ein neues Polstersofa und passende Sessel zu ersetzen.

Shaun murmelte tonlos einen Fluch. „Also gut. Du hast mich erwischt. Ich habe nicht in der Garage geparkt. Da würde ich ja nicht mal reinkommen, weil du ein Vorhängeschloss angebracht hast, und ich habe keinen Schlüssel. Warum? Ich habe keine Ahnung, aber vielleicht liegt es daran, dass mein Bruder nicht daran gedacht hat, einen für mich zu hinterlegen."

Cash ignorierte seinen Ausbruch und fragte: „Wo ist er denn dann?"

„Hinter der Garage. Ich dachte mir, du würdest es nie sehen."

„Nie würde ich nicht sagen", erwiderte Cash. „Die echte Frage ist, warum? Denn wenn das eine Überraschung sein sollte, musst du noch ein bisschen an deiner Taktik arbeiten."

„Du warst doch überrascht, oder nicht?" Shaun kam herüber und schenkte sich selbst eine Tasse Kaffee ein.

Cash schnappte sich das Plunderteilchen, das auf dem Tresen gestanden hatte, und sie nahmen beide am Küchentisch

Platz. Er schob das Tablett mit dem Teilchen zu Shaun und sagte: „Spuck es aus. Was ist los?"

Shaun schloss die Augen, nahm einen Schluck Kaffee und sagte: „Ich dachte, ich hätte eine Vorahnung gehabt, aber wie es sich erweist, lag ich falsch."

Cash richtete sich auf, schenkte seinem Bruder seine volle Aufmerksamkeit. Shaun hatte nicht oft Vorahnungen, aber wenn dem so war, lagen sie normalerweise völlig richtig. „Was hast du gesehen?"

„Spielt keine Rolle. Es war nicht echt. Ich wusste es in dem Augenblick, in dem ich in das Haus kam, aber ich musste trotzdem noch sichergehen. Deshalb habe ich im Dunkeln gesessen und gewartet, um sicherzugehen, dass nichts passiert. Als du reinkamst und kein Geist erschienen ist, wusste ich es sicher."

„Ich verstehe das nicht", sagte Cash, der seinen Bruder mit gerunzelter Stirn anschaute. „Du bist hier hergekommen, weil du eine Vorahnung hattest, dass ein Geist mich angreifen würde?"

„Ja", erwiderte er einfach und biss ein Stück von dem Plunderteilchen ab.

Cash grinste seinen Bruder an. „Also *bin* ich dir wichtig." Er drückte sich eine Hand aufs Herz und tat so, als würde er in Ohnmacht fallen.

„Du bist mein einziger Bruder. Ich schätze, es wäre schon schön, wenn du weiter um mich bist", sagte Shaun.

„Erzähl mir was von der Vorahnung. Was hast du gesehen?", fragte Cash, der nicht widerstehen konnte. Er wusste, dass Shaun nicht gerne über sie redete, wenn er es verhindern konnte, aber Cash wollte wissen, was er gesehen hatte.

„Die war echt komisch. So komisch, dass ich mir nicht sicher bin, ob ich nicht einfach nur eingeschlafen bin und das Ganze geträumt habe."

Cash blieb still, wartete auf den Rest der Geschichte.

Es dauerte ein paar Sekunden, aber Shaun erzählte schließlich weiter. „Die war so seltsam, weil ich sie aus etwas gesehen habe, das ich für deine Perspektive hielt, fast, als hätte ich die Szene durch deine Augen gesehen."

„Das ist ungewöhnlich", stimmte Cash zu. Normalerweise sah er seine Vorahnungen einfach wie einen kleinen Film. Das klang, als wäre er *in* der Vorahnung, anstatt sie nur zu sehen.

„Ja. Auf jeden Fall bist du in das dunkle Haus gekommen, unterwegs zur Küche gewesen und hast nach dem Kaffeepott gegriffen. In dem Augenblick, in dem du ihn berührt hast, flogen die Dinge einfach nur herum. Nichts, was du tun konntest, konnte es aufhalten, und innerhalb weniger Augenblicke spürte ich, wie dir was Großes an den Kopf stieß, dann wurde alles schwarz."

„Du meinst, ich wurde außer Gefecht gesetzt?" Cash schaute sich im Raum um, sein Blick landete auf dem alten Kessel, den er behalten hatte, weil er gern etwas von Tante Jane in der Küche haben wollte, selbst wenn er es nie einsetzte. Hatte er den in Shauns Vision über den Schädel bekommen? Vielleicht.

„Ja. Aber wie ich sagte, ich wusste, dass es nicht stimmte, in dem Augenblick, als ich hereinkam, denn hier sieht es überhaupt nicht so aus wie das, was ich in der Vorahnung gesehen habe. Die Küche war sehr viel moderner und hatte überall Geräte aus Edelstahl. Das" – er wedelte mit der Hand zu den Schränken hin – „ist sehr viel traditioneller. Hat Klasse, aber eben traditionell."

Das war Shauns erster Besuch in Tante Janes Haus, seit er ungefähr fünf Jahre alt gewesen war. Die Tatsache, dass er sich nicht mehr daran erinnert hatte, dass die Küche so aussah, war keine Überraschung. Cash hatte ihm eine Datei mit Fotos geschickt, aber wie er seinen Bruder kannte, hatte er sich keine

Zeit genommen, sie anzuschauen. Bevor er in Keating Hollow aufgetaucht war, hatte er kein großes Interesse an dem alten Haus gezeigt.

„Okay, damit ist es entschieden. Ich stimme dafür, dass es ein Traum war", sagte Cash, der wusste, dass Shauns Vorahnungen immer innerhalb von ein paar Stunden wahr wurden. „Aber ich beschwere mich nicht, dass es dich hierhergeführt hat. Lass mich dir doch eine Tour durch das Haus geben."

Shaun folgte ihm rund ums Haus, sagte nicht viel, bis sie an das Zimmer kamen, das Cash für ihn hergerichtet hatte. Eine Wand war in Sturmgrau gestrichen, Shauns Lieblingsfarbe, während der Rest weiß war. Er hatte ein Doppelbett mit einer neuen Matratze reingestellt und einen Sessel ans Fenster. Es sah hübsch aus, wenn Cash das mal so sagen durfte.

„Du hast es toll gemacht, diesen Laden herzurichten", sagte Shaun schließlich. „Macht es dir was, wenn ich eine Weile bleibe?"

„Es ist auch dein Haus. Du musst mich doch nicht fragen", sagte Cash automatisch, während er ein Lächeln unterdrückte. Seinen Bruder hier bei sich zu haben, war nicht das, was er erwartet hatte, aber er würde sich auf keinen Fall darüber beschweren. Es war Jahre her, dass sie irgendwie Zeit miteinander verbracht hatten. Vielleicht war es genau das, was sie brauchten, um nach den Jahren, in denen sie beide zu schwer gearbeitet hatten, wieder in Verbindung treten.

Shaun schüttelte vor ihm den Kopf. „Ich weiß, dass es auch mein Haus ist, aber du lebst hier doch Vollzeit. Und bist derjenige, der es auf sich genommen hat, es herzurichten. Ich will doch nicht einfach über dich hereinbrechen, besonders, da du die Dinge mit Harlow wieder ins Lot gebracht hast."

Cash presste die Lippen aufeinander, bis sie ganz dünn

waren, und schüttelte den Kopf. „Wir haben gar nichts ins Lot gebracht. Aber zumindest reden wir wieder miteinander."

„Habt ihr nicht?" Shauns Stirn legte sich in Falten. „Das passt nicht zu ..." Er schüttelte den Kopf und stieß ein kaum hörbares Stöhnen aus. „Ich schwöre, meine Fähigkeiten als Seher kann man das Klo runterspülen. Ich war mir ganz sicher, dass ich eine Vision von ihr gesehen habe, wie sie dich küsst. Auch nicht süß und unschuldig. Das war vielleicht gerade noch so jugendfrei."

„Vielleicht kommt es ja noch dazu", sagte Cash, der nicht verhindern konnte, dass sich Hoffnung in ihm breitmachte.

„Vielleicht, aber heute Abend bestimmt nicht ..." Shaun brach seinen Satz plötzlich ab, und seine Augen wurden unscharf, während er sich an den Türrahmen klammerte.

„Verdammt!" Cash legte sofort einen Arm um die Taille seines Bruders, als er die Anzeichen einer intensiven Vorahnung erkannte. Shauns Körper wankte und wäre Cash nicht da gewesen, um ihn zu fangen, wäre er in zwei Sekunden auf die Fresse gefallen.

Cash hielt Shaun aufrecht, und es fühlte sich an, als wären es Stunden, aber es waren wohl nur dreißig Sekunden. Doch wenn jemand, der einem wichtig war, aussah, als wäre er besessen, fühlten sich dreißig Sekunden an wie eine Ewigkeit.

Schließlich öffneten sich Shauns Augen flatternd. Er schaute nur zu Cash, blinzelte, bis seine Augen wieder scharf waren, dann sagte er: „Es ist Harlow. Sie ist in Gefahr."

KAPITEL 6

*C*ash fuhr schnell durch die kleinen Sträßchen von Keating Hollow, wollte unbedingt zu Harlow. Er wusste, er hätte ihr nie von der Seite weichen sollen. Nicht nach dem, was im Pub vorgefallen war. Er packte das Lenkrad fester und sprach ein stilles Gebet zum Dank, dass er sich im Voraus die Mühe gemacht hatte, herauszufinden, wo sie wohnte, der Tatsache zum Trotz, dass er sich damit ein bisschen wie ein Stalker vorkam.

Falls es irgendwas gab, was er in seiner Zeit als Geisterjäger gelernt hatte, dann, dass man niemals zu vorbereitet sein konnte. Es war nur vernünftig, zu wissen, wo sie wohnte. Die Tatsache wurde bewiesen, als Shaun seine Vision von Harlow gehabt hatte und dann ihr Handy direkt auf die Mailbox gegangen war.

Er hatte nicht gezögert. In dem Augenblick, in dem Shaun angedeutet hatte, dass Harlow in Schwierigkeiten steckte, war Cash losgelaufen. Shaun hatte nicht versucht, mitzukommen, und Cash hatte es nicht angeboten. Ihm war es lieber, wenn sein Bruder zu Hause blieb, sicher vor dem, was immer bei

Harlow zu Hause los war. Sobald Cash dorthin kam, würde er all seine Mühe darauf wenden, Harlow zu helfen, und brauchte keine Ablenkung in der Form seines Bruders, der niemals irgendwas mit Geistern hatte zu tun haben wollen.

Das Grauen dessen, was Harlows Schwester passiert war, war groß genug gewesen, dass er darauf bestand, dass sein Bruder sich niemals mit irgendeinem Geist einließ, besonders nicht einem rachsüchtigen. Da er ein Seher war und kein Geisterjäger, gab es sowieso nicht viel, was er tun konnte.

Die drei Kilometer lange Fahrt schien Stunden zu dauern. Cash trat aufs Gas, nahm die Kurven schneller als angemessen. Und als sein Jeep ausbrach, weil er so halsbrecherisch fuhr, packte er nur das Lenkrad fester und hielt den Fuß auf dem Gas.

Harlow war in Gefahr. Nichts, nicht einmal kurvige Landstraßen, würden ihn verlangsamen. Als er schließlich Harlows lange Zufahrt erreichte, stieg er auf die Bremse und sein Jeep kam schlitternd zum Stillstand. Ein rascher Blick zeigte ihm, dass der Subaru, den sie vorhin gefahren hatte, gar nicht da war. Der Knoten aus Unbehagen, der sich in seinen Eingeweiden niedergelassen hatte, wurde größer, während er aus seinem Fahrzeug sprang und die Stufen hinauf zu ihrer Wohnung lief.

Sein hartnäckiges Klopfen wurde nicht beantwortet. Cash zog sein Handy raus, drückte auf ihre Nummer und wurde abermals von der Mailbox begrüßt.

„Verdammt." Weil er nicht gehen wollte, ohne nachzusehen und sicher zu sein, dass Harlow nicht verletzt drinnen lag, zog er ein Set mit Dietrichen heraus und machte sich an die Arbeit mit der Tür. Im Lauf der Jahre waren diese Werkzeuge häufiger praktisch gewesen, als er zählen konnte. Sicher würde Harlow verstehen, dass er in ihre Privatsphäre eindringen musste, sobald er von Shauns Vorahnung gehört hatte. Sie hatte seine Gabe – oder seinen Fluch – schon fast so oft in Aktion gesehen wie Cash. Sie wusste, wie zutreffend seine Visionen wirklich waren.

Das Schloss klickte und Cash stürzte sich in die Wohnung, nur um von einer Woge der Übelkeit getroffen zu werden. Es war ein Saustall. Zerbrochenes Geschirr lag in der ganzen Küche verstreut. Ein paar Lampen waren zerbrochen. Und die Möbel standen schief, als hätte es einen Kampf gegeben. Während er die Galle schluckte, die in seiner Kehle aufstieg, raste er ins Schlafzimmer und bestätigte, dass Harlow nicht in der Wohnung war. Und ausgehend von den offenen Schubladen in ihrer Kommode und den zufälligen Kleidungsstücken, die auf den Boden gefallen waren, schätzte er, sie war in Eile gegangen.

Cash marschierte zurück ins Wohnzimmer und kniff die Augen zusammen, um den Bereich zu mustern, passte auf alle Einzelheiten auf. An der Tür waren keine Anzeichen für ein erzwungenes Eindringen gewesen. Der Großteil der Gegenstände, die zerbrochen oder auf den Boden geworfen waren, war ziemlich leicht. Und gleich neben der Küche sah er es. Den Beweis, dass Salz überall verstreut worden war, und eine dicke Schicht mit einem Salzkreis, einen, der sicher zum Schutz gezogen worden war. Langsam ging er hinüber zu dem Bereich und blieb einen Meter von dem Kreis entfernt stehen.

Die Übelkeit, die er gespürt hatte, gleich als er eingetreten war, wurde so viel intensiver, dass er sich beinahe vor Schmerzen vorbeugte.

„Du bist zurück", sagte Cash.

Diese Woge der Übelkeit wurde noch einmal intensiver, und er wusste, dass er recht hatte. Der Geist, der sein Leben vor über einem Jahr zerstört hatte, saß in Harlows Küche fest.

„Ich weiß nicht wann oder wie", versprach er dem Geist,

„aber auf die eine oder andere Art werde ich eine Möglichkeit finden, dich für immer zu verbannen."

Wind rauschte durch die offene Tür, mit so starker Kraft, dass es ihn beinahe umwarf. Sein ganzer Körper spannte sich an, bereit für einen Kampf. Aber der Wind verstummte plötzlich, und er war nicht ganz sicher, aber er dachte, ein Glitzern von Licht in dem Kreis zu sehen, was nahelegte, dass der Geist noch da war.

„Schön für Harlow. Sieht so aus, als hätte sie endlich herausgefunden, wie man dich festsetzt. Das wird helfen, wenn wir dich letztlich in die Hölle schicken, in die du gehörst", sagte er mit einem tiefen Knurren, bevor er hinausging.

Er stieg zurück in seinen Jeep, stieß ein erleichtertes Seufzen aus, weil es nicht schien, als wäre Harlow etwas Schreckliches zugestoßen. Aber trotzdem würde er niemals aufgeben, bis er sicher wusste, dass mit ihr alles in Ordnung war. Und zum ersten Mal, seit sie aus seinem Leben verschwunden war, tat er etwas, von dem er sich gesagt hatte, er würde es niemals tun. Er öffnete sein Handy in der Hoffnung, dass sie seine Möglichkeit, ihren Standort zu sehen, nicht abgeschaltet hatte. Zu seiner großen Erleichterung erschien ein kleiner Punkt auf seinem Display, der nahelegte, dass sie auf der anderen Seite der Stadt war. Oder zumindest ihr Handy war dort.

Würde sie wütend werden, wenn er einfach an ihrem Standort auftauchte?

Ja.

Daran bestand kein Zweifel. Sehr wahrscheinlich würde sie toben, dass er ihr nachgestellt hatte, aber dieses kleine bisschen Technologie war noch ein Überbleibsel aus der Zeit, als sie zusammen Geister gejagt hatten. Sie hatten es als Sicherheitsmaßnahme eingesetzt, und es war oft praktisch gewesen. Trotzdem wusste er, dass sie das Eindringen in ihre

Privatsphäre nicht zu schätzen wissen würde, obwohl sie es jederzeit hätte abschalten können. Aber das hatte sie nicht. Und er auch nicht.

Es spielte keine Rolle, wenn sie wütend wurde. Cash konnte einfach nicht mit der Tatsache leben, nicht ganz sicher zu wissen, dass es ihr gut ging.

Nachdem er sein GPS auf ihren Standort eingestellt hatte, stellte er den Jeep auf Fahren und eilte durch die Stadt.

Als er die lange Zufahrt zu dem süßen Häuschen hinauffuhr, das am Rande des Waldes stand, freute er sich, Harlows Subaru vorne geparkt zu sehen. Aber als er an die Tür ging und keiner auf sein Klopfen antwortete, machte sich wieder das Unbehagen in seinen Eingeweiden breit.

Was jetzt?

Ein Blick in die Fenster sagte ihm, was er bereits wusste. Harlow war nicht da.

Niemand war da. Das Einzige, was er sah, war ihre Reisetasche. Diejenige, die er ihr vor zwei Jahren zu Weihnachten geschenkt hatte. Er hatte sie gekauft, um die vergammelte alte zu ersetzen, die so abgenutzt war, dass die Räder daran schon zerbrochen waren und die Fäden allmählich dünn wurden. Zumindest wusste er, dass sie an einem sicheren Ort untergekommen war, und nicht ihrer winzigen Wohnung, in der nun ein Geist festsaß.

Er zog sein Handy noch einmal heraus und bestätigte, dass ihr Handy tatsächlich im Haus war. War sie irgendwohin gegangen, mit dem- oder derjenigen, bei der sie übernachtete?

Oder hatte jemand sie gezwungen, irgendwohin zu gehen?

Sein Spürsinn machte sich bemerkbar, und er schaute sich auf der ungeteerten Straße um, suchte nach frischen Reifenspuren. Die einzigen, die er sah, kamen von seinem Fahrzeug und dem von Harlow.

Bedeutete das, dass sie nicht bei jemandem übernachtete? Vielleicht hatte sie das Haus für die Nacht gemietet.

Überzeugt, dass hier nichts faul war, weil es keinerlei Hinweise auf einen Kampf gab, ging er um das Haus und suchte nach weiteren Hinweisen.

Er schaltete die Taschenlampen-App auf seinem Handy ein und musterte den Bereich. Gleich draußen vor der Hintertür sah er ein einzelnes Paar Fußabdrücke, die in den Wald hinein führten.

Cash stieß ein erleichtertes Seufzen aus, während die Anspannung allmählich aus seinen Muskeln heraussickerte.

Der Wald ergab schon Sinn. Es war immerhin Tagundnachtgleiche.

Er war bereit, sein Hemd darauf zu setzen, dass er, wenn er dem schmalen Weg folgte, früher oder später Wasser und Harlow finden würde.

Er zögerte nur einen Augenblick lang, weil er wusste, dass Harlow ein Ritual durchführte, und dann würde sie nicht gestört werden wollen. Aber er konnte sich nicht einfach abwenden und nach Hause gehen, bis er sich bewiesen hatte, dass sie nicht in Gefahr war.

Er straffte die Schultern, bewegte sich rasch über den vom Mondlicht erhellten Pfad.

Er hörte den Wasserfall, bevor er ihn sah. Das Rauschen des Wassers füllte den stillen Wald, und er wusste ohne Zweifel, dass Harlow gleich hinter den Bäumen war. Manchmal spürte er es einfach, wenn sie in der Gegend war. Seine Seele war beruhigt, und er fühlte sich einfach *richtig*.

Cash wusste, dass er da hätte umkehren können. Harlow war gleich hinter den Bäumen, eindeutig nicht in Gefahr. Das hätte er auch gespürt. Aber jetzt war er zu nahe. Es war sehr wahrscheinlich, dass sie seine Energie bereits spürte, und wenn er sich jetzt zurückzog, würde das zu vielen offenen

Fragen zwischen ihnen führen. Er wollte nicht, dass sie glaubte, er würde ihr nachspionieren.

Die Bäume öffneten sich zu einer kleinen, vom Mond beleuchteten Lagune, mit einem Wasserfall auf der gegenüberliegenden Seite. Seine Augen richteten sich sofort auf Harlow und ihre nackte Haut unter dem Sprühregen des Wasserfalls. Ihre Augen waren geschlossen, und ihre Hände hoch in die Luft erhoben, während sie auf Lateinisch einen Reinigungszauber intonierte.

Ihre Augen öffneten sich, und Harlow starrte ihn direkt an. Ihre Lippen verzogen sich nach unten, während sie die Arme senkte und sie vor der bloßen Brust verschränkte.

Cash konnte nicht verhindern, dass sein Blick über ihren Körper wanderte, den er seit einem Jahr nicht mehr berührt hatte. Unbewusst trat er einen Schritt vor, wurde mit seinem ganzen Wesen zu ihr gezogen, eine intensive magnetische Anziehungskraft. Aber bevor er sich weniger als ein paar Zentimeter bewegen konnte, kam von links aus dem Wald ein weißer Blitz, gefolgt von einem wilden Knurren.

Sein Blick konzentrierte sich auf den großen weißen Wolf, der vor ihm stand, mit gesträubtem Nackenfell und gebleckten Zähnen.

„Huch", sagte Cash, der die Hände hob, während er einen kleinen Schritt zurückging. „Ich will niemandem schaden."

Der Wolf knurrte noch einmal und kam näher.

Cash blieb stehen, weil er wusste, wenn er irgendeine Schwäche zeigte, würde der Wolf sich vermutlich auf ihn stürzen.

„Wer bist du, und warum bist du hier?", fragte eine weibliche Stimme aus Stahl, kurz bevor eine Frau aus den Bäumen hervortrat. Sie hatte lange schwarze Haare, und ihre grünen Augen spießten ihn vor Argwohn auf.

„Cash Moses", sagte er mechanisch. „Ich bin ein ... Freund von Harlow." Er wies mit dem Kopf auf den Wasserfall.

„Freund?" Sie hob eine Augenbraue, während der Wolf wieder zu knurren begann. „Etwas sagt mir, dass *Freund* nicht das Wort ist, das Harlow benutzen würde."

„Ist es nicht", sagte Harlow hinter ihnen. Sie war in eine grüne Robe gehüllt und funkelte ihn an. „Er ist mein Ex, und ich verstehe um alles in der Welt nicht, weshalb er hier ist, oder wie er mich überhaupt gefunden hat."

„Harlow, ich kann es erklären", setzte Cash an.

„Weißt du was, Cash? Ich bin mir nicht mal sicher, ob ich das wissen will. Bitte geh einfach", sagte sie mit einem müden Seufzen. „Du hast bereits mein Ritual unterbrochen. Mach die Dinge nicht noch schlimmer, indem du versuchst, dieses krasse Eindringen in meine Privatsphäre zu rechtfertigen."

Enttäuschung mischte sich mit Frust, während er sie anstarrte und versuchte, an ihrer Wut vorbei zu sehen zu dem Menschen, den er früher gekannt hatte. Demjenigen, zu dem er eine solche Verbindung gehabt hatte, dass sie manchmal wusste, was er dachte, bevor er auch nur die Gelegenheit gehabt hatte, seine eigenen Gedanken zu verarbeiten.

„So ist das also, ja?", fragte er ausdruckslos.

„So ist es." Ihr Kinn war angespannt, und in ihren Augen blitzte Zorn.

„Also gut", sagte er und sah zu dem Wolf. „Du kannst deinen Wachhund wegpfeifen. Ich gehe ja."

Ein letztes Mal schaute er zu Harlow. „Shaun hatte eine Vision, dass du in Gefahr bist. Ich bin froh, zu sehen, dass alles gut ist."

Dann machte er auf dem Absatz kehrt und kochte still vor sich hin, während er zurück zu seinem Jeep ging und versuchte, nicht mit den Fingern auf den Schmerz zu drücken, der gleich unter seinem Brustbein pochte.

KAPITEL 7

*H*arlow erwachte am nächsten Morgen mit hämmernden Kopfschmerzen und einem hohlen Gefühl in der Magengrube. Nach ihrer Begegnung mit Cash hatte sie sich einfach nur niedergeschlagen gefühlt. Als hätte sie etwas schrecklich falsch gemacht, und es gäbe keinen Weg, es richtigzustellen.

Sie wusste, dass sie nur hart zu sich war. Jeder wäre doch genervt gewesen, seinen Ex zu sehen, der in eine rituelle Reinigung eindrang, aber als Cash gesagt hatte, dass Shaun eine Vision von ihr in Gefahr gehabt hatte, hatte Harlow gewusst, dass Cash das Einzige getan hatte, was er tun konnte. Er hatte sie aufgespürt, um sicherzustellen, dass alles in Ordnung war.

Natürlich hatte er das.

Das war eben Cash. Er hätte versucht, jeden aufzuspüren, der in einer von Shauns Visionen war, denn sie wussten beide, dass Shaun richtig lag. Ohne Zweifel hatte er die Szene drüben in ihrer Wohnung gesehen. Harlow wusste, dass Cash dort zuerst hingegangen war und sie dann zu ihrem neuen Haus verfolgt hatte. Vermutlich mit der Hilfe von Technik.

Harlow setzte sich im Bett auf, schnappte sich ihr Handy und öffnete die Finden-App. Da war er. Cash Moses als kleiner Punkt irgendwo auf der anderen Seite der Stadt. Er hatte diese Funktion nicht abgeschaltet. Genauso wie sie das nicht getan hatte.

Sie hatte darüber nachgedacht. Mehr als einmal. Aber aus irgendeinem Grund konnte sie die Änderung in ihren Einstellungen einfach nicht vornehmen. Lag es daran, dass sie gewollt hatte, dass er sie hier aufspürte? Oder war es nur, dass nach all den Veränderungen, die sie in ihrem Leben vorgenommen hatte, dieser eine Schritt zu weit ging?

Harlow kannte die Antwort. Sie hatte es nicht abgeschaltet, weil es sich wie der letzte Nagel im Sarg der wichtigsten Beziehung anfühlte, die sie jemals gehabt hatte. Vermutlich die wichtigste, die sie jemals haben würde. Diese letzte Verbindung abzustellen, fühlte sich an wie ein Tod, dem sie sich einfach nicht stellen konnte.

Sie schaltete das Handy ab, ohne irgendwelche Veränderungen vorzunehmen, rollte sich aus dem Bett und schlurfte in die Küche, dankbar, dass das Haus schon grundlegend eingerichtet war, unter anderem mit einer Kaffeemaschine. Nachdem sie sich eine Tasse gemacht hatte, schlurfte sie zurück ins Bad und sprang unter die Dusche, von der sie hoffte, zusammen mit dem Koffein würde sie sich dadurch wieder wie ein Mensch fühlen.

Eine Dreiviertelstunde später war Harlow angezogen, aber nur wenig einsatzfähiger. Es bestand kein Zweifel, dass der Kampf gegen ein paar Geister und dann das verpasste Abendessen ihren Tribut forderten. Sie musste bald was zu essen auftreiben, oder die Kopfschmerzen würden nur noch schlimmer werden.

Während die Tagundnachtgleiche sich nicht so abgespielt hatte, wie sie es sich erhofft hatte, gab es eine Sache, um die sie dankbar war: Keine Geister hatten sie in ihrem neuen Heim belästigt. Sobald sie von ihrer unterbrochenen Reinigung zurückgekehrt war, hatte sie sich bettfertig gemacht und war dann in die kühlen Laken gestiegen. Über zwei Stunden hatte sie wach gelegen, hatte gelauscht und gewartet.

Aber nichts hatte sich gezeigt, und schließlich war sie unruhig eingeschlafen. Sie war viel zu lange aufgeblieben, hatte nicht genug gegessen und sich zu viele Sorgen gemacht. Jetzt bezahlte sie dafür.

Trotzdem war jetzt keine Zeit, um untätig herum zu sitzen. Ihre Schwester sollte später an diesem Tag in der Stadt ankommen, und sie musste das Haus vorbereiten. Zunächst aber ging es um Einkäufe, die in den Kühlschrank mussten. Zumindest genug, um die nächsten paar Tage zu reichen.

Harlow machte eine Liste, schnappte sich die Schlüssel und fuhr in die Stadt. Bevor sie sich zum Supermarkt begab, fuhr sie in einen leeren Parkplatz direkt vor dem Incantation Café. Wenn sie nicht bald was in den Bauch bekam, würde sie es niemals durch die Supermarktregale schaffen, ohne den halben Laden leer zu kaufen.

Im Schaufenster waren blumenförmige Kekse ausgestellt, die magisch mit bunten Farben und Glasur verziert wurden, und dann zu einem großen Strauß essbarer Blumen vereint. Die magischen Schaufensterdekorationen der Läden von Keating Hollow schafften es immer, Harlow zum Lächeln zu bringen. Selbst an Tagen wie heute, wenn sie sich nur noch unter der Bettdecke verstecken und den ganzen Tag verschlafen wollte.

Die Glocke läutete, während sie durch die Tür ging, und der Geruch nach Frühling traf sie mit voller Wucht. Jemand im Incantation Café war genauso bereit wie sie für die neue

Jahreszeit. Mit einem bereits besseren Gefühl ging Harlow vor zum Tresen und begrüßte Hanna Silver, die Besitzerin.

„Guten Morgen, Harlow. Wie geht es dir an diesem wunderschönen Frühlingsvormittag?", fragte die fröhliche Frau. Ihre dunklen Locken waren zu einem ordentlichen Pferdeschwanz zurückgezogen, und ihre dunklen Augen glitzerten vor Glück. Es war genau die Art ansteckende Energie, die Harlow brauchte.

„Besser jetzt, da ich hier bin", sagte sie wahrheitsgemäß. „Hattest du eine gute Tagundnachtgleiche?"

„Auf jeden Fall. Rhys und ich haben den Großteil draußen auf dem Weingut der Familie verbracht, und wir haben die Weine verköstigt, die wir letzten Herbst abgefüllt haben. Dieses Jahr gibt es ein paar echt gute."

„Ich kann gar nicht erwarten, sie zu kosten", erwiderte Harlow. „Sag mir, was deine Lieblinge sind, und ich bestelle sie nächstes Mal im Equinox."

„Alles klar." Hanna nahm ihre Bestellung für ein Frühstückssandwich mit Ei und Käse auf, zusammen mit einem Chai Latte. „Setz dich", sagte Hanna. „Ich bringe dir deine Bestellung, wenn sie fertig ist."

„Danke." Harlow bezahlte und steckte immer noch ihr Wechselgeld in die Börse, als sie sich umdrehte und feststellte, dass Cash in der Nähe des vorderen Fensters stand, zwei Kaffeetassen in der Hand. Plötzlich war ihre ganze gute Laune direkt wie weggeblasen.

„Harlow", sagte er mit einem knappen Nicken.

„Cash, ich …", setzte Harlow an, wurde aber unterbrochen, als Shaun vor ihr erschien.

„Du hast mir gestern echt Sorgen gemacht, Engelchen", sagte Shaun, der sie in die Arme zog.

„Das tut mir leid", erwiderte sie mit einem leicht nervösen

Kichern. „Du weißt ja, wie ich es verabscheue, Leuten Sorgen zu bereiten."

Er zog sich zurück, hielt sie aber noch an den Schultern fest, während er ihr in die Augen schaute. „Ich weiß, dass du die Geisterjagd aufgegeben hast, aber es scheint, als hätten die Geister dich noch nicht aufgegeben. Gibt es irgendwas, was wir tun können, um zu helfen?"

Harlow schaute an ihm vorbei zu Cash, der Platz genommen hatte und sie betont nicht ansah.

„Er war ganz außer sich vor Sorge, weißt du", sagte Shaun sanft.

„Ja. Kann ich mir vorstellen", meinte Harlow, ihre Stimme so leise, dass sie kaum flüsterte. „Ich bin aber damit klargekommen."

„Das hat er gesagt." Shaun warf einen Blick über die Schulter und dann zu ihr zurück. „Auf jeden Fall freut es mich, dass du okay bist."

„Danke." Harlow trat einen Schritt zurück, um ein bisschen von ihrem persönlichen Raum zurückzuerhalten. „Es freut mich, dich zu sehen." Sie lächelte Cashs jüngeren Bruder an, der praktisch eine Zwillingsversion ihres Ex war. Shaun war nur ein paar Zentimeter kleiner als Cash und ein wenig schmaler, aber er hatte sie dieselben dunklen Augen und das teuflische Lächeln. Die beiden waren immer gut aussehend gewesen, und bevor Harlow dazugekommen war, waren sie auch die begehrtesten Junggesellen der Stadt gewesen. „Was machst du denn hier? Suchst du nach Schwierigkeiten, wie in den alten Tagen?"

Er runzelte die Stirn, warf ganz kurz einen Blick zurück zu seinem Bruder. „Cash hat es dir nicht gesagt?"

„Er hat mir von der Vision erzählt, aber ich wusste nicht, dass du hier bist." Das Unbehagen war wieder da. Dasjenige, das ihr verriet, dass ihr nicht gefallen würde, was er zu sagen hatte.

„Oh, na ja, also, ich bleibe ein bisschen. Du weißt schon, um ihm zu helfen, das Haus herzurichten, das unsere Tante uns hinterlassen hat."

Harlow wandte ihre Aufmerksamkeit sofort Cash zu. „Deine Tante hat euch ein Haus hier in Keating Hollow vermacht? Und deshalb warst du in den letzten drei Monaten hier?"

Er nickte, ohne sie auch nur anzuschauen, und das erzürnte sie mehr als alles andere.

„Du machst doch Witze, Cash Moses. Du machst bestimmt Witze. Ich kann gar nicht – wie passiert so was überhaupt? Du hast mir nicht mal gesagt, dass du hier Familie hast", stotterte sie, bevor sie sich zusammenriss. Ihr Tonfall wurde ausdruckslos, während sie hinzufügte: „Und jetzt bleibst du einfach hier … in dem Städtchen, das ich mir für einen Neuanfang ausgesucht habe?"

Cash hob endlich den Blick und schaute ihr direkt in die Augen. „Unsere Großtante hatte hier ein Haus, und sie ist vor etwa sechs Monaten gestorben. Sie hat es mir und Shaun hinterlassen. Ich weiß, du glaubst, alles dreht sich immer um dich, Harlow, aber diesmal nicht. Ich wusste nicht mal, dass du hier bist, als ich vor drei Monaten in die Stadt gekommen bin, um mir das Haus mal anzusehen."

Es lag ihr auf der Zunge, ihm vorzuwerfen, dass er ihretwegen blieb, aber sie schluckte ihre bittere Antwort. Irgendwie wusste sie einfach, dass er die Wahrheit sagte. Sie waren niemals sonderlich gut darin gewesen, einander anzulügen. Aber die Information war beunruhigend. Wollte das Universum ihr irgendwas sagen? Weshalb sonst sollten sie beide in derselben Kleinstadt landen, und dann auch noch ungefähr gleichzeitig? „Aber an diesem Abend, als du ins

Equinox gekommen bist und mir gesagt hast, du wärst hier, um nach diesem Geist zu suchen. War das eine Lüge?"

„Ja … und nein. Ich habe dich früher am Tag draußen vor dem Equinox gesehen und war tierisch geschockt. Ich beschloss, es wäre ein Zeichen, dass wir uns wieder in Verbindung setzen sollten, wenn man bedenkt, dass wir beide in der gleichen Stadt gelandet sind. Und um weiterzuziehen, musste ich diesen Geist verbannen. Aber du hast mich sofort ausgesperrt, also habe ich es fallen gelassen." Cash zog leicht die Lippen nach unten, bevor er sagte: „Und ich hätte dir gestern Abend erzählt, dass Shaun eine Weile bleibt, wenn ich die Chance dazu bekommen hätte. Wenn du uns jetzt bitte entschuldigen würdest, wir haben ein bisschen Arbeit am Haus zu erledigen."

Shaun schaute zwischen den beiden hin und her, bevor er dicht an Harlow trat, ihr eine Umarmung gab und flüsterte: „Es ist schön, dich zu sehen."

Tränen brannten in Harlows Augen, aber sie blinzelte sie weg, während sie zusah, wie die beiden das Café verließen. Cash, Shaun und ihre Schwester Imogen waren ihre Familie. Ihre einzige Familie. Oder zumindest waren sie das gewesen, bis ihr Leben letztes Jahr in sich zusammengefallen war. Als sie nach Keating Hollow gezogen war, hatte sie gedacht, sie wäre allein. Und jetzt, nur sechs Monate später, kehrten sie alle zu ihr zurück.

Irgendwie.

Nur dass jetzt alles anders war.

„Harlow?", fragte Hanna, die neben ihr auftauchte.

Sie drehte sich um und sah die umwerfende Frau, die das Frühstückssandwich und den Chai hielt. Harlow beäugte den Teller und die Keramiktasse und bedauerte sofort, dass sie nicht darum gebeten hatte, alles zum Mitnehmen zu bekommen. Sie deutete auf den Tisch, den Cash gerade verlassen hatte, nahm Platz und sagte: „Danke."

Hanna stellte die Sachen auf dem Tisch ab und zögerte nur einen Augenblick lang. „Weißt du, was ich gelernt habe, nachdem ich so lange in Keating Hollow lebe?"

Harlow schaute sie einfach an, hatte kein Interesse an irgendwelchen schlauen Sprüchen.

Die Frau lächelte sie mitfühlend an und tätschelte ihr die Schulter. „Ich habe es auch immer verabscheut, wenn meine Mutter so was gesagt hat, aber ich sage es trotzdem, und dann kannst du von da aus weitermachen."

Harlow stieß ein leises Seufzen aus und nickte.

„Ich könnte dich jetzt mit irgendeinem Klischee belehren, wie etwa, dass alles aus einem Grund geschieht, oder dass der Tag immer vor der Dämmerung am dunkelsten ist, aber das mache ich nicht. Stattdessen sage ich einfach nur, das Beste an Keating Hollow ist, dass man immer einen Freund hat, wenn man einen braucht. Und du, Harlow Thane, siehst aus, als könntest du einen Abend mit den Mädels vertragen. Keine Geister. Keine Ex-Freunde. Kein gar nichts, was diesen Ausdruck auf dein Gesicht bringt. Nur einen Abend mit Golfmobilen, Plastikbechern und Tarot."

Harlow blinzelte sie an. „Das klingt nach Schwierigkeiten."

Hanna grinste sie träge an. „Schon. Die besten Schwierigkeiten. Du hast morgen Abend frei, oder?"

„Ja." Das Equinox war am Montagabend angeschlossen, also war es nicht so schwierig, Harlows Terminplan herauszufinden.

„Perfekt. Es ist Zeit, ein wenig Dampf abzulassen. Morgen Abend. Triff mich und die Mädels hier, um acht Uhr."

Harlow öffnete den Mund, um zu protestieren. So sehr sie auch das Angebot zu schätzen wusste, Imogen kam in die Stadt, und sie wollte ihrer Schwester nicht absagen.

Aber Hanna hob eine Hand und schüttelte den Kopf. „Keine Ausreden. Wenn du es schaffst, tauch einfach auf. Wenn nicht, dann treffen wir uns nächstes Mal." Sie zwinkerte, dann zog sie sich hinter den Tresen zurück.

Harlow schaute hinab auf ihr Sandwich, dankbar für die Einladung, aber nicht ganz sicher, wie sie damit umgehen sollte. Dann schaute sie auf und rief: „Hanna?"

„Ja?"

„Kann ich meine Schwester mitbringen?"

Hannas Lippen wölbten sich zu einem zufriedenen Lächeln. „Auf jeden Fall. Je mehr wir sind, desto schöner."

Harlow nickte und stieß langsam einen Atemzug aus. Vielleicht war es genau die Art Aktion, um das Eis zu brechen, die sie und Imogen nach ihrem Jahr voller Anspannung brauchten.

KAPITEL 8

„Worum ging es denn da?", wollte Shaun wissen, während sie durch die Stadt zum Baumarkt fuhren.

„Worum ging es wo?", fragte Cash, der sich dumm stellte.

Sein Bruder stieß ein genervtes Schnauben aus. „Hör mal, ich weiß, dass zwischen dir und Harlow letztes Jahr die Dinge schwierig waren, aber es gibt doch keinen Grund, sie so eiskalt zu behandeln. Es nervt, dass sie sich von dir getrennt hat, aber du könntest zumindest versuchen zu verstehen, wie es ihr geht."

Cash mahlte mit den Zähnen und zwang sich dazu, seinen Bruder nicht anzufahren. Stattdessen fuhr er auf den Parkplatz, schaltete den Motor ab und wandte sich an Shaun, sein Tonfall ausdruckslos, als er sagte: „Hör mal, Shaun, ich weiß, du meinst es gut, aber das geht dich echt nichts an. Harlow und ich – das ist aus. Das hat sie gestern Abend eindeutig klargestellt."

Shaun kniff die Augen zusammen und schüttelte leicht den Kopf. „Das kannst du dir einreden, Bruder, aber jeder mit

Augen im Kopf sieht, dass es nicht vorbei ist. Das wird nie vorbei sein. Nicht mit ihr."

„Du weißt doch gar nicht, wovon du redest", sagte Cash stur, dann stieg er aus dem Jeep.

Shaun holte ihn rasch ein und lachte vor sich hin. „Weiß ich nicht? Wir wissen beide, sobald ich eine weitere Vision hatte, oder wenn sie anruft, läufst du los."

Cash blieb stehen und schloss ganz kurz die Augen. „Bitte, lass das doch einfach auf sich beruhen."

„Das mache ich, wenn du mir sagst, was passiert ist. Als du gestern Abend reingekommen bist, hast du nur gesagt, dass es Harlow gut geht, und dass sie die Lage selbst im Griff hatte."

„Du weißt, was passiert ist. Deine Visionen stimmen immer", erwiderte Cash ungeduldig und weigerte sich, in die Einzelheiten seiner Begegnung mit Harlow auszubreiten.

Shaun presste die Lippen zu einer dünnen Linie zusammen und schüttelte den Kopf. „Nicht in letzter Zeit. Ich hatte gestern zwei, die sich nicht manifestiert haben. Und das ist schon früher ein paar Mal passiert, als du und Harlow es geschafft haben, einen Geist davon abzuhalten, dass er das Schlimmste anrichtet. Aber die gestern, ich weiß auch nicht. Die haben sich schräg angefühlt, und ich …"

Cash wandte sich um, um seinen Bruder zu mustern, sein Blick durchdringend, während sich Argwohn breitmachte, und Cash spürte, wie eine Woge aus Grauen über ihn strömte. „Shaun, hattest du in letzter Zeit mit Geistern zu tun?"

Sein Bruder stutzte, während er einen halben Schritt zurücktrat. „Was meinst du denn? Geister sind deine Sache, nicht meine."

„Es ist nur, dass …" Cash strich sich frustriert mit der Hand durch die dunklen kurzen Haare. „Verdammt. Bin ich paranoid."

„Erklär mal."

„Gestern Abend hast du erzählt, deine Vision wäre aus meiner Perspektive gewesen. Und dass du gesehen hast, wie Harlow und ich knutschen. Das sind die zwei Dinge, die nicht wahr wurden. Ich frage mich nur, ob es überhaupt möglich wäre, dass ein Geist deine Visionen steuert."

„Ich glaube nicht", sagte Shaun mit gerunzelter Stirn. „Man möchte meinen, das würde ich spüren, oder nicht?"

„Vielleicht." Cash legte die Stirn in Falten. „Ich weiß es einfach nicht. Letztes Jahr war Imogen besessen, und da hat sie Dinge getan, die überhaupt nicht zu ihr passen. Sie wusste, dass mit ihr ein Geist unterwegs war, aber sie konnte das nicht ausdrücken, denn der Geist zwang sie dazu, still zu bleiben. Harlow und ich hatten so was noch nie gesehen. Also nehme ich an, jetzt, da deine Gabe was Merkwürdiges macht, bin ich ein wenig paranoid."

„Ich verstehe." Shaun rieb sich mit einer Hand über das stopplige Kinn. „Na ja, ich kann ehrlich sagen, dass ich nicht glaube, dass ich besessen bin. Allerdings habe ich nicht ganz allein entschieden, nach Keating Hollow zu kommen."

„Hast du nicht?" Cash rieb sich wieder über das schmerzende Brustbein, aber es fiel ihm nicht auf, bis Shauns Blick auf seiner Hand landete.

„Das solltest du mal anschauen lassen", sagte Shaun. „Wenn du einen Herzinfarkt kriegst oder hier vor mir stirbst, bin ich echt angepisst. Denn ich weiß, du wirst wahrscheinlich bei mir spuken, und das wird meinem Liebesleben so richtig einen Tritt in den Arsch geben."

Cash stieß ein Schnauben aus, als er überrascht lachte. „Was für ein Liebesleben? Du warst doch mit niemandem zusammen, seit …" Diesen Satz musste er nicht beenden. Sie wussten beide, dass es über drei Jahre her war, seit Shaun seine Verlobte im Bett mit seinem besten Freund erwischt hatte. Seit damals hatte Shaun sich niemanden mehr angelacht. Cash war nicht mal sicher, ob er hin und wieder eine Affäre hatte.

„Ein Mönch bin ich ja wohl nicht", bestätigte Shaun.

„Schön. Ich habe mir allmählich schon leichte Sorgen um dich gemacht", sagte Cash locker. Dann wechselte er rasch das Thema. „Warum kommst du nicht darauf zurück, weshalb du nach Keating Hollow gekommen bist?"

„Oma hat mir das aufgetragen", sagte er mit einem Schulterzucken.

„Oma Moses?", fragte Cash verblüfft. „Wann? Wie?"

„Sie ist mir in einem Traum erschienen. Tatsächlich schon vor ein paar Nächten. Sie sagte, mein Platz wäre bei dir in Keating Hollow, und dass wir einander brauchen. Als ich aufwachte, hat sich das einfach richtig angefühlt. Also habe ich meiner Chefin gesagt, ich hätte da eine Notlage in der Familie, und dass ich entweder von zu Hause arbeiten oder freigestellt werden muss."

„Was hat sie gesagt?", fragte Cash mit gehobenen Augenbrauen. Shaun war ein Video-Redakteur für eine Produktionsfirma, die vor allem an Werbefilmen und Indie-Filmen arbeitete.

„Sie sagte, wir würden es mal versuchen, und uns dann in neunzig Tagen noch mal sprechen. Ich hoffe, wir haben eine gute Internetverbindung, um diese ganzen Videos hochzuladen."

Das wusste Cash nicht. Internetgedöns war nicht gerade seine Spezialität. Er machte sich aber keine Sorgen darüber. Er war sicher, dass Shaun das hinbekam. Es gab andere Angelegenheiten, die sie besprechen mussten. „Als ich gefragt habe, ob du in letzter Zeit mit Geistern zu tun hattest, hast du nahegelegt, dass nicht. Jetzt sagst du, Oma hätte dich in einem Traum aufgesucht. Also doch. Sonst noch wer?"

Shaun wedelte ungeduldig mit der Hand. „Ich dachte, du

hättest gemeint, ob ich einen Geist gesehen hätte. Ein Traum von Oma ist doch nicht dasselbe."

„Das weißt du doch nicht." Cash wusste, dass Geister Leuten auf viele unterschiedliche Arten erschienen. Einer davon war durch Träume. „Bist du sicher, dass sie es war?"

Shaun verdrehte die Augen. „Hör auf, dir Sorgen zu machen, Bruder. Ich bin nicht besessen. Das ist keine Situation wie mit Imogen. Das verspreche ich dir. Ich bin nur hier, weil ich geträumt habe, dass Oma sagt, ich sollte hier sein, und für mich hat es sich richtig angefühlt. Sagst du nicht immer, ich muss meinem Bauchgefühl vertrauen?"

„Ja. Tue ich." Cash legte einen Arm um die Schultern seines Bruders und sagte: „Na, da dich Oma hergeschickt hat, kann ich dich auch gleich arbeiten lassen. Wie stehst du dazu, Dielenböden zu verlegen?"

„Klingt ziemlich nervig, aber wenn das auf dem Plan steht, dann machen wir es."

Cash grinste. Zum ersten Mal in der ganzen Woche hatte er das Gefühl, dass vielleicht, nur vielleicht, die Dinge sich für ihn zum Besseren wenden würden.

„ICH GEHE RUNTER, ich will was trinken. Brauchst du auch was?", fragte Shaun.

Cash wischte sich den Schweiß von der Stirn und schaute zurück zu seinem Bruder. Sie hatten die alten beschädigten Böden im großen Schlafzimmer und dem anschließenden Stauraum in den letzten zwei Stunden rausgerissen. Es war alles weg, bis auf den letzten Teil des Stauraums und den begehbaren Kleiderschrank, der nicht groß genug für zwei war. „Klar."

„Bin gleich wieder da."

Cash hörte die Schritte seines Bruders auf den Treppen, während er sich daran machte, die letzten Bretter zu lösen. Wie durch ein Wunder war der Großteil des Unterbodens immer noch gut in Form. Es gab eine Stelle gleich auf der anderen Seite der Wand eines Bades am Gang, die ersetzt werden musste, aber soweit Cash sagen konnte, war das alles, was man erledigen musste, bevor sie sich daran machten, neue Dielen zu verlegen.

Er hatte den Rest des Abstellraums erledigt und machte sich an die Arbeit mit dem begehbaren Kleiderschrank, als sich eine der alten Dielen nicht lösen wollte. Mit der Klaue am Hammerkopf versuchte er, ein paar unterschiedliche Stellen zu lockern, und beugte sich dann hinab, um den Rand mit beiden Händen zu nehmen und so fest zu zerren, wie er konnte. Das Brett protestierte, wurde dann aber aus dem Boden gerissen, sodass er zurückstolperte, bis er mit einem lauten Geräusch in die Wand krachte.

„Heiliger Hexenbesen", murmelte er, rieb sich den Hinterkopf.

Plötzlich prickelte seine Haut und die Luft wurde kalt wie Eis. Seine Sicht war immer noch leicht verschwommen, weil er an die Wand gestoßen war, aber die Wesenheit im Haus seiner Tante ließ sich nicht verleugnen.

Ein Geist.

Seine Nackenhaare sträubten sich.

Aber dann hörte er den ruhigen Zungenschlag einer grob vertrauten Stimme. *Diese Böden wollte ich immer erneuern.*

„Tante Jane?", fragte er und blinzelte, um sich auf das ätherische Wesen zu konzentrieren, das vor ihm schwebte. Als Geist wirkte sie jung. Vielleicht Mitte zwanzig, mit langen, leicht welligen kastanienbraunen Haaren und freundlichen grünen Augen. Ihre Haut war wie Porzellan, und sie wirkte, als wäre sie direkt einem Film entstiegen.

Ich weiß, ich sehe ein bisschen anders aus, sagte sie mit einem frechen Grinsen. Aber wer will denn schon den Rest der Ewigkeit lang aussehen wie eine alte Jungfer mit Arthritis?

„Das ist verständlich", sagte Cash. „Wenn ich wieder fünfundzwanzig sein könnte, würde ich mich vielleicht auch darauf einlassen."

Nö. Die besten Jahre deines Lebens liegen noch vor dir. Sie griff nach vorne und drückte ihm eiskalte Hände an die Wange.

So seltsam es war, die Anwesenheit eines Geistes zu spüren, tröstete ihn dieser tatsächlich. Tante Jane fühlte sich an wie Familie.

Ich sehe gute Dinge für dich.

Er öffnete die Augen und musterte sie. Wollte er ihre Vorhersagen hören?

Ihr Grinsen wurde breiter, und ihre Augen funkelten. *Du wirst die Familie haben, die du willst, Cash. Vielleicht wird sie nicht traditionell, aber du wirst alles haben, was du brauchst.*

Cash wollte fragen, ob zu dieser Familie Harlow gehörte, aber wenn sie nein sagte, war er nicht sicher, ob sein Herz das mitmachte. Obwohl er immer noch wütend war auf die Art, wie sie ihn am Vorabend weggeschickt hatte, wusste er, dass er sie immer wollen würde.

Die Schritte seines Bruders erklangen wieder auf den Stufen. „Bist du schon fertig, Cash?", rief Shaun.

Das tut mir jetzt echt leid, sagte Tante Jane und zog eine Grimasse. *Aber es ist zu deinem Besten.*

„Was …?"

Ein eiskalter Wind peitschte durch den Raum, und die herausgerissenen Bretter erhoben sich in die Luft.

Cash stolperte aus dem Kleiderschrank und wurde sofort von einem der Bretter am Kopf getroffen. Er ging hart zu Boden, zu betäubt, um sich zu bewegen.

„Cash! Was geht da vor?", rief Shaun.

Im nächsten Augenblick hörte Cash durch seinen vernebelten Kopf Shaun reden. „Harlow, es ist ein Notfall. Cash wurde von einem Geist angegriffen."

Cash versuchte, sich hochzuschieben, aber ein kaltes Gewicht aus Energie ließ sich auf seiner Brust nieder, und seine Tante flüsterte: *Es ist Zeit, dass du dich deiner Vergangenheit stellst.*

Dann wurde seine Welt dunkel.

KAPITEL 9

*H*arlow starrte ein weiteres Mal auf die Uhr. Seitdem sie zum letzten Mal nachgeschaut hatte, waren nur fünf Minuten vergangen. Ihre Schwester sollte jede Minute am Haus eintreffen, und Harlow konnte einfach nicht still sitzen. Sie erhob sich vom Sofa, schaute aus dem Fenster, und als sie nichts anderes sah als ihren Subaru, zog sie sich wieder in die Küche zurück, entschlossen, ihre Hände beschäftigt zu halten, bis sie das Rumpeln des 1965er Mustangs hören würde, den sie fast so sehr vermisst hatte wie ihre Schwester.

Kekse.

Das würde sie machen. Sie würde Kekse backen. Was könnte besser sein, als in ein neues Haus zu kommen, in dem es nach frischgebackenen Keksen duftete?

Harlow wusste, dass Kekse nicht alles hinbiegen würden, was zwischen ihr und Imogen nicht stimmte, aber es war besser, als am Fenster zu warten wie eine irre alte Schachtel.

Nachdem sie eine Rührschüssel und ein Backblech aufgetrieben hatte, beschäftigte sich Harlow damit, die

Lieblingskekse ihrer Schwester zu backen. Zitronenkekse. Dann, sobald die Zutaten alle gemischt waren, machten sich allmählich Zweifel breit. Würde Imogen das etwa sofort durchschauen? Dass es so eine Art Bestechung war, um ihre Schwester wohlwollend zu stimmen?

Vermutlich, aber jetzt war es zu spät.

Harlow hatte gerade das Backblech in den Ofen geschoben, als sie das laute Grollen des Mustangs hörte.

Weil sie nicht zu eifrig wirken wollte, fing sie an, den Geschirrspüler einzuräumen. Aber als sie die Außentür zuschlagen hörte, hielt sie es nicht mehr aus. Sie wischte sich die Hände an einem Geschirrtuch ab und eilte zur Eingangstür. Der Mustang war neben dem Subaru geparkt, aber ihre Schwester war nirgends zu sehen.

„Imogen?", rief sie, während sie die Verandastufen hinablief und sich umschaute.

Keine Antwort.

„Hey, Schwester, wo bist du?" Harlow ging, um sich neben den Mustang zu stellen, und bemerkte, dass das Auto mit Imogens Besitztümern vollgepackt war. Ihre Handtasche lag immer noch auf dem Vordersitz, und der Autoschlüssel steckte noch im Zündschloss.

„Imog…", setzte Harlow wieder an, aber ihre Schwester schnitt ihr das Wort ab.

„Entspann dich", sagte Imogen mit genervtem Unterton, während sie an der Seite des Hauses erschien, eine Zigarette zwischen zwei Fingern.

Harlows Blick ging direkt zur Zigarette, dann schaute sie in Imogens trotzige Augen.

„Ich bin erwachsen. Mir sind die Risiken sehr wohl bewusst. Ich brauche keine Predigt."

„Ich wollte doch gar nichts sagen", log Harlow.

„Genau. Wolltest du bestimmt nicht." Imogen trat die

Zigarette mit der Schuhsohle aus und steckte dann den Stummel in eine Tasche, die sie in der Hosentasche trug.

Nach einem stillen Dankgebet, das Imogen zumindest nicht im Auto zu rauchen angefangen hatte, räusperte sich Harlow und sagte: „Lass mich dir helfen, dein Zeug reinzutragen."

„Das musst du nicht machen." Imogen ging hinüber zur Fahrerseite, schnappte sich die Schlüssel und öffnete dann den Kofferraum. Er war voller Koffer und Reisetaschen.

„Ich weiß, dass ich das nicht muss ", sagte Harlow mit einem Seufzen. „Ich will es."

„Mach ruhig", sagte Imogen mit einem Schulterzucken und schnappte sich ein paar Taschen, bevor sie nach drinnen ging.

Harlow schaute ihr nach, fühlte sich bereits erschöpft. Dann nahm sie auch ein paar Taschen und folgte ihrer Schwester nach drinnen.

Sobald das Auto ausgeladen war und die Kekse auf einem Blech auskühlten, stellte sich Harlow in die Küche, nicht ganz sicher, was sie mit sich anfangen sollte. Imogen hatte sich in ihr Zimmer zurückgezogen und packte bereits aus. Sie hatte kaum zwei Worte zu Harlow gesagt. Und ehrlich, Harlow verlor allmählich die Geduld. Das hatte sie nicht verdient. Imogen durfte ihre Gefühle gerne haben, aber sie hatte nicht das Recht, Harlow wie eine Aussätzige in ihrem eigenen Haus zu behandeln.

Da sie beschloss, dass man Fliegen besser mit Honig als mit Essig fing, machte sie ihrer Schwester eine Tasse ihres Lieblingstees, legte ein paar Kekse auf einen Teller und ging dann zu Imogens Zimmer.

„Gen?", fragte Harlow vor der Tür. „Ich habe dir was gebracht."

Es kam keine Antwort.

„Imogen?", versuchte Harlow es noch einmal. „Ich habe Tee."

Sie hörte eine Bewegung, aber es kam immer noch keine Antwort.

„Okay, hör mal, das reicht jetzt", sagte Harlow durch die Tür. „Ich weiß, dass du da drin bist. Es ist kindisch, mich zu ignorieren. Öffne die Tür, oder …"

Die Tür flog auf, und Imogen stieß ein überraschtes Keuchen aus, als sie Harlow in die Augen schaute. Rasch nahm sie die Kopfhörer aus den Ohren und drückte sich eine Hand aufs Herz. „Verdammt, Harlow. Du hast mich erschreckt."

„Ich habe geklopft", sagte Harlow knapp. „Zweimal."

Sie hielt die Kopfhörer hoch. „Ich habe Musik gehört. Tut mir leid." Dann landete ihr Blick auf dem Teller mit Keksen, und ihre Augen leuchteten. „Sind die für mich?"

„Ja", sagte Harlow, die spürte, wie ein wenig Anspannung aus ihrem Körper wich, als Imogen einen nahm und ihn sich in den Mund steckte. „Brombeertee habe ich dir auch gemacht."

Imogen lächelte, etwas, das Harlow schon seit Monaten nicht mehr gesehen hatte. „Danke dir." Sie schnappte sich die Tasse und nahm einen großen Schluck. „Dein Timing ist perfekt. Ich wollte mich gerade ein bisschen in die Wanne legen. Mir tut nach der langen Fahrt alles weh. Kekse und Tee sind genau das, was ich gebraucht habe."

Harlow blieb zurück, während Imogen den Teller mit Keksen nahm und ins Bad verschwand. Dann schüttelte sie den Kopf und fragte sich, was in aller Welt gerade passiert war. Die Frau, die eben aus dem Schlafzimmer gekommen war, war nicht dieselbe, die Harlow vor gerade mal einer Stunde draußen getroffen hatte.

Schau einem geschenkten Gaul doch nicht ins Maul, Kleine. Harlow hörte die Stimme ihrer Großmutter im Kopf und beschloss, dass ihre Großmutter recht hatte. Falls Imogen versuchte, ihre Trotzhaltung hinter sich zu lassen, war das Beste, was Harlow tun konnte, sie machen zu lassen.

~

„WAS WILLST DU ZUM ABENDESSEN?", fragte Harlow ihre Schwester, als sie schließlich aus dem Schlafzimmer kam. Nachdem sie das längste Bad der Welt genommen hatte, hatte sich Imogen ein weiteres Mal in ihr Zimmer zurückgezogen. Harlow nahm an, dass sie auspackte, aber sie wusste es nicht wirklich.

„Gibt es irgendwas in der Stadt, wo wir Pizza kriegen?", fragte Imogen.

„Äh, klar." Harlow dachte an all die frischen Zutaten, die sie vorhin gekauft hatte. „Oder ich kann Thunfischsalat oder Pasta mit Tomate und Basilikum machen. Ich habe im Supermarkt der Stadt ein bisschen frische Pasta gefunden …"

„Ich bin echt in der Stimmung für Pizza. Komm schon. Ich lass dich sogar fahren." Imogen riss ihre Schlüssel aus der Tasche und warf sie auf ihre Schwester.

Harlow fing sie locker auf und grinste. „Alles klar."

Beide Schwestern lachten, als Harlow wie in alten Zeiten aus der Zufahrt schoss und auf den kleinen Straßen, die zum Städtchen führten, ordentlich aufs Gas stieg. „Bei den Göttern, das habe ich vermisst", sagte Harlow mit einem glücklichen Seufzen.

Imogen schaute zu ihr herüber. „Schon, oder?"

„Klar. Fast so sehr, wie ich dich vermisst habe", sagte sie mit einem Zwinkern, versuchte es spielerisch zu halten.

Imogen stöhnte. „Sei doch nicht so kitschig. Du weißt doch, wenn du möchtest, kannst du dein Auto wieder haben."

„Auf keinen Fall. Was willst du denn dann fahren?" Harlow schüttelte den Kopf. „Außerdem ist es hier nicht wirklich praktisch. Das habe ich dir doch gesagt."

Imogen schaute sich die Landschaft an. Es war Ende März, und die gut geteerten Straßen waren frei. „Wann denn? Zwei

Monate im Jahr? Was ist mit der restlichen Zeit? Schau dich mal an. Ich habe nicht gesehen, dass du so glücklich bist, seit …" Sie brach ab und schüttelte den Kopf. „Ach, egal. Es ist nur so offensichtlich, dass du dieses Ding liebst, und ich …" Sie zuckte mit den Schultern. „Es ist okay, aber ich glaube, ich hätte lieber was Moderneres."

Harlow warf ihr einen Blick zu. „Hast du denn Geld für was anderes?"

„Na ja, nein. Aber früher oder später habe ich es. Wenn ich einen Job bekomme und ein bisschen Geld spare, dachte ich, wenn du den Mustang zurückkaufst, hätte ich zumindest eine ordentliche Anzahlung. Ich weiß, meine Kreditwürdigkeit ist gerade nicht so toll, nicht nach dem letzten Jahr, aber wenn du auch unterschreibst … Ich weiß nicht, ist nur so ein Gedanke."

War Imogen deswegen plötzlich so nett zu Harlow? Sie wollte ihre Hilfe, um ein neues Auto kaufen zu können, obwohl sie bei Harlow wohnte und keinen Job hatte? Der Gedanke ließ einen Hauch Enttäuschung in Harlows Magengrube zurück, aber sie fragte nicht nach. Stattdessen sagte sie: „Ja, vielleicht. Wenn du dich ein bisschen mehr eingelebt hast, können wir darüber reden."

Imogen strahlte sie an.

In Wahrheit machte es Harlow gar nichts aus, ihrer Schwester zu helfen. Sie hatte sehr gut verdient als Promi-Geisterjägerin, und während dieser Zeit hatte sie mit dem Geld sehr aufgepasst. Ihr Konto für den Ruhestand war gut gefüllt, und es gab mehr als genug, das zurückgelegt war, sollte Harlow ein Haus kaufen oder in der Zukunft bauen wollen. Praktisch gesehen musste Harlow nicht arbeiten. Es reichte aus, um ihr einfaches Leben zu finanzieren, aber der Job bei Equinox hielt sie beschäftigt, und er machte ihr wirklich Spaß. Trotzdem wollte sie nicht das Gefühl haben, man würde sie ausnutzen, und nach einem Jahr, in dem ihr Imogen die kalte

Schulter gezeigt hatte, war die Tatsache, dass sie plötzlich nett war und um Hilfe bat, einfach etwas, das Harlow ein kaltes Gefühl verschaffte.

Vielleicht irrte sie sich. Vielleicht war es nur Imogens Art, das Eis zu brechen. Und es war wirklich nicht ihre Schuld, dass ihre Kreditwürdigkeit so in Mitleidenschaft gezogen worden war. Das waren einfach nur die fiesen Nebeneffekte, als der Geist Imogens Körper übernommen hatte.

Es dauerte nicht lang, einen Parkplatz zu finden, um zu Mystyk Pizza zu gehen. Es war das erste Mal, dass Harlow diesen Liebling des Städtchens besuchte. Die Wände waren mit umwerfender Kunst in der Form von Brandmalereien auf Holz verziert. Sie war so fasziniert, dass sie den Blick nicht lösen konnte.

„Sieh dir mal die Kamine an", sagte Imogen. „Wer immer die verzaubert hat, ist eine mächtige Feuerhexe."

Harlow schaute sich schließlich um und bemerkte, dass die Flammen in den Kaminen sich immer wieder in vertraute Szenen aus der ganzen Stadt verwandelten. Es gab sogar eine, die zwei Golfmobile zeigte, die unten am Fluss ein Rennen fuhren, und sie musste kichern.

„Toller Laden, Harlow", sagte Imogen, die Harlow am Arm berührte.

„Schon, oder nicht?"

Sie folgten der Platzanweiserin zu einem Tisch in der Nähe eines der Kamine und setzten sich.

„Ich frage mich, ob sie Jobs haben", sagte Imogen, während sie ihre Speisekarte musterte.

Harlow senkte ihre eigene Speisekarte und spähte zu ihrer Schwester. „Willst du nicht versuchen, irgendwas in der Hochzeitsplanungsbranche zu finden?"

„In Keating Hollow? Ich weiß, hier ist es toll, aber sieht mir nicht gerade nach einem Hotspot für Hochzeiten aus."

„Da täuschst du dich wohl. Die Pelshes haben ein Weingut. Ich weiß, dass sie dort Events veranstalten. Und abgesehen davon glaube ich, die meisten heiraten letztlich auf dem Familiengrund. Aber ich möchte wetten, sie könnten eine gute Hochzeitsplanerin gebrauchen. Vielleicht könntest du ja ein Geschäft anmelden und selbstständig werden", schlug Harlow vor.

Imogen schnaubte. „Klar. Und wovon soll ich leben, bis ich ein paar Kunden finde?"

„Es war nur ein Vorschlag", sagte Harlow, die versuchte, vorsichtig zu bleiben. „Aber falls das was ist, an dem du Interesse hast, bin ich sicher, wir können uns einen Geschäftsplan einfallen lassen. Außerdem hält dich ja nichts davon ab, dir einen Teilzeitjob zu suchen, während du damit anfängst."

„Hmm, vielleicht." Imogen musterte wieder ihre Speisekarte, und das nahm Harlow als gutes Zeichen.

Nachdem sie bestellt hatten, beugte sich Imogen vor, die Ellbogen auf den Tisch gestützt. „Wenn ich also ein Geschäft als Hochzeitsplanerin anfangen sollte, müsste ich die Orte rund um die Stadt begutachten, die sich für Hochzeiten eignen, und eine Liste mit möglichen Geschäftspartnern anfertigen. Weißt du irgendjemanden, der mir dabei helfen könnte? Oder wen ich mal fragen könnte?"

„Klar. Wanda Danvers wäre gut zum Anfang. Sie ist die Immobilienmaklerin der Stadt und kennt jeden. Vielleicht probierst du es auch mal bei Hanna Silver im Incantation Café. Ihrer Familie gehört das Weingut, und sie ist gut mit der Familie Townsend befreundet. Die leben schon ewig hier, und ihnen gehört die Brauerei von Keating Hollow."

Imogen nickte, während sie diese Informationen in ihr Handy tippte. „Ich würde eine Webseite brauchen und Visitenkarten und ein bisschen Büroplatz." Sie schaute auf.

„Was zu mieten, steht ja offensichtlich nicht zur Debatte, aber wenn es Platz gibt, sodass ich einen Schreibtisch im Haus aufstellen könnte, würde das funktionieren."

„Klar. In der Küche ist Platz", sagte Harlow, deren Herz sich leichter anfühlte als in den letzten Monaten. „Und was die Website angeht, ich habe noch Platz bei meinem Webhoster. Ich habe für die nächsten drei Jahre schon bezahlt, also müsstest du dafür nicht mal was abdrücken."

Imogen wurde nüchtern. „Du hast immer noch deine Webseite?"

Harlow schluckte ein Stöhnen. „Na ja, da ist eine große Nachricht drauf, dass ich im Ruhestand bin, aber die Webseite ist noch da, mit Empfehlungen für andere Geisterjäger, wenn jemand einen sucht. Die ist für fünf Jahre gebucht und bereits bezahlt, also ist es sinnlos, es einfach alles zu löschen."

„Verstehe." Imogen nickte langsam, während sie die Information verarbeitete. „Das ist gut, schätze ich."

„Umsonst ist immer gut", sagte Harlow locker und versuchte, sich nicht aufstacheln zu lassen. Sie wollte doch nur ihrer Schwester helfen. Sie wusste nicht, weshalb alles immer wieder auf ihre Geisterjäger-Vergangenheit zurückfallen musste.

„Stimmt." Imogen lachte leise. „Na ja, das ist auf jeden Fall ein guter Anfang. Ich werde mich bei Hanna und Wanda melden müssen."

„Hey, ich wurde morgen von Hanna zu einem Mädelsabend eingeladen. Ich möchte wetten, Wanda ist auch dabei. Sie haben gesagt, du kannst gern mitkommen. Weshalb begleitest du mich nicht, um dann mit ihnen zu reden?"

„Perfekt." Imogen steckte ihr Handy weg und lächelte den Kellner an, der gerade gekommen war, um die Pizza vor ihnen abzustellen. „Sieht köstlich aus", sagte sie und beäugte den

Mann mit der sonnengebräunten Haut und den strahlend blauen Augen anstatt der Pizza.

Harlow lächelte vor sich hin, erfreut zu sehen, dass ihre Schwester sich allmählich entspannte.

„Wenn das was über die Männer in dieser Stadt aussagt, glaube ich, mir gefällt's hier", erklärte Imogen, während sie dem Kellner nachsah. Er warf einen Blick zu ihr zurück und zwinkerte, sodass Imogens Gesicht leicht rot anlief.

Ein Lachen brach über Harlows Lippen, und plötzlich kicherten sie und Imogen auf eine Art, wie sie es nicht mehr gemacht hatten, seit sie Teenager gewesen waren.

Harlow lachte immer noch, als ihr Handy läutete. Als Shauns Name auf dem Display erschien, runzelte sie die Stirn. „Shaun? Was ist los?"

Einen Augenblick später beendete sie den Anruf. „Wir müssen los. Cash ist in Schwierigkeiten."

„Cash ist hier? In Keating Hollow?", fragte Imogen, die Augen aufgerissen, während sie von ihrem Platz aufstand.

„Ja. Ist irgendwie eine lange Geschichte", sagte Harlow, die in ihrer Tasche nach der Geldbörse kramte.

„Was ist passiert?", fragte Imogen.

„Ein Geist hat ihn angegriffen." Harlow warf Geld auf den Tisch und machte sich auf den Weg zur Tür. Als ihr klar wurde, dass Imogen nicht mitkam, warf sie einen Blick zurück und sah sie wie erstarrt am Tisch stehen. „Gen?"

„Ich kann das nicht noch mal tun", sagte sie, während alle Farbe aus ihrem Gesicht wich. „Du weißt doch, wie ich zur Geisterjagd stehe."

„Ich muss", sagte Harlow, verabscheute es, ihre Schwester in diese Lage versetzen zu müssen. Aber was sollte sie sonst tun? Mit ganz leiser Stimme fuhr sie fort: „Es ist Cash. Wenn ihm was passiert ..." Sie kniff die Augen zu, versuchte das schmerzhafte Flackern zu ignorieren, das ihr Herz gepackt hielt. Jeder Augenblick, den sie hier verbrachte und mit Imogen stritt, war einer, in dem sie nicht bei Cash war, wenn er sie brauchte.

Als Harlow die Augen öffnete, sah sie einen Ausdruck reinen Grauens auf dem Gesicht ihrer Schwester. Aber als sie sprach, sagte sie: „Gut. Für Cash. Aber dann werde ich keine andere Chance haben, als einen anderen Wohnort zu finden. Ich kann das nicht noch mal tun."

Harlow brach fast das Herz. Sie hatte das Gefühl, ihre Schwester würde sie zwingen, sich wieder zwischen ihr und Cash zu entscheiden. Aber diesmal war Cash in Gefahr, und Harlow konnte auf keinen Fall weggehen, wenn sie wusste, dass sie helfen konnte. „Tut mir leid, das zu hören, Gen. Wirklich. Ich habe dir versprochen, dass es niemals wieder passieren würde, aber wir wissen beide, dass ich das nicht tun kann."

Imogen nickte ihr zu, und ohne ein weiteres Wort ging sie an Harlow vorbei nach draußen zum Mustang. Harlow war direkt hinter ihr, und nachdem sie Cash auf dem Handy aufgespürt hatte, legte sie den Gang ein und jagte durch die Stadt.

KAPITEL 10

„Was ist passiert?", fragte Cash, der sich zum Sitzen hochschob. Der Raum drehte sich, und er musste die Augen schließen, um den Schwindel abzuwehren.

„Hier, trink das", sagte Shaun, der sich neben ihn kniete.

Cash blinzelte die Verschwommenheit weg und konzentrierte sich auf das Glas, das ihm hingehalten wurde.

Shaun presste es ihm an die Lippen. „Das ist Wasser."

„Ich kann's schon halten", sagte Cash ungeduldig und griff nach dem Glas. Die Flüssigkeit war kühl auf seiner Zunge und eine willkommene Erleichterung. Sobald er das halbe Glas ausgetrunken hatte, schaute er sich um und fragte: „Wo ist sie hin?"

„Wer? Harlow? Sie ist unterwegs."

„Was? Warum?" Cash starrte seinen Bruder an und raffte sich dann hoch, während sein Kopf hämmerte. „Aua. Heiliger Hexenbesen ... Was ist hier passiert?"

„Ein Geist hat dich mit einem Dielenbrett angegriffen. Darum habe ich Harlow angerufen."

Unten knallte die Tür, gefolgt von raschen Schritten, während Harlow rief: „Shaun? Wo ist er?"

Shaun ging zur Tür und rief: „Hier oben!"

Cash runzelte die Stirn, während er sich mit der Hand über den Hinterkopf fuhr, wo er eine kleine Beule fand. „Wie lange war ich weg?"

„Zu lang. Vielleicht zehn Minuten?"

„Verdammt", murmelte Cash. Das bedeutete, dass er zum Heiler musste, um sich auf eine Gehirnerschütterung untersuchen zu lassen.

Harlow tauchte auf, ihren Eisendorn in einer Hand, und einen fünfzackigen Stern in der anderen. Sie blieb abrupt stehen und schaute sich im Raum um. Nach einem Augenblick landete ihr besorgter Blick auf Cash. „Der Geist ist weg. Ist er auf eigene Faust gegangen, oder hast du ihn zurück in die Schatten geschickt?"

„Sie ist allein von allein gegangen", sagte er und schloss die Augen, versuchte, zu verhindern, dass der Raum sich drehte.

„Sie?", fragten Harlow und Shaun gleichzeitig.

Dann fügte Harlow an: „War es deine Geister-Stalkerin?"

„Nein, das wäre aber vorzuziehen gewesen, glaube ich", sagte Cash, die er sich bewegte, um an der Wand zu lehnen. „Zumindest hat die mich noch nie mit einer Diele angegriffen."

Harlows Augen wurden groß, während sie rasch an Cashs Seite kam und sanft mit der Hand über seinen Kopf strich.

Bei ihrer Berührung versteifte sich Cash, aber dann breitete sich Wärme in seinem Körper aus, und der Schmerz in seinem Brustbein verschwand einmal mehr. Er stand reglos da, beobachtete, wie sie jeden Quadratzentimeter seines Schädels musterte, bis sie die Beule fand und das Gesicht verzog. Er machte einen Schritt zurück. „Ich werde zum Heiler müssen."

„Auf jeden Fall." Sie drehte sich zu Shaun um. „Kannst du

ihn in die Stadt bringen? Ich mache mein Bestes, um hier zur reinigen und einen Schutzkreis zu ziehen."

„Klar."

Shaun bewegte sich bereits zur Tür, als Cash sagte: „Das wird beides nicht funktionieren."

Harlow, die bereits ein Salbeibündel aus ihrer Tasche zog, stutzte und schaute zu Cash auf. „Warum nicht?"

„Der Geist ist meine Großtante. Das Haus gehörte ihr", sagte Cash.

Harlow ließ das Salbeibündel in ihre Tasche fallen. Es war keine weitere Erklärung nötig. Wenn jemand im eigenen Haus verstarb, konnte der- oder diejenige nur zum Weiterziehen bewegt werden, wenn sie es bereitwillig taten. Man konnte bitten, aber Tante Jane würde nicht von Salbei oder Salzkreisen bewogen werden. Tatsächlich hatte er beides schon getan, bevor er eingezogen war, und war überrascht, dass Harlow davon nicht ausgegangen war.

„Okay", sagte Harlow und rieb sich über die Schläfe. „Hast du irgendeine Ahnung, weshalb deine Tante dich angegriffen hat?"

Er kannte den genauen Grund, aber verdammt sollte er sein, wenn er ihr das erzählte. Ganz gleich, wie fehlgeleitet, seine Tante hatte versucht, sie beide ins selbe Zimmer zu kriegen, damit sie die Kupplerin spielen konnte. Vielleicht hatte sie gedacht, wenn sie redeten, würden sich ihre Probleme klären. Cash wusste es besser. Er hatte die letzten paar Monate damit verbracht, im Equinox vorbeizuschauen, und es hatte gar nichts geändert. „Vielleicht gefällt ihr nicht, dass wir renovieren. Du weißt ja, wie Geister sind, wenn man bei ihnen zu Hause Unruhe stiftet."

Harlow entspannte die Schultern. „Falls das so ist, weißt du ja, was zu tun ist." Sie hob ihre Tasche auf die Schulter und ging dann zur Tür. Sofort nahm dieser eiskalte Wind wieder Fahrt auf, aber anstatt die Dielen vom Boden zu heben, wurde die Tür zum Schlafzimmer so fest zugeschlagen, dass die Wände wackelten. Der Wind verschwand im selben Augenblick, und im Raum wurde es wieder still.

„Das ist auf jeden Fall eine Aussage", sagte Harlow, die versuchte, die Tür aufzuziehen. Sie gab nicht nach, und sie verzog das Gesicht. „Ach, das ist ja perfekt."

„Was jetzt? Sollen wir die kaputten Dielen wieder zurücklegen, damit sie uns rauslässt?", fragte Shaun.

Cash lachte leise. Die Situation war so lächerlich, dass er einfach nicht anders konnte.

Harlow ob eine Augenbraue, wartete darauf, dass er es erklärte.

Verdammt, sie kannte ihn echt zu gut. Er dachte darüber nach, sich eine Lüge einfallen zu lassen, aber dann entschied er, dass das keinen Sinn hatte. Was würde es schon ändern? Tante Jane würde wohl nicht aufhören, sie zu belästigen, bis sie bekam, was sie wollte.

„Cash", sagte Harlow mit beiden Händen auf den Hüften. „Was erzählst du uns denn nicht?"

Er lehnte sich an die Wand und glitt dann daran herab, sodass er auf dem Unterboden saß. „Tante Jane hat das alles gemacht, um dich herzukriegen", sagte er zu Harlow. „Sie sagt, wir müssen unseren Mist auf die Reihe kriegen."

„Tante Jane kennt mich nicht mal", sagte Harlow, die verblüfft wirkte. „Kennt sie dich überhaupt?"

„Inzwischen schon. Ich lebe seit Monaten hier." Er klang matt, sogar für seine eigenen Ohren. „Außerdem, spielt es eine Rolle? Wenn sie unsere Sendung gesehen hat, weiß sie, dass wir Partner waren." *In jeglichem Wortsinn,* dachte er, aber das sprach er nicht aus.

„Genau." Nun war es an Harlow, müde zu klingen. „Was

will sie denn von uns? Noch mal durchkauen, weshalb wir uns getrennt haben?"

„Vielleicht." Cash stieß ein langes Seufzen aus.

Shaun schaute zwischen den beiden hin und her und sagte schließlich: „Wisst ihr, ich würde eigentlich wirklich selbst gern erfahren, was los war."

Die Tür schwang auf, und Imogen kam herein. Sie stand im Eingang, ihr Gesicht erstarrt vor Angst, während sie den Raum musterte. Sie hielt ein Kreuz in einer Hand, und einen Beutel mit etwas, von dem Cash annahm, dass es Kräuter waren, in der anderen. Sie hielt die Gegenstände vor, bewegte sich in einem Halbkreis, als würde sie jegliches Böse abwehren. Erst als sie Harlow in der Nähe von Cash stehen sah, leuchtete Erleichterung aus ihren dunklen Augen. „Ich hab mir allmählich Sorgen gemacht."

Harlow beeilte sich, zu ihr zu gehen, aber sobald sie sich bewegte, frischte der eisige Wind wieder auf und hielt sie an Ort und Stelle fest.

Imogen stieß einen entsetzten Schrei aus und versuchte, zu ihrer Schwester zu laufen, aber es schien irgendeine Art Barriere zu geben, die sie davon abhielt, näher als drei Meter an Cash oder an Harlow heranzukommen.

„Halt!", rief Harlow. „Tante Jane, das reicht. Du jagst meiner Schwester Angst ein." Der Wind erstarb fast sofort, aber die Tür knallte wieder zu.

„Harlow?", fragte Imogen, ihre Stimme zitterte. „Was ist los?"

„Cashs Tante Jane scheint aufgebracht, dass Cash und ich uns getrennt haben, und sie hat einen Plan ersonnen, dass wir uns zusammen in ein Zimmer setzen und darüber reden müssen. Jetzt sitzen wir fest, bis wir alles durchgekaut haben, schätze ich."

Imogen blinzelte ein paar Mal und wandte ihre

Aufmerksamkeit dann Cash zu. „Deine Tante Jane ist genervt, weil du nicht mehr mit Harlow zusammen bist?"

„So scheint es", sagte er. „Sieht so aus, als würde sie vielleicht nach einer Erklärung suchen. Oder einer Versöhnung. Ich bin mir nicht sicher. Ich weiß nur, dass sie mich außer Gefecht gesetzt und Shaun dazu gebracht hat, Harlow anzurufen, und da sind wir jetzt."

Imogens Miene wandelte sich von Entsetzen zu reinem Zorn. „Im Ernst, Tante Jane?", brüllte sie. „Du findest es okay, sich einfach so in jemandes Leben einzumischen? Na, ich erzähle dir ganz genau, was passiert ist. Ich hoffe, dafür bist du bereit." Imogen ging im Raum auf und ab, ihre Arme wedelten, während sie sagte: „Es fing alles an, als irgend so ein Hexengeist angepisst war von Harlow, und beschlossen hat, mich zu benutzen, um es ihr heimzuzahlen."

„Von diesen Teil wusste ich nichts", sagte Shaun leise.

Imogen blickte zu Shaun, die Wut in ihrer Miene verschwand nur einen Augenblick, als sie mit leiser Stimme sagte: „Darüber rede ich nicht gerne."

Shaun nickte einmal.

„Was machst du denn hier?", fragte sie neugierig.

„Ich hatte das Gefühl, hier würde ich gebraucht werden." Er zwinkerte ihr zu, und Cash konnte nicht verhindern, dass er sich fragte, was zur Hölle da los war. Sie kannten einander natürlich, aber Shaun und Imogen hatten sich nicht sonderlich nahe gestanden.

„Du hättest mir die Einzelheiten schon erzählen können, weißt du", sagte Shaun, der Cash anklagend anfunkelte.

Cash warf ihm einen entschuldigenden Blick zu. Es stimmte, er hatte Shaun nicht alles erzählt. Er war zu aufgebracht gewesen, nach allem, was passiert war, um in die Einzelheiten dessen zu gehen, was sich abgespielt hatte.

„Harlow und Cash wurden angeheuert, um einen Geist

auszulöschen, der auf einem riesigen Anwesen draußen in Virginia spukte. Das Grundstück war irre viel wert, aber genauso die Schmuck- und Kunstsammlung, die der Familie hinterlassen worden war. Die Käufer wurden abgeschreckt durch einen Geist, der nichts davon loslassen wollte. Es hatte sich zufällig ergeben, dass ich an dem Tag, als Harlow versucht hat, den Geist zu verbannen, bei ihr war. Sie hatte keinen Erfolg, aber wie das Schicksal so spielt, war der Geist so ziemlich der einzige, der sich Harlow niemals gezeigt hatte. Sie konnte ihn nicht sehen, wusste nur, dass er da war, als er so aufgebracht war, dass er irgend so eine Art Energie abgab, von der Harlow ganz schlecht wurde. Auf jeden Fall hat Harlow alles versucht, was sie konnte, um den Geist zurück in die Schatten zu treiben, doch am Ende fand der Geist einen Weg, mich im Besitz zu nehmen."

Shaun fuhr zusammen. „Das ist furchtbar."

Sowohl Harlow aus auch Cash nickten.

„Oh, ja", bestätigte Imogen. „Harlow hatte keine Ahnung. Und in den nächsten paar Monaten übernahm mich der Geist vollständig. Sie machte mich gehässig und fies, hat all mein Geld für krass teure Sachen wie übderteuerte Tage im Spa und Essengehen für vierhundert Dollar auf den Kopf gehauen. Sie hat sogar eine Wohnung gemietet, die über den Central Park in New York hinausblickt. Als mir das Geld ausging, hat sie angefangen, einzelne Gegenstände aus dem Anwesen zu stehlen und sie zu verschachern, um ihren überzogenen Lebensstil zu finanzieren. Die ganze Zeit über hatte Harlow keine Ahnung, dass es der Geist war, und hat versucht, mich zu drei unterschiedlichen Psychiatern zu schleppen, denn sie war überzeugt, dass ich eine längere manische Episode hatte."

„Ich hatte keine Ahnung, was wirklich los war", sagte Harlow leise.

„Das stimmt", bestätigte Imogen, die trotzig klang. „Meine

eigene Schwester glaubte, dass ich eine Geisteskrankheit hätte. Diejenige, die zehn Jahre und mehr gegen Geister gekämpft hat. Erst als ein weiterer Geist zufällig in der Wohnung im Central Park auftauchte, in der einen Nacht, als Harlow da war, da rief der Geist mich bei einem anderen Namen, und Harlow bekam es endlich mal raus. Es dauerte weitere drei Wochen, bis sie mich endlich von der verrückten Cora befreien konnte."

„Dabei ist sie fast ums Leben gekommen", fügte Cash an, in seinem Tonfall lag reiner Zorn.

„Heilige Scheiße", flüsterte Shaun. „Ich weiß, dass es bei der Trennung um eine Unstimmigkeit wegen der Geisterjagd ging, aber ich hatte ja keine Ahnung." Er griff vor und drückte Imogen die Hand. „Ich kann mir nicht vorstellen, wie schrecklich das war."

„Nein, kannst du nicht. Deshalb habe ich Harlow gesagt, ich könne nicht in ihrem Leben sein, wenn sie weiterhin Geister jagt, denn so etwas wollte ich niemals mehr durchmachen. Oder das hier. Also vielen Dank auch, Tante Jane, aber ich will jetzt hier aus dieser Vergnügungsfahrt aussteigen, und zwar sofort!"

Die Tür schwang ganz langsam auf.

„Vielen Dank", sagte Imogen, während ihre Schultern vor Erleichterung herabsanken.

„Und deshalb habt ihr beiden euch getrennt?", fragte Shaun Cash und wirkte verwirrt. „Weil Harlow die Geisterjagd aufgegeben hat?"

„Ja … Und nein", sagte Cash.

„Ja", sagte Harlow, die Hände auf die Hüften gestemmt. „Cash war nicht bereit, sie aufzugeben. Und ich wusste, wenn wir zusammen bleiben, würden wir wieder genau hier landen." Sie wedelte mit der Hand im Zimmer herum. „Die Geister würden uns niemals in Ruhe lassen, wenn wir zusammen sind."

„Es sieht so aus, als würden sie euch auch nicht in Ruhe lassen, während ihr getrennt seid", sagte Shaun, der das Offensichtliche aussprach.

„Ich habe dich nie darum gebeten, dich von Cash zu trennen", sagte Imogen zu Harlow. „Das war deine Entscheidung, und ehrlich, ich halte das für einen Fehler. Du kannst doch dein Leben nicht für mich leben, Harlow. Du musst das tun, was für dich das Richtige ist. Und ich tue das, was für mich das Richtige ist." Sie wandte sich an Shaun. „Ich gehe jetzt. Kannst du mich nach Hause fahren, während Harlow Cash zum Heiler bringt?"

„Ich kann dich nach Hause fahren", sagte Harlow, die bereits zu ihrer Schwester ging. „Shaun kann Cash zum Heiler fahren."

„Nein", sagte Imogen, ihre Miene war versteinert. „Ich sagte, ich hab dir nie aufgetragen, dich von Cash zu trennen. Das hast du getan, und seitdem warst du nicht mehr du selbst. Obwohl mir also Tante Janes Taktik und das alles völlig egal sind, bin ich schon auch der Meinung, dass ihr beiden das mal hinbiegen müsst. Entweder kommt ihr wieder zusammen, oder ihr findet raus, wie ihr getrennt lebt, ohne dass es euch elend geht, denn ich habe es satt, mich zu fühlen, als hätte ich dir das Leben versaut!"

Cash starrte Imogen an und fragte sich, ob er gerade richtig gehört hatte, während sie aus dem Raum stürmte.

Shaun warf einen Blick zu Cash, suchte ganz deutlich nach einer Bestätigung, dass er ihr folgen sollte.

Cash nickte. „Ich ruf dich an, wenn wir beim Heiler fertig sind."

Als ihre Geschwister weg waren, schaute Cash Harlow an

und sagte: „Also ... Das war ja interessant. Was wird es denn, Harlow? Wieder zusammenkommen, oder ..."

Bevor er diesen Satz zu Ende sprechen konnte, war Harlow direkt vor ihm, die Hände auf seinen Wangen, während sie seinen Mund für sich beanspruchte und ihn mit allem küsste, was sie hatte.

KAPITEL 11

*H*arlows ganze Welt schrumpfte auf den Mann vor ihr zusammen. Nach einem ganzen Jahr, in dem sie sich den einzigen Menschen versagt hatte, den sie am allermeisten auf der Welt wollte, war ihr ganzer Widerstand verschwunden, und sie fühlte sich, als wäre sie schließlich zu Hause.

Cashs Arme legten sich um sie, und Harlow vertiefte den Kuss, wollte sich ewig in ihm verlieren.

Aber viel zu bald zog Cash sich sanft zurück, und mit atemloser Stimme flüsterte er: „Verdammt, das habe ich vermisst."

Sie schaute zu ihm auf, ihr Puls raste, sowohl vor Freude als auch vor Angst. Es ließ sich nicht leugnen, dass sie ihn wollte, dass sie ihn zurück in ihrem Leben und für immer in seinen Armen liegen wollte, aber es war auch entsetzlich, was das für die Zukunft bedeuten könnte.

Cash griff nach oben und schob ihr eine Haarsträhne aus den Augen. „So sehr ich das auch noch mal tun möchte, glaubst du nicht, wir sollten über das reden, was passiert ist?"

Harlow machte einen Schritt zurück, weil ihr klar wurde, solange sie in Cashs Armen war, würde sie niemals klar denken können. Während sie über eines der abgelegten Dielenbretter stolperte, ging sie mit einem lauten Geräusch zu Boden und fuhr zusammen, als sie sich den Ellbogen am Unterboden stieß.

„Vorsicht", sagte Cash leise und griff nach unten, um ihr hochzuhelfen. „Das letzte, was wir brauchen, ist, das wir beide eine Kopfnuss kriegen."

„Heiliger Bimbam, Cash", sagte sie und kam sich vor wie eine Närrin. „Ich soll dich doch zur Heilerin bringen, und stattdessen habe ich mich auf dich gestürzt." Sie hielt seine Hand ganz fest und fing an, ihn zur Tür zu ziehen. „Gehen wir los, bevor es noch später wird."

„Moment mal." Er blieb reglos stehen und zog sie zurück zu sich, bis sie wieder vor ihm stand. „Nur um das klarzumachen, ich würde mich noch ein dutzendmal mehr auf den Kopf schlagen lassen, wenn das bedeutet, dass ich noch so einen Kuss kriege."

Sie schaute ihn an, als könne sie ihn nicht ernst nehmen, und verdrehte die Augen. „Wirklich? Du könntest eine Gehirnerschütterung haben."

„Könnte ich. Ich könnte auch gerade jetzt halluzinieren, aber falls das so ist, habe ich kein Interesse an einer Rückkehr in die Realität. Hier in Keating Hollow war es doch die lebende Hölle, zu wissen, dass du nur ein paar Meilen entfernt bist, und ich nicht bei dir sein kann. Ich will nur, dass du mir sagst, dass wir eine Möglichkeit finden, das hinzubiegen."

„Ich wünschte, das könnte ich, Cash. Das weißt du. Aber ich kann nicht einfach dahin zurück, wie die Dinge vorher waren."

„Ich habe doch nie gesagt, dass wir zu diesem Leben zurückkehren müssen", sagte er sanft.

„Vor einem Jahr warst du nicht bereit, es aufzugeben", entgegnete sie.

„Aber ich habe es trotzdem getan, oder?" Er schaute sich im Raum um. „Was glaubst du denn, dass ich getan habe, seit ich mich hier niedergelassen habe?"

„Mich foltern?"

Er lachte leise. „Das habe ich getan?"

„Ja", gab sie zu. „Wie hätte ich denn weiterziehen sollen, wenn du hier in Keating Hollow bist?"

„Das solltest du doch gar nicht", sagte er, in seinen Augen blitzte Eifersucht. „Ich wusste es in dem Augenblick, in dem mir klar wurde, dass wir irgendwie in derselben Stadt gelandet waren, hunderte Meilen von Ojai entfernt. Was wir haben, Harlow, ist für die Ewigkeit. Das wissen wir beide. Wir müssen rausbringen, wie wir es zum Funktionieren bringen. Ich habe Zuversicht. Du auch?"

Das wusste sie nicht, aber sie nickte trotzdem, wollte unbedingt, dass es zwischen ihnen wieder lief.

„Gut. Jetzt bring mich zum Heiler, damit ich diesen höllischen Kopfschmerz aufhalten kann, der hinter meinen Augen aufkommt."

„Genau." Harlow drehte sich um und ging voraus aus dem Haus, während Cash ihre Hand den ganzen Weg zum Mustang festhielt.

„Celia", sagte Cash, der mit der Hand über die Motorhaube des Autos strich. „Ich hab dich auch vermisst."

„Du kannst später mit ihr flirten", sagte Harlow, die für ihn die Beifahrerseite öffnete. „Nachdem wir bei der Heilerin waren."

„Du bist nicht eifersüchtig?", fragte Cash, der sich zu einem Lächeln zwang.

Harlow schaute die angespannte Miene auf seinem Gesicht an und runzelte die Stirn. Es bestand kein Zweifel, dass er

Schmerzen litt. „Steig einfach ein, Cash. Ich mache mir später Sorgen darüber, dass das Auto dein Herz stiehlt."

Er tat wie geheißen, und sie fuhren in die Stadt.

～

Das alte Farmhaus war dunkel, als Harlow zwei Stunden später in die Zufahrt fuhr. Die Heilerin hatte bestätigt, dass Cash eine leichte Gehirnerschütterung hatte, hatte ihm einen Trank gegeben, der sowohl gegen die Erschütterung als auch die Kopfschmerzen half, und ihnen gesagt, jemand müsse über Nacht auf ihn aufpassen, um sicherzustellen, dass seine Symptome nicht schlimmer wurden. Cash hatte gesagt, das wäre kein Problem. Sein Bruder würde zu Hause sein.

Aber jetzt gab es von ihm keine Spur.

„Ist Shaun bei Imogen?", fragte Harlow, die bemerkte, dass das einzige Fahrzeug in Sicht Cashs Jeep war.

„Vielleicht?" Cash holte sein Handy aus der Tasche und rief bei seinem Bruder an. „Es geht niemand ran."

Harlow schaltete den Motor des Mustangs ab, wühlte nach ihrem Handy und drückte auf Imogens Namen. „Sie geht auch nicht dran." Ein Hauch Angst schlich sich durch Harlows Bewusstsein, und sie holte tief Luft, versuchte, sich zu beruhigen. Seitdem ihre Schwester im letzten Jahr die Besessenheit erlitten hatte, hatte Harlow die Nervosität nicht abschütteln können, die sie jedes Mal erfasste, wenn sie ihre Schwester nicht erreichen konnte.

„Sehen wir uns mal das Haus an", sagte Cash. „Um sicherzustellen, dass Shaun nicht da ist. Das wäre nicht das erste Mal, dass er mich hereingelegt hat, damit ich annehme, dass niemand zu Hause ist."

„Was? Wieso sollte er denn das tun?", fragte Harlow, die ihm folgte.

„Er hat davon gesprochen, dass er sehen wollte, ob seine Vision wahr wurde, glaube ich. Aber ich bin mir nicht sicher. Sehen wir lieber nach."

Die beiden durchsuchten jedes Zimmer im Haus, darunter das, in dem Tante Jane sie festgesetzt hatte. Zum Glück gab es von ihr keine weiteren Aktivitäten. Ihre Suche förderte nichts zutage, und während sie auf dem Weg nach draußen waren, versuchte es Cash erneut bei Shaun.

„Nö." Er stieg wieder in den Mustang. „Es besteht die große Wahrscheinlichkeit, dass er losgezogen ist, um sich ein Bier zu holen oder so was. Ich bin sicher, er ist bald zurück. Lass uns doch nach Imogen sehen, um sicherzustellen, dass sie gut nach Hause gekommen ist."

„Ich weiß nur nicht, weshalb sie nicht ans Handy geht. Sie weiß doch, was für Sorgen ich mir mache", sagte Harlow, die versuchte, die ganzen schrecklichen Szenarien zu verdrängen, die ihr durch den Kopf gingen. War die verrückte Cora wieder da? Der Geist war erst gestern bei der Tagundnachtgleiche wieder erschienen. Harlow war ziemlich sicher gewesen, sie hätte sie zurück in die Schatten geschickt, nachdem die Sonne aufgegangen war, weil sie im Salzkreis festgesessen hatte, aber was, wenn das nicht so war? Es war ja nicht, als wäre Harlow zurück zu ihrer alten Wohnung gegangen und hätte es sich angesehen.

Im Geiste tadelte sie sich, während sie über die Landstraßen von Keating Hollow rasten. Weshalb hatte sie Imogen nicht davor gewarnt, dass der Geist erschienen war? Sie wusste, warum. Sie hatte ihr keine Angst einjagen wollen. Sie hatte nichts aus dem Lot bringen wollen.

Aber das war dumm gewesen, wenn nicht sogar gefährlich. Obwohl Harlow ihr Bestes getan hatte, um ihr neues Haus zu schützen, würde Imogen nicht vor dem Geist geschützt sein, wenn sie in Keating Hollow unterwegs war. Sie hätte nicht einfach annehmen sollen, dass alles gut gehen würde. Insbesondere, da dieser Geist eine Verbindung zu Imogen hatte.

Aber sie hatte den fünfzackigen Stern und die Kräuter, die Harlow ihr letztes Jahr gegeben hatte. Beide halfen bei der Abwehr unwillkommener Geister. Obwohl Harlow wusste, falls einer entschlossen genug war, gab es nicht viel, was eine Hexe ohne Erfahrung tun konnte, wenn ein Geist bei ihr spuken wollte.

„Harlow", sagte Cash leise.

„Was?" Sie warf einen Blick zu ihm hinüber, packte das Lenkrad noch fester.

Er lächelte sie schwach an. „Atme."

„Ich atme doch", sagte sie, während die Luft aus ihren Lungen wich.

„Kaum. Mach dir doch nicht solche riesigen Sorgen, bis es was gibt, um das du dir Sorgen machen solltest, okay?"

„Ich kann nicht anders", sagte sie und konzentrierte sich darauf, wieder Luft in ihre Lunge zu ziehen. „Sie ignoriert meine Anrufe nie. Nicht so lange. Sie weiß, wie ich mich sorge."

„Es besteht auch die Möglichkeit, dass sie noch bei Shaun ist, und sie ausgegangen sind, um was zu trinken, oder so."

„Ja, das hoffe ich." Trotzdem konnte Harlow das Entsetzen nicht abwehren, das ihre Eingeweide im Griff hatte. „Wenn ihr was passiert …"

Cash griff nach ihr und drückte ihr die Schulter. „Alles kommt in Ordnung. Shaun würde ihr nichts zustoßen lassen. Das siehst du schon."

Harlow nickte nur und betete, dass er recht hatte.

Als sie an Harlows gemietetem Haus ankamen, parkte sie hinter ihrem Subaru und spähte auf den unbekannten grauen Truck. „Bitte sag mir, dass der Shaun gehört."

„Ja. Ich hatte doch gesagt, sie sind irgendwo zusammen hin", sagte Cash mit einem Nicken.

Harlow hob beide Augenbrauen. „Warum gehen sie nicht ans Handy? Das ergibt doch keinen Sinn."

Sie stieg aus dem Auto und rannte hinüber zum Subaru, um sich ihren Rucksack mit den Geisterjäger-Utensilien zu holen. Ohne ein Wort reichte sie Cash eine Eisenkette. „Sei bereit."

„Du glaubst echt, wir gehen hier in irgendwas rein, wozu ein Geist gehört?", fragte er, während er die Kette bewunderte. Dann hielt er sie hoch und sagte: „Vielen Dank dafür. Ich habe mich ein bisschen verloren gefühlt ohne die, die ich gestern kaputtgemacht habe."

„Das dachte ich mir schon. Was die Geisteraktivität angeht, du weißt doch, was ich früher immer gesagt habe: Erwarte das Unerwartete."

Er nickte. „Das, und sei besser vorbereitet, als auf den Arsch zu fallen, wenn ein wütender Geist auf dich zukommt."

Sie schnaubte. Das hatten sie immer gesagt. Aber dann wurde sie rasch nüchtern und ordnete an: „Gehen wir."

Das Haus leuchtete, da Licht aus den Fenstern schien, und Harlow erwartete halb, Shaun und ihre Schwester einfach auf dem Sofa sitzen zu sehen, während sie völlig geistesabwesend alles und jeden ignorierten. Zumindest hoffte sie das.

Leider war das nicht der Fall. Als Harlow durch die Tür kam, musterte sie das verlassene Wohnzimmer, fand nichts bis auf zwei halb geleerte Weingläser und einen zerbrochenen Teller auf dem Boden.

Eiseskälte kroch ihre Arme hinauf, und plötzlich wurde ihre Sicht unscharf, während Panik in ihr aufkam. Bestimmt war etwas Schreckliches passiert.

Cash ging an ihr vorbei in die Küche. Als er zurückkehrte, schüttelt er den Kopf, was nahelegte, dass er nichts gefunden hatte.

Und da hörte sie es. Weiter hinten im Haus erklang ein leiser Schrei.

„Hier entlang", sagte Harlow mit einem rauen Flüstern, während sie durch den Gang eilte. Rechts war die Tür zu Harlows düsterem Zimmer geöffnet. Und links – ein leises Stöhnen kam auf. Für Harlow klang es nach einem verletzten Tier.

Ohne noch mal nachzudenken, platzte sie durch die Tür und erstarrte dann, die Augen weit aufgerissen, als ihr Gehirn auf das aufholte, was sie vor sich sah.

„Harlow!", rief ihre Schwester, die panisch nach der Bettdecke suchte, um ihren nackten Körper zu bedecken.

Shaun, der sich in dem Augenblick von Imogen herabgerollt hatte, als sie den Namen ihrer Schwester gerufen hatte, murmelte tonlos einen Fluch, während er ein Kissen über die nackten Tatsachen legte.

Cash lachte leise hinter Harlow, während er ihr die Hand auf die Schulter legte. „Sieht aus, als ginge es ihnen mehr als nur gut. Lass ihnen ein bisschen Privatsphäre."

„Imogen?", fragte Harlow, immer noch in einem schockierten Zustand.

„Harlow, geh einfach!", befahl Imogen. „Bei den Göttern, man möchte meinen, ich bin ein Teenager, und meine Eltern sind gerade reingekommen."

„Okay." Harlow räusperte sich. „Tut mir leid. Weitermachen."

„Weitermachen?", fragte Cash, während sie sich in den Gang zurückzogen. „Im Ernst?"

Harlow warf geschlagen die Hände in die Luft. „Ich weiß nicht. In einer Sekunde dachte ich noch, meine Schwester würde gefoltert, und dann finde ich raus, dass dein Bruder auf der rechten Arschbacke ein Muttermal hat, genau wie du. Ich war sprachlos, okay?"

„Das mit dem Muttermal meines Bruders musste ich jetzt nicht hören", sagte er stöhnend.

Ein Lachen kam über Harlows Lippen. Sie legte sich eine Hand über den Mund, aber die Hysterie ließ sich nicht aufhalten. Das Lachen wurde noch stärker, sie beugte sich vor, hielt sich den Bauch, konnte sich gar nicht mehr kontrollieren.

„Okay, du Schöne, jetzt reiß dich mal zusammen", sagte Cash, seine Stimme war völlig erheitert. „Raus mit uns hier und lassen wir ihnen etwas Privatsphäre."

„Moment", erwiderte Harlow, die nach Luft schnappte. „Lass mich mal schnell eine kleine Tasche packen. Jemand muss ja trotzdem heute Nacht bei dir bleiben. So, wie es aussieht, wird es wohl nicht Shaun."

Er hob eine Augenbraue. „Du verbringst die Nacht mit mir?"

„Interpretier da mal nicht zu viel hinein, Keys", sagte sie und lächelte noch, während sie ihren Kosenamen für ihn zum ersten Mal seit über einem Jahr einsetzte. So hatte sie angefangen, ihn zu nennen, als sie erfahren hatte, dass er in einer schlimmen Metalband damals in der Highschool der Keyboarder gewesen war.

Er grinste. „Keys?"

„Interpretier da auch nichts rein." Harlow verschwand in ihr Schlafzimmer, und ein paar Minuten später traf sie sich mit ihm draußen. Anstatt den Mustang zu nehmen, winkte sie ihn hinüber zum Subaru.

„Mir ist Celia lieber", sagte er, während er die Beifahrertür öffnete.

„Da bin ich mir sicher, aber das ist jetzt Imogens Auto, und ich gehe auf keinen Fall wieder rein und frage sie, ob ich es weiter ausleihen kann. Ich muss mir sowieso schon so richtig die Augen bleichen."

Er lachte. „Da ist was dran."

KAPITEL 12

„Hattest du schon ein Abendessen?", fragte Harlow, während sie Cashs Haus betrat und ihre Reisetasche in der Nähe der Eingangstür fallen ließ.

„Nein. Seit dem Mittag nichts, aber ich bin eigentlich gar nicht so hungrig", erwiderte Cash.

„Du musst was essen. Ich mach dir was, und in der Zwischenzeit legst du dich hin. Ich bringe es dir."

Cash ignorierte ihren Auftrag und folgte ihr in die Küche, weil er nicht bereit war, sich zu weit von ihr zu entfernen. Sie hatte ihm gefehlt, und die *Lockerheit* zwischen ihnen auch viel zu sehr. Er hatte sich viel zu lange nach ihrer Gesellschaft gesehnt. Es war keine Option, sich in einen anderen Raum zurückzuziehen.

„Cash", sagte sie, klang ungeduldig, als ihr klar wurde, dass er immer noch hinter ihr war. „Du sollst dich ausruhen. Du hast doch gehört, was Heilerin Whipple gesagt hat."

„Sie hat gesagt, ich soll nichts tun wie etwa Sport machen oder mich irgendwie anstrengen, sodass mein Herz schneller schlägt. Oder Fahren, Lesen oder Fernsehen. Nichts davon tue ich", sagte er und nahm am Küchentisch Platz, nur, um ihr den Gefallen zu tun. Die Wahrheit war, seit ihm die Heilerin diesen Trank gegeben hatte, hatte er sich gut gefühlt. Sogar die Beule auf seinem Kopf war ordentlich zurückgegangen.

„Sie hat gesagt, du musst dich mindestens die nächsten vierundzwanzig Stunden lang ausruhen. Das bedeutet Hinlegen", beharrte sie.

„Das hat dir nichts ausgemacht, als ich mit dir gekommen bin, um nach deiner Schwester zu sehen", forderte er sie heraus.

Sie presste die Lippen fest aufeinander, und er beobachtete, wie ein Muskel an ihrem Kinn zuckte.

Sein Lächeln wurde breiter. Er wusste, er hatte sie. Sie hatte die Anweisungen der Heilerin völlig vergessen, weil sie gedacht hatte, Imogen wäre in Gefahr. „An einem Tisch zu sitzen, ist doch viel besser, als in einem Fahrzeug durchgerüttelt zu werden, meinst du nicht?"

„Du bist unmöglich", sagte sie und schüttelte den Kopf. „Setz dich einfach da hin und sieh hübsch aus."

„Nur zu gerne." Cash lehnte sich im Stuhl zurück und beobachtete, wie sie in der Küche herumschoss, als würde ihr das Haus gehören. Es war erstaunlich, wie sie einfach zu wissen schien, wo sie alles fand, nach dem sie suchte. Sie war in seiner Küche genauso zu Hause, wie sie es in dem Haus gewesen war, das sie sich in Ojai geteilt hatten. Er beäugte den Topf, den sie auf den Herd gestellt hatte. „Was machst du denn?"

„Sieht nach Pasta mit Hühnchen und einem kleinen Salat aus. Ich habe keinen Reis gesehen, sonst hätte ich gebratenen Reis gemacht", sagte sie und warf ihm einen ausdruckslosen, abschätzigen Blick zu.

„Reis ist mir gerade ausgegangen", warf er ein.

Sie schnaubte. „Klar. Du erwartest von mir, dass ich glaube, du hättest dir selbst tatsächlich Reis gekocht?"

Er zuckte mit einer Schulter, ohne sich auf etwas einzulassen. Sie wussten beide, dass er keinen Reis gekocht hatte. Aus irgendeinem Grund hatte er eine geistige Blockade, wenn es um den Einsatz eines Reiskochers ging, und jedes Mal, wenn er es in der Vergangenheit versucht hatte, war es entweder knusprig oder viel zu weich rausgekommen, eher schon als Brei. Er hatte das schon vor langer Zeit aufgegeben. Pasta war einfach leichter.

„Irgendwann mal wird diese ganze Pasta dich einholen, Cash", sagte sie und schaltete den Brenner an.

„Heute nicht. Heilerin Whipple hat gesagt, es wäre das Beste, sich mit Kohlehydraten vollzupumpen. Sie hat gesagt, da wird mein Gehirn schneller heilen."

„Das hat sie, deshalb mache ich Pasta." Harlow füllte ein Glas Wasser aus der Karaffe im Kühlschrank und stellte es vor ihm ab. „Vergiss nicht, dass du viel trinkst."

„Vielen Dank, Hübsche." Er zwinkerte ihr zu und nahm einen großen Schluck von der kühlen Flüssigkeit. Während Harlow sich daran machte, sein Abendessen vorzubereiten, sagte Cash: „Erzähl mir von der Arbeit im Equinox."

„Was willst du denn wissen?", fragte sie, schaute zu ihm hinüber, ein leichtes Stirnrunzeln lag auf ihren Zügen. „Ich bin dort die Geschäftsleiterin, aber eigentlich nur ein besserer Barkeeper."

„Ich bin mir sicher, du machst mehr als das. Aber was ich wirklich wissen will, ist, weshalb du überhaupt da arbeitest." Er wusste, dass sie mehr als genug Geld hatte, um noch jahrelang davon zu leben. Das hatten sie beide.

„Um meine Gedanken beschäftigt zu halten", sagte sie, ohne ihn anzusehen.

Er war einen langen Augenblick still, während er das verarbeitete. „Ich verstehe."

Harlow schaute ihm in die Augen, sie musterte seinen Blick. „Was hast du im letzten Jahr getan, Cash?"

Er rückte auf seinem Sitz herum, ihm war plötzlich unbehaglich, weil sie ihn so unter die Lupe nahm. „Na ja, in den letzten paar Monaten habe ich die meiste Zeit damit verbracht, Tante Janes Nachlass zu regeln und dann an Reparaturen in diesem Haus zu arbeiten."

„Und davor?" Sie passte auf, ihren Tonfall locker zu halten, aber Cash durchschaute sie direkt und wusste, was sie wirklich fragte.

Er hätte lügen können. Sagen, dass er eine Reihe von verschiedenen beruflichen Optionen durchgegangen wäre. Oder sogar sagen, dass er ein paar Monate lang auf dem Strand getrunken hatte, um sein gebrochenes Herz zu heilen, aber so baute man keine Beziehung auf. Wenn er wollte, dass die Dinge mit Harlow funktionierten, dann wusste er, er musste ehrlich sein.

„Nachdem du die Stadt verlassen hast, habe ich ein paar Monate damit verbracht, mit jedem Studiomanager zu reden, mit dem ich ein Meeting bekommen konnte, um zu versuchen, eine neue Show vorzuschlagen", sagte er, starrte seine Fingerspitzen an, die auf den Tisch trommelten.

„Das habe ich gehört", sagte sie leise. Als er verblüfft aufschaute, verzog sie das Gesicht. „Meine Agentin hat mir das erzählt. Natürlich hat sie mich angefleht, einige dieser Angebote zu überdenken."

„Angebote?" Cash richtete sich etwas gerader auf. „Du hattest Angebote?"

Sie blinzelte. „Das wusstest du nicht? Ich dachte …" Harlow schüttelte den Kopf, wirkte verwirrt.

„Was hast du gedacht?", fragte Cash, der das Gefühl hatte,

ihm wäre etwas wirklich Wichtiges entgangen. Etwas, das alles hätte ändern können. Als sie es nicht näher ausführte, sagte Cash: „Harlow, bitte. Können wir einfach nur ehrlich sein? Können wir einander nicht zumindest das geben?"

Tränen standen in ihren Augen, und sie blinzelte sie rasch weg, während sie nickte. „Ja, das können wir." Dann wischte sie sich die Hände an einem Geschirrtuch ab und kam, um sich neben ihn an den Tisch zu setzen. Sie legte die Hände in den Schoß und sah auf, um ihm in die Augen zu schauen. „Etwa einen Monat, nachdem wir uns getrennt hatten, bin ich gekommen, um dich zu besuchen."

„Was?" Er spürte, wie der Schmerz in seiner Brust wieder aufkam, und unbewusst rieb er darüber. „Wirklich?"

„Wirklich. Du warst nicht zu Hause, also habe ich eine Nachricht in deinem Briefkasten hinterlassen und dich darum gebeten, mich anzurufen. Ich wollte über die Dinge reden und sehen, ob wir vielleicht irgendwas versuchen wollen, was nichts mit Geistern zu tun hat. Ich meine, die Angebote kamen rein, und ich dachte, vielleicht könnten wir mit einem neuen Ansatz ein Studio an Bord kriegen. Ich habe an so was gedacht wie Häuserrenovierung oder eine Talkshow. Aber eigentlich habe ich darüber nachgedacht, vielleicht so eine Art Serie mit wahren Geschichten vom Stapel laufen zu lassen. Andere Leute einladen, um ihre ungeklärten Mysterien und Phänomene zu erzählen. Das waren nur Ideen, aber als du dich nie gerührt hast, dachte ich, du wärst vielleicht zu wütend über die Tatsache, dass ich gegangen bin, und …"

„Deine Nachricht habe ich nie erhalten", stieß Cash hervor, während er ihre Hand nahm. „Ich hätte angerufen."

„Nicht? Ich habe sie in einen Umschlag gesteckt und alles", sagte Harlow, und sie runzelte die Stirn. „Heißt das, die hat jemand genommen?"

„Ich weiß es nicht", sagte er und schüttelte den Kopf.

„Vielleicht? Ich schätze, es ist möglich, dass ich sie fallen gelassen habe, als ich die Post reingeholt habe. Eines ist sicher: Ich hätte angerufen."

Sie stieß einen langen Atemzug aus. „Ich war überrascht, dass du keines der Angebote angenommen hast, das die Studios dir überbracht haben."

Cash stieß ein humorloses, lautes Lachen aus. „Harlow, *mir* haben sie nichts angeboten. Sie wollten alle wissen, ob du auch in die Verhandlungen einsteigst, und als ich nein gesagt habe, haben sie meine Agentin geghostet."

Harlows Mund öffnete sich zu einem geschockten Kreis. „Das kannst du doch nicht ernst meinen. Das ist ... irre. Warum?"

Cash warf ihr ein reumütiges Lächeln zu. „Weil du das Gesicht bist, wegen dem die männlichen Zuschauer eingeschaltet haben, während unsere Beziehung offensichtlich der Pluspunkt für das weibliche Publikum war."

„Aber ..." Sie brach ab und schloss dann die Augen, um das Unbehagen in ihren Eingeweiden zu ignorieren. „Das erklärt die Angebote, die sie mir geschickt haben."

„Was haben sie dir denn angeboten?" Cash lehnte sich vor, er war heftigst neugierig. „Paranormale Insel-Ermittlungen? Ermittlungen Down Under? Reisen in Spukstädte?" Das waren alles Varianten ihrer Sendung *Paranormale Städtchen*, aber nach Cashs Erfahrung wollten die Studios niemals etwas auszuprobieren, das zu weit von ihrem bisherigen Erfolg entfernt war.

„Äh, nein. Es war mehr so was wie Love Island – heißer Spuk und wahre Liebe, und die Geister-Bachelorette."

Er starrte sie verblüfft an. „Sie wollten, dass du eine Spuk-Dating-Serie machst?"

Sie nickte erleichtert. „Sie haben auch vorgeschlagen, dass wir beide einen Monat in einem Spukhaus verbringen und es wie so eine Art Big Brother filmen. Das war dasjenige, von dem ich dachte, es könnte dich vielleicht interessieren, nur natürlich ohne mich."

„Natürlich." Cash wusste, weshalb niemand mit dieser Idee zu ihm gekommen war. Für Cash und Harlow stand die Arbeit immer an erster Stelle. Sie waren stolz darauf, Leuten zu helfen, entweder mit ihren verlorenen Liebsten in Verbindung zu treten, oder Räume von unerwünschten Geistern zu befreien. Der Fernsehsender allerdings war eher interessiert an der Beziehung zwischen Cash und Harlow. Ohne sie gab es keine Sendung. Aber sie hätten ihr wahrscheinlich einen Vertrag gegeben, wenn sie zustimmte, sich den Raum mit einem anderen Mann zu teilen, den die Öffentlichkeit als ihren potenziellen Partner betrachten konnte.

„Cash, ich …", setzte Harlow an, doch er schnitt ihr das Wort ab.

„Das ist jetzt alles in der Vergangenheit, Schöne. Können wir uns auf das konzentrieren, was hier vor uns liegt?"

„Und was wäre das?", fragte sie mit widerstrebendem Unterton.

„Du und ich. Ein neues Leben hier in Keating Hollow. Wir konzentrieren uns auf uns, anstatt auf unsere Karriere", sagte er hoffnungsvoll.

„Glaubst du wirklich, das können wir?", fragte sie, die Stirn in Falten gelegt.

„Wir können es probieren." Er nahm ihre Hand in seine und strich ihr leicht über die Handfläche. „Das haben wir doch getrennt voneinander auch getan. Ich verstehe nicht, weshalb wir es nicht zusammen tun können."

„Ich will ja sagen." Tränen glänzten erneut in Harlows Augen, aber sie ließ sie nicht laufen. „Ich mach mir einfach Sorgen. Wenn wir zusammen sind, werden uns die Geister niemals in Ruhe lassen."

Ihre Ängste waren schon gerechtfertigt. Sie hatten so viele Jahre damit verbracht, Geister in ihre Welt einzuladen, dass früher oder später diejenigen, die reden wollten, einfach auftauchten, weil sie wohl irgendwie wussten, dass sie ein Publikum waren, das zuhören würde. Es war jedem von ihnen einzeln passiert, aber es kam sehr viel häufiger vor, wenn sie zusammen waren. Es war, als würde ihre gesammelte Energie zu einem Leuchtfeuer für Geister auf Abwegen. „Wir werden einfach unser Bestes tun müssen, um sie abzuwehren. Ich stelle mir vor, wenn wir uns abschirmen, würden sie uns früher oder später in Ruhe lassen, meinst du nicht?"

Harlow stieß ein schnaubendes, trockenes Lachen aus. „Sicher doch, Cash. Ich glaube, da haben wir ungefähr genauso eine große Chance, wie wenn wir im Lotto gewinnen wollen."

„Ich bin dabei, wenn du es bist", sagte er und hielt dann die Luft an.

Sie stieß ein langes Seufzen aus, schaute ihn mit ihren durchdringenden goldbraunen Augen an, und dann nickte sie. „Ich will es versuchen. Aber Cash?"

„Ja?", fragte er, wollte ihr einfach alles geben, was sie sich wünschte.

„Wenn es endet wie letztes Mal, dass die Geister uns niemals in Frieden lassen, dann weiß ich nicht, ob ich damit fertig werde. Nicht jetzt. Nicht nach dem, was mit Imogen passiert ist."

„Dann hoffe ich, wir finden einen Weg, sie abzuwehren, denn du hast die andere Hälfte meines Herzens, Harlow Thane. Die hattest du immer, und die wirst du immer haben."

Sie stand auf und kam, um sich direkt neben ihn zu stellen.

Cash erhob sich, legte die Arme um sie, zog sie dicht heran und drückte seine Lippen auf ihre, legte all seine Hoffnungen und Träume in den langsamen und zarten Kuss.

Harlow schmiegte sich an ihn, umarmte ihn so fest, dass es etwas schwierig wurde, noch zu atmen.

Und als sie den Kuss vertiefte, wandelten sich die Dinge von süß zu ein wenig erhitzt. Cash lachte leise und zog sich gerade weit genug zurück, um ihre Verbindung zu lösen. „Ich soll mich doch nicht anstrengen, weißt du noch?"

Harlow lächelte ihn verlegen an. „Ich schätze, da ist es mit mir durchgegangen."

„Ich beschwere mich nicht." Dann küsste er sie wieder, diesmal vergrub er eine Hand in ihren Haaren, während er ihr genau zeigte, wie sehr er sie vermisst hatte.

Alle Gedanken an die Anweisungen der Heilerin machten sich aus seinen Verstand davon, während seine Welt sich auf nur Harlow und ihren weichen, süßen Geschmack reduzierte. Er wollte sie für sich beanspruchen, ihr in Erinnerung rufen, zu wem sie gehörte, nur indem er seinen Mund einsetzte. Aber als die Uhr am Herd zu piepen anfing, lösten sie sich, ihre Lippen beiderseits leicht angeschwollen und ihre Wangen gerötet.

„Ich glaube, damit reicht es vielleicht jetzt", sagte Harlow mit einem nervösen Lachen, während sie zurück an den Herd ging, um sich um die Pasta zu kümmern. „Bis morgen zumindest."

Cash setzte sich wieder, und trotz seiner Gehirnerschütterung fühlte er sich zum ersten Mal seit einem guten Jahr vollständig.

KAPITEL 13

„Nein, ich schlafe nicht hier drin", sagte Harlow mit einem nervösen Lachen. „Du musst dich ausruhen."

Cash, der gleich hinter seiner Schlafzimmertür stand, nahm ihre Hand fest und zog sie ein wenig näher. „Aber dann wirst du öfter mal aufstehen müssen, um nach mir zu sehen. Wäre es nicht leichter, wenn du einfach hier schläfst und dir einen Wecker stellst? Dann kannst du dich rüber rollen und sicherstellen, dass ich noch atme."

„Bei meinem Glück würdest du dich in der Nacht die ganze Zeit auf mich drauf rollen", sagte sie, schüttelte den Kopf, noch während ihr Körper danach brüllte, seiner Bitte nachzugeben. Jede Nacht, seit sie sich getrennt hatten, hatte sie das Gewicht seines Körpers direkt neben ihrem in der Nacht vermisst, das Geräusch seiner Atmung, das Wissen, dass er gleich neben ihr war, wenn sie ihn brauchte. Aber es war schon ein gutes Jahr her, seit sie zusammen gewesen waren, was bedeutete, dass sie keinem von ihnen zutraute, sich an die Anweisungen der

Heilerin zu halten. „Ich kenne dich, Cash Moses. Du wirst deine Finger nicht bei dir behalten können."

„Was, wenn ich verspreche, mich zu benehmen?", fragte er in einem gescheiterten Versuch, unschuldig zu wirken.

Harlow stieß ein lautes Lachen aus. „Du bist ein furchtbarer Lügner, Cash. Du wirst dich noch für eine Nacht im Zaum halten müssen."

„Verdammt", murmelte er tonlos, und ohne darauf zu warten, dass sie sein Zimmer verließ, zog er sein Oberteil aus.

Harlows Blick landete auf seinen gut geformten Brustmuskeln und ging dann hinab zu seinem Sixpack, und sie konnte nicht verhindern, dass ihr ein leises Keuchen entwich.

Cashs Lippen wölbten sich zu einem selbstzufriedenen Lächeln.

„Du bist böse", sagte sie, und obwohl sie wusste, dass sie sich zurückziehen sollte, ihm die Privatsphäre geben, sich bettfertig zu machen, schien sie irgendwie am Boden festgeklebt zu sein.

Erst, als seine Hände zum Reißverschluss seiner Jeans wanderten, und er anfing, den obersten Knopf zu öffnen, machte sie endlich einen Schritt zurück und sagte: „Ich bin dann in ein paar Stunden wieder da, um … äh …" Sie konnte den Blick nicht von seinen Händen losreißen, während er langsam den Reißverschluss seiner Jeans nach unten schob.

„Um was zu tun, Harlow?", fragte er, schob die Hose über seine Hüften hinab, sodass er nur noch in den schwarzen Boxershorts dastand.

„Äh …" Sie leckte sich über die Lippen, wusste, dass sie sich hier zum Narren machte. Sie war komplett angetörnt, und ihre Finger zuckten, weil sie sich unbedingt selbst ihrer Kleider entledigen wollte.

Cash legte die Jeans über einen Sessel in der Nähe des Bettes und kam dann einen Schritt auf sie zu. Er griff vor, strich ihre langen, dunklen Haare über die Schulter zurück und sagte: „Du bist ja noch da. Heißt das, du wirst bleiben?"

„Nein. Nö", sagte sie plötzlich und wirbelte auf dem Absatz herum. „Ich komme wieder. Hol dir ... einfach etwas Ruhe."

Er lachte immer noch vor sich hin, während sie die Tür schloss, und dann stand sie einfach da und schnappte nach Luft.

„Böse", flüsterte sie, während sie sich eine Hand auf die Brust drückte und ohne Erfolg versuchte, ihren Puls wieder zu kontrollieren. Zumindest wusste sie, dass sie die richtige Wahl getroffen hatte mit dem Entschluss, dass es am besten war, nicht im gleichen Zimmer zu übernachten. Obwohl sie bei diesem Tempo dachte, sie wäre vielleicht diejenige, die sich nicht unter Kontrolle hatte, und nicht Cash.

Bei der Göttin hoch oben, dieser Mann war umwerfend. Sie wusste nicht, wo sie die Willenskraft gefunden hatte, sein Zimmer zu verlassen, aber das hatte sie, und jetzt brauchte sie eine kalte Dusche. Sonst würde sie sich nur in seinem Zimmer wiederfinden, während sie ihre Finger nicht bei sich behalten konnte.

HARLOW STARRTE HINAUF an die Schatten auf der Decke, lauschte etwas, das nach Schritten auf den Dielenböden klang. Das alte Haus hatte die ganze Nacht lang immer wieder Geräusche von sich gegeben. Und seit dem Zeitpunkt, als sie sich auf der Couch niedergelassen hatte, konnte sie nicht verhindern, dass sie sich fragte, ob die Geräusche tatsächlich Tante Jane waren, oder ein anderer Geist. Das sorgte dafür, dass sie, selbst wenn sie einschlummerte, gleich wieder aufwachte, die Ohren gespitzt.

So würde sie niemals zur Ruhe kommen.

Es war schon nach zwei Uhr früh, und sie war bereits zweimal bei Cash gewesen. Sie hatte ihn geweckt, nachgesehen, ob seine Pupillen geweitet waren, und sich dann rasch zurückgezogen, damit sie nicht in Versuchung geriet, zu ihm ins Bett zu steigen. Die Göttin wusste, er machte es ihr nicht leicht. Beim letzten Ausflug da hinauf hatte er nur in seiner Boxershorts da gelegen, die Decke von sich geworfen. Sein herrlicher Körper war sogar noch muskulöser, als sie ihn in Erinnerung hatte, und sie fragte sich, ob er seine Work-outs intensiviert hatte.

Dann hatte er seine schläfrigen Augen geöffnet und ihr dieses schiefe, sexy Lächeln geschenkt, während er an ihr gezerrt hatte, bis sie direkt neben ihm saß. Seine Körperwärme und sein vertrauter Geruch hatten sie beinahe dazu verführt, gleich da zu bleiben, aber als seine Hand sich allmählich auf einen Weg über ihren Oberschenkel gemacht hatte, war sie aufgesprungen und hatte sich aufs Sofa zurückgezogen, zu den Geräuschen, die sie hellwach hielten.

Harlow hatte sich vorher noch nie vor Geistern gefürchtet. Als sie ein Kind gewesen war, waren regelmäßig Geister aufgetaucht, um mit ihr zu reden, und sie hatte sich niemals Gedanken darüber gemacht. Tatsächlich war ihr eine Zeit lang, als sie ganz klein gewesen war, nicht mal klar gewesen, dass es Geister waren. Es waren einfach nur Leute, die sie kannte. Aber schließlich war ihr bewusst geworden, dass andere ihre Freunde nicht sehen konnten, und ihre Großmutter hatte ihr erklärt, dass sie eine Gabe besaß.

Die Geister waren aus ganz unterschiedlichen Gründen zu ihr gekommen. Manche wollten nur reden. Andere wollten Hilfe finden, um ihre Liebsten aufzuspüren. Und dann gab es noch diejenigen, die nicht gewusst hatten, dass sie tot waren, und die Hilfe brauchten, um ins Licht hinüber zu gehen. Diese waren am auslaugendsten, aber auch am lohnendsten.

Sie war am College gewesen, als sie Cash begegnet war. Er war von ihrer Gabe fasziniert gewesen. Und obwohl auch er schon eine Reihe Geister gesehen hatte, hatte er sich niemals geöffnet, um ihnen zu helfen, bevor er Harlow getroffen hatte. Sobald er mitbekommen hatte, wie sie jemandem half, ins Licht zu gehen, war er voll an Bord gewesen, und plötzlich waren die Geister auch zu ihm gekommen, um Hilfe zu bekommen. Die Sendung war zustande gekommen, nachdem sie einem Geist geholfen hatten, sich mit einem Liebsten in Verbindung zu setzen, der auch ein Filmproduzent gewesen war. Nicht lange danach hatten sie angefangen, *Paranormale Städtchen* zu drehen, und die Leute kamen zu ihnen, um sich helfen zu lassen, entweder einen Geist zu kontaktieren oder ihre Räume von unerwünschter Geisteraktivität befreien zu lassen.

Es war genau das, was sie vorher schon getan hatten, nur dass sie im Fernsehen waren und dafür bezahlt wurden.

Selbst wenn Geister schwer zu bewältigen waren, war Harlow niemals in Panik geraten. Nein, das war passiert, nachdem Imogen in Besitz genommen worden war, und Harlow im Kampf gegen den Geist fast ihr Leben verloren hatte. Danach hatte Harlow aufgehört, Geister in den Kreis ihrer Energie einzuladen. Und jetzt inzwischen schickte das Unwissen darüber, was ein Geist wohl anstellen könnte, ein Beben der Angst ihr Rückgrat hinab. Was, wenn ein zufälliger Geist, dem sie begegnete, stärker war als sie? Was, wenn sie in Besitz genommen wurde oder Schlimmeres?

Was würde mit Imogen passieren?

Darum hielt sie sich inzwischen von jedem Geist fern, der versuchte, ihre Hilfe zu bekommen. Sie hätte es sich einfach nicht verzeihen können, wenn ein weiterer Geist, den sie in ihr Leben einlud, ihrer Schwester noch einmal schadete.

Quietsch, quietsch, stöhnten die Böden.

Harlow mahlte mit den Zähnen und stand abermals auf. Diesmal, um in die Küche zu gehen und im Schrank herumzuwühlen, bis sie eine Schachtel mit ihrem Lieblingskräutertee fand.

Ihrem Lieblingstee.

In Cashs Haus.

Er trank keinen Tee. Oder zumindest hatte er das nicht getan, als sie zusammen gewesen waren. Sie nahm an, Shaun trank ihn vielleicht, aber die Schachtel war immer noch in Plastikfolie eingeschweißt, und niemand hatte sie geöffnet. Hatte Cash seinen Küchenschrank mit Tee ausgestattet, für den unwahrscheinlichen Fall, dass sie eines Tages vorbeikam? Sie hielt das für mehr als wahrscheinlich, und ihr Herz schwoll vor Liebe zu dem Mann an, der oben schlief. Obwohl sie von ihm weggegangen war, hatte er sie niemals ganz aufgegeben. Sie hatte gedacht, das hätte er, als er nicht angerufen hatte, nachdem sie ihm eine Nachricht hinterlassen hatte, aber sie glaubte ihm, als er gesagt hatte, dass er sie gar nicht erhalten hatte.

Alles in ihr sehnte sich danach, dass die Sache zwischen ihnen funktionieren würde. Im letzten Jahr war sie nur der Form halber am Leben gewesen. Bereits nach nur ein paar Stunden, in denen sie ihn zurück in ihr Herz gelassen hatte, fühlte sie sich wieder vollständig.

Während sie sich in die Küche setzte und an ihrem Tee nippte, begannen Harlows Augen wässrig zu werden vor Erschöpfung. Sie sollte sich wieder auf das Sofa legen und versuchen, sich ein wenig auszuruhen. Aber als sie wieder das *quietsch, quietsch, quietsch* hörte, wusste sie, dass sie niemals einschlafen würde. Nicht, wenn sie danach lauschte, ob ein Geist sie bedrohen würde.

Vielleicht würde sie sich besser fühlen, wenn sie oben bei Cash war.

Harlow lachte vor sich hin. Natürlich würde sie sich besser fühlen. Es war der einzige Ort, an dem sie sein wollte. Das Quietschen der Dielenböden begann wieder, und das war genug, um sie davon zu überzeugen – falls sie überhaupt Schlaf bekommen wollte, würde sie sich den Tatsachen stellen müssen: Es würde nicht auf dem Sofa passieren.

Sie stand von ihrem Stuhl auf, stellte die Tasse in die Spüle und fand sich mit der Tatsache ab, dass sie Cash brauchte. Vermutlich mehr, als er sie im Augenblick brauchte.

Harlow war auf halbem Weg die Stufen hinauf, als der Wind draußen auffrischte und an den Fenstern rüttelte, sodass sie zusammenfuhr. Sie erstarrte einen Augenblick lang, bevor sie die Treppe hinauflief, hinein in Cashs Schlafzimmer.

Er richtet sich gerade im Bett auf, blinzelte sie an. „Was ist los?"

„Nichts. Ich ... Ach, verflixt", sagte sie mit einer Grimasse. „Dein Haus macht zu viele Geräusche, und das hat mich erschreckt. Also wenn du versprichst, dich zu benehmen, würde ich lieber hier schlafen."

„Du willst doch nicht, dass ich lüge, oder?", fragte er, seine Stimme rau vom Schlaf.

„Hör auf", sagte sie, während sie auf der anderen Seite ins Bett stieg und auf ihr Handy schaute, um sicherzustellen, dass der Wecker angeschaltet war, bevor sie es auf den Nachttisch ablegte.

Er legte sich wieder hin und schmiegte sich an sie, rollte sie herum, damit er sich von hinten um sie legen konnte.

Harlow wusste, sie hätte ihn bitten sollen, sich zu entfernen und ein bisschen Abstand zwischen sie zu bringen, aber stattdessen legte sie eine Hand über seine und schloss die Augen. Schließlich war sie genau da, wo sie hingehörte.

KAPITEL 14

*C*ash erwachte zu Harlows Wecker, der um acht Uhr morgens losging. Nachdem sie ihn die ganze Nacht alle zwei Stunden geweckt hatte, schien es, als wäre sie schließlich so völlig zusammengebrochen, dass sie ihn nicht mal hörte. Er griff über sie hinweg, schnappte sich ihr Handy und stellte ihn stumm.

Nachdem er nachgesehen hatte, ob sie wirklich schlief, schlurfte er in sein Bad, kümmerte sich um sich und prüfte dann seine eigenen Pupillen. Es gab keine Spur einer Erweiterung, und er hatte auch keinerlei Kopfschmerzen oder Beulen am Kopf.

So gut wie neu, dachte er leise. Trotzdem, während er nach unten ging, um die Kaffeemaschine anzustellen, rief er in der Praxis der Heilerin an, um zu berichten, wie seine Nacht gelaufen war.

„Das sind tolle Neuigkeiten", sagte Heilerin Whipple. „Klingt, als hätte der Trank seinen Job getan, und Sie dürfen gern Ihre normalen Aktivitäten wieder aufnehmen."

„Das heißt, ich kann wieder ans Renovieren meines Hauses

gehen?", fragte er ganz spezifisch, weil er wusste, dass Harlow ihn betüddeln würde.

„Ja, Cash. Das ist in Ordnung. Sie haben keine Einschränkungen mehr. Passen Sie nur einfach auf Ihren Körper auf. Wenn Sie Kopfschmerzen kriegen oder Ihnen schwindlig wird oder so, dann hören Sie auf, was Sie machen, und rufen an. Verstanden?"

„Verstanden", sagte er. „Klingt, als wäre dieser Trank ein Wunderwerk. Brauchen Gehirnerschütterungen normalerweise nicht länger, bis sie heilen?"

„Schon, wenn keine Magie im Spiel ist. Zu ihrem Glück bin ich ziemlich gut in meinem Job", sagte sie, und dann erklärte sie, dass ein Patient auf sie wartete.

Er beendete den Anruf, machte zwei Tassen Kaffee und ging wieder nach oben, um festzustellen, dass Harlow immer noch fest schlief, und aussah wie ein Engel, mit einem leichten Lächeln auf den Lippen. Verdammt, sie war wunderschön. Wie konnte er sich losreißen, wenn sie so friedlich dort im Bett lag? Normalerweise war er um diese Zeit schon heftig an der Arbeit mit irgendwas im Haus. Aber heute, solange Harlow noch in seinem Bett war, würde er nirgends hingehen.

Als er seinen Kaffee ausgetrunken hatte, legte er sich wieder hin, aber anstatt Harlow von hinten zu umfassen, wie er es getan hatte, als sie zusammen eingeschlafen waren, stützte er sich auf einen Ellbogen und schaute auf sie hinab, musterte sie. Er glaubte nicht, dass er schon jemals einen Augenblick mehr zu schätzen gewusst hatte. Die Sonne fiel durch das Fenster herein und schien ihr aufs Gesicht, sodass sie aussah wie eine Göttin. Seine Finger sehnten sich danach, sie zu berühren, aber er behielt sie bei sich, war entschlossen, sie schlafen zu lassen.

„Ich weiß, dass du mich anstarrst", sagte sie so leise, dass er sie kaum hörte.

„Woher weißt du das?", fragte er erheitert.

„Ich kann spüren, wie du mich ansiehst." Sie blinzelte den Schlaf aus den Augen und schaute zu ihm auf, ihre Lippen nur ein wenig nach oben gewölbt. Er liebte es, wenn sie ihn so anschaute.

Glücklich. Entspannt. Zufrieden.

Cash schwor, den Rest seines Lebens zu diesem Ausdruck auf ihrem Gesicht zu erwachen. Er gab der Versuchung nach und schob ihr eine Strähne ihrer zerzausten Haare hinters Ohr, und dann ließ er seine Finger ihre Wange hinabwandern. „Guten Morgen."

„Morgen." Ihr Blick richtete sich auf seinen, und es war, als wäre der Rest der Welt einfach weggeschmolzen.

Cash beugte sich hinab und drückte ihr einen weichen Kuss auf die Lippen, während seine Hand über ihre Schulter und ihren Arm hinabstrich. Er spürte viel mehr, als sie zu sehen, die Gänsehaut, die auf ihrer Haut ausbrach, und er konnte nicht anders, als dabei ein zufriedenes Prickeln zu spüren, das durch ihn hindurch lief.

Sie wollte ihn genauso sehr, wie er sie wollte. Daran gab es keinen Zweifel.

„Cash", sagte sie und griff nach seiner Hand, während seine Finger die bloße Haut ihres Bauches unter ihrem T-Shirt streichelten.

„Hmm?", murmelte er, als seine Lippen ihren Nacken fanden.

„Bei den Göttern", sagte sie mit einem zufriedenen Seufzen. „Das fühlt sich toll an, aber das können wir nicht tun. Deine Gehirnerschütterung."

„Ich habe doch bereits grünes Licht von der Heilerin bekommen. Alles ist gut", sagte er heiser, presste seinen Körper an ihren.

„Ernsthaft?", fragte sie mit einem ungläubigen Lachen. „Du

hast die Heilerin angerufen, um rauszufinden, ob es okay ist, es zu treiben?"

„Nein." In seiner Brust grollte es, kurz bevor er sie leicht in den Nackenansatz biss. „Ich habe angerufen, um mich zu melden, und als ich ihr erzählt habe, dass die Symptome weg sind, hat sie alle Einschränkungen aufgehoben. Also, was ist jetzt mit dir? Was willst du, Schöne?"

„Du weißt genau, was ich will, Cash", erwiderte Harlow, die ein leises Stöhnen ausstieß, als seine Hand langsam nach oben über ihre Brust wanderte.

Er wusste tatsächlich, was sie wollte. Cash kannte jeden Quadratzentimeter ihres Körpers und wusste genau, was sie brauchte. Es war viel zu lange her, und jedes Molekül in ihm sehnte sich nach ihr. Sein Körper pulsierte vor Verlangen, und er musste den Drang bekämpfen, ihr die Kleider vom Leib zu reißen und keine Zeit zu verschwenden, um sie wieder zur Seinen zu machen. Aber das tat er nicht. Er würde das genießen. Sie neu entdecken und ihr zeigen, wie sehr er sie liebte.

Und genau das tat er. Jeder Kuss war eine Liebeserklärung, jede Berührung ein Versprechen der Ergebenheit, und als er sie schließlich nahm, die Augen auf ihre gerichtet, teilten sie eine Intensität, die er noch nie zuvor erlebt hatte.

Schließlich gehörte sie ihm, und er gehörte wieder ihr, mit Geist, Körper und Seele.

CASH PFIFF VOR SICH HIN, als er es schließlich wieder nach unten schaffte. Er hatte Harlow gerade in der Dusche gelassen mit dem Versprechen, ihr was zu essen zu machen. Sie hatten ein paar Stunden im Bett verbracht, sich zweimal liebt und es einfach genossen, einander festzuhalten. Als Harlows Magen schließlich geknurrt hatte, hatte er sie zur Dusche gebracht und sie dann noch einmal geliebt. Er konnte einfach nicht genug von ihr bekommen.

Als er Witze über eine vierte Runde gemacht hatte, hatte sie gelacht, ihn aus der Dusche gejagt und darauf bestanden, dass er ihr was zu essen besorgte, bevor sie in Ohnmacht fiel. Er hatte schließlich nachgegeben, sie aber mit einem letzten heißen Kuss zurückgelassen.

Das Haus war erfüllt vom Sonnenlicht, das hereinströmte, und der Geruch des Frühlings lag in der Luft. Cash fühlte sich wie ein neuer Mann, als er Eier und Speck aus dem Kühlschrank holte. Er hatte gerade das zweite Ei aufgeschlagen, als er aus dem Augenwinkel eine Bewegung wahrnahm.

In einem Reflex zog er die Eisenkette aus der Tasche, die Harlow ihm gegeben hatte, und wirbelte herum, bereit jeden Geist festzusetzen, der in sein Heiligtum eingedrungen war.

„Hui!", rief Shaun, der die Hände hob und rückwärts ging. „Ich komme in Frieden."

„Verdammt, Shaun. Du hättest ja mal eine Warnung aussprechen können, dass du da bist", sagte Cash, der sich die Kette wieder in die Jeanstasche stopfte.

„Was?", fragte Shaun, der zwei kleine Kopfhörer aus den Ohren zog, die Cash nicht mal aufgefallen waren.

„Ich sagte, du hättest ja mal eine Warnung aussprechen können", wiederholte Cash. „Ich dachte, du wärst noch bei Imogen."

„Nein. Da war ich eigentlich nur ein paar Stunden", sagte er, umging geschmeidig die Tatsache, dass er die Nacht mit Harlows Schwester verbracht hatte. Er warf einen Blick zum Eingang, der zu den Stufen führte, und dann zurück zu Cash. „Schätze, bei dir und Harlow ist wieder alles auf Spur?"

„So könnte man es sagen", erwiderte Cash, der seine Aufmerksamkeit wieder den Eiern zuwandte.

„Dann werde ich wohl in ein paar Kopfhörer mit Lärmunterdrückung investieren, bis wir die Schlafzimmer mit Lärmschutz ausstatten können", sagte Shaun mit einem leisen Lachen. „Stell dir mein Entsetzen vor, als ich Harlow gehört habe, wie sie deinen Namen brüllt."

Cash machte ein missbilligendes Geräusch, überhaupt nicht peinlich berührt. Stattdessen richtete er sich höher auf, sonnte sich in seinem Egoanfall. „Zumindest wurdest du nicht mit dem Anblick des haarigen Hinterns deines Bruders beglückt."

Shaun empörte sich. „Mein Hintern ist nicht haarig."

„Woher weißt du denn das? Wann hast du letztes Mal nachgesehen? Von meinem Standpunkt aus sah es so aus, als könntest du ein wenig Gartenpflege vertragen", zog ihn Cash auf.

„Du bist doch voller …", setzte Shaun an.

Harlow erschien im Eingang und schnitt ihm das Wort ab, indem sie sich räusperte.

„Oh, ach, guten Morgen, Harlow", sagte Shaun, sein Gesicht wurde hellrot.

„Shaun", murmelte sie und schaute weg, während sie anfügte: „Hattest du eine schöne Nacht?"

Er hustete und murmelte ein Ja.

„Seid ihr beiden jetzt zusammen?", fragte Harlow spitz.

„Das ist, äh, nichts, was wir schon besprochen haben", sagte er und klang nervös.

„Also, was war dann letzte Nacht? Ein One Night Stand? Freunde mit gewissen Vorzügen? Einmal aufgegabelt, aber mit Potenzial?" Harlow klang nicht wütend, zumindest nicht für Cash. Eher schon besorgt.

„Letzte Nacht …" Shaun schüttelte den Kopf. „Weißt du

was? Es ist mir nicht ganz behaglich, darüber zu sprechen. Tut mir leid, Harlow, ich weiß, Imogen ist deine Schwester, aber was zwischen uns passiert, ist eben zwischen uns. Wenn du mehr wissen willst, wirst du sie fragen müssen." Dann drehte er sich rasch um und ging aus der Küche.

Cash runzelte die Stirn, während er seinem Bruder nachsah. Obwohl er zustimmte, dass das, was immer zwischen Imogen und Shaun vorging, ihre Angelegenheit war, bekam auch er das Gefühl, dass Shaun mit irgendwas kämpfte. Er betete nur, dass es kein Bedauern war. Wenn sein Bruder irgendwie mit Imogen im Zwist lag, wäre das eine Komplikation, die keiner von ihnen brauchte.

„Hey, Kleine", sagte Cash, der hinüber ging zu Harlow und ihr einen Kuss auf die Schläfe gab. „Ich arbeite jetzt mal am Frühstück. Gib mir etwa zwanzig Minuten, und wir können loslegen."

Sie schaute zu ihm auf, ihre Miene wurde weicher, während sie zum Herd sah und dann zu ihm zurück. „Wärst du sehr wütend, wenn ich das verschiebe? Ich würde gern nach Hause gehen und sicherstellen, dass es Imogen gut geht."

Er hob fragend die Augenbrauen. „Machst du dir Sorgen wegen ihr und Shaun?"

„Du nicht?", fragte sie.

„Ich weiß nicht, ob Sorgen das richtige Wort ist, aber ich bin neugierig, was los ist. Shaun war mit niemandem zusammen, seit er sich von seiner Verlobten getrennt hat."

„Er hat gerade gesagt, sie wären nicht zusammen", sagte sie, ihre Miene war umwölkt. „Ich weiß, manche Leute gabeln einander auf, und sie sind beide erwachsen. Sie müssen mir nicht Rede und Antwort stehen. Und ich weiß, dass Shaun ein guter Typ ist. Es ist nur, dass Imogen nicht der Typ für einen One Night Stand ist, und ich … Ich weiß nicht. Daran ist nichts falsch, aber es liegt nicht in ihrem Charakter, das macht mir Sorgen. Und was ist mit Shaun? Mir war nie klar, dass er so ein Typ ist, der es mal probiert und dann wieder sein lässt. Du?"

Cash wandte den Blick ab und runzelte die Stirn.

„O nein", sagte Harlow.

„So schlimm ist es nicht. Ist ja nicht, als hätte er seine Trophäen vorgeführt. Tatsächlich habe ich ihn seit Shari mit niemandem mehr gesehen, aber erst gestern hat er mir bestätigt, dass er kein Mönch ist, also habe ich daraus geschlossen, dass er auf jeden Fall das eine oder andere Bett geteilt hat."

Harlow stöhnte. „Ich will nicht über das Liebesleben unserer Geschwister reden. Das ist doch zu merkwürdig."

Er lachte leise. „Sehe ich auch so." Dann wurde er wieder nüchtern und zog sie dicht heran. „Sehen wir uns heute Abend?"

„Tut mir leid", sagte sie, lächelte ihn entschuldigend an. „Ich habe einen Mädelsabend mit Hanna aus dem Café geplant, und Imogen kommt auch mit. Morgen?"

„Darauf kannst du setzen." Er gab ihr einen weiteren lang anhaltenden Kuss und brachte sie dann nach draußen.

Während er beobachtete, wie der Subaru aus seiner Zufahrt fuhr, hatte er den heftigen Drang, ihr zu folgen. Stattdessen drehte er sich um und ging zurück ins Haus, machte bereits im Geiste Pläne für die Zukunft.

KAPITEL 15

*H*arlow fuhr den Subaru in die Zufahrt neben dem blauen Mustang und holte tief Luft, bevor sie ins Haus ging. Nachdem sie bei Imogen und Shaun hereingeplatzt war, grauste es Harlow schon vor dieser Peinlichkeit und der notwendigen Unterhaltung, von der sie wusste, dass Imogen sie nicht würde führen wollen.

Aber es ließ sich nicht vermeiden. Harlow konnte in dieser Situation nicht gewinnen. Wenn Imogen sich anders als sonst benahm, hatte Harlow keine Wahl, als alles infrage zu stellen. Nach dem Fiasko des letzten Jahres, wie könnte sie das nicht tun?

Das Haus war still und roch noch nach Reinigungsmittel mit Kiefernnadeln. Die Weingläser und der zerbrochene Teller vom Vorabend waren weggeräumt, und der Kaffeetisch glänzte, als hätte Imogen abgestaubt.

Harlow lächelte vor sich hin. Was Mitbewohner anbetraf, hätte sie es schlimmer erwischen können. „Imogen?", rief sie, während sie die Küche betrat. Die Spüle war leer, und die Arbeitsfläche glänzte. Aber Imogen beantwortete ihren Ruf nicht und war auch nirgends zu finden. Nachdem sie rasch den Rest des Hauses durchsucht hatte, stellte sie fest, dass die Schlafzimmertür von Imogen offen stand, das Bett gemacht war, und das einzige, was nicht passte, ein Notizbuch war, das sie auf dem Bett hatte liegen lassen.

Mit gerunzelter Stirn zog sich Harlow zurück ins Wohnzimmer und dann schließlich nach draußen. Es war ein herrlicher Frühlingstag. Vielleicht war sie draußen und kümmerte sich um den vernachlässigten Garten.

Dieses Glück hatte sie nicht. Harlow wollte Imogen schon eine Nachricht schreiben, als sie ein Rascheln aus den Wäldern hinter dem Haus hörte. Sie schaute genau rechtzeitig auf, um zu sehen, wie Imogen aus den Bäumen trat, eine Jutetasche über der Schulter. „Hey, wo warst du denn?", fragte Harlow.

„Draußen am Wasserfall, ich habe mir die magische Energie zunutze gemacht." Imogen rauschte an ihr vorbei und betrat das Haus durch die Hintertür.

„Moment, was?", rief Harlow, während sie ihrer Schwester nachlief. „Was hast du denn mit magischer Energie angefangen?"

„Ich *bin* eine Hexe", sagte Imogen nachlässig, während sie in ihre Jutetasche griff und die weißen Säulenkerzen auf den Küchentisch stellte. Darauf folgte ein vertrautes Tagebuch, das ihrer Großmutter gehört hatte, und ein Täschchen mit sortierten Kräutern.

„Natürlich bist du das", sagte Harlow, die verwirrter war als je zuvor. „Aber du hast mir wiederholt gesagt, dass du nichts mit Magie und Geistern zu tun haben möchtest."

„Ich weiß, was ich gesagt habe. Ich darf es mir doch anders überlegen, oder?"

„Na ja, schon, was hat sich denn verändert?"

Sie zuckte mit den Schultern. „Ich schätze, dass ich gestern in Keating Hollow war und die charmante Magie der Stadt gesehen habe, hat mich überzeugt, dass nicht alle Magie schlecht ist. Außerdem haben diese Zauber überhaupt nichts mit Geistern zu tun." Imogen öffnete das Tagebuch und klappte es in der Mitte auf. Sie hielt es Harlow hin und sagte: „Wenn ich mich als Hochzeitsplanerin bekannt machen möchte, werde ich ein paar dieser Verzauberungen aufpolieren müssen."

„Gestern hast du gesagt, wenn ich mich mit Geistern einlassen muss, wenn ich gebraucht werde, würdest du umziehen müssen. Hast du dir das auch anders überlegt?", fragte Harlow, die das Gefühl hatte, sie wäre völlig außen vor. Nichts von dem, was Imogen sagte, ergab für sie einen Sinn.

Imogen wedelte mit der Hand, als würde sie den Kommentar von sich weisen. „Das habe ich doch in der Hitze des Augenblicks gesagt. Offensichtlich musst du helfen, wenn du gebraucht wirst. Ich will nur nicht daran beteiligt sein. Je eher ich mein Geschäft in die Gänge bringe, desto eher kann ich umziehen. Dann kannst du deine Sache machen, und ich meine."

Harlow biss sich auf die Unterlippe und fragte sich, was genau das hieß. „Was sagst du denn damit? Sobald du mal ausziehst, werden wir nichts mehr miteinander zu tun haben?"

„Mach doch nicht so ein Drama, Harlow", sagte Imogen, die die Augen verdrehte. „Ich will doch einfach nur nicht da sein, wenn du dich mit Geistern herumschlägst. Das wird leichter, wenn ich mein eigenes Haus habe."

„Okay, gut." Harlow stieß einen langen Atemzug aus, während die Anspannung aus ihren Schultern wich. Es war eine Tatsache, dass Imogen Harlow am Anwesen geholfen hatte, als dieser Geist sie in Besitz genommen hatte. Vielleicht war dieser neue Plan einfach nur das Richtige, um ihnen beiden zu helfen, mit ihrem Leben weiterzumachen.

Harlow musterte den fraglichen Zauber. Es war ein alter,

der Schmetterlinge verzauberte, damit sie sich auf Kommando bewegten, und er war Generationen lang durch die Familie weitergereicht worden. Er wurde vorrangig während Feierlichkeiten eingesetzt, wenn der Zauberwirker die Schmetterlinge nur in der Gegend wollte, auf irgendwas wie Blumen, die in einem Obsthain wuchsen. Dann wurden sie während einer Ansprache, oder wenn frisch Verheiratete in die Flitterwochen aufbrachen, losgelassen. Harlow hatte das schon ein paarmal im Einsatz gesehen, und es war ein wunderschöner Effekt. Harlow schaute zu ihrer Schwester auf. „Hast du das zum Funktionieren gebracht?"

„Klar", sagte sie mit einem Nicken. „Es gab zwei Schmetterlinge, die kamen, als ich sie gerufen habe, und sie schienen ganz zufrieden damit, von Blume zu Blume zu fliegen, bis ich ihnen dankte und sie aus dem Zauber entlassen habe. Der beste Teil war, dass die beiden noch eine Weile geblieben sind. Einer ist sogar auf meinem Finger gelandet und hat ein paar Augenblicke mit den Flügeln geflattert, um diese elektrisierende blaue Farbe zu zeigen."

„Ich wünschte, ich wäre dabei gewesen", sagte Harlow, die in die Küche ging, um sich etwas zu essen zu machen. Sie schnappte sich ein Glas Orangensaft, und dann wandte sie sich an ihre Schwester. „Hast du Hunger? Ich werde Waffeln machen, vielleicht ein bisschen Speck, wenn wir was haben."

Imogen schaute wieder auf die Uhr. Es war schon nach Mittag. „Du hattest noch nichts zum Frühstück? Haben die Moses-Jungs denn kein Essen im Haus?"

Eine seltsame Energie lief zwischen ihnen, als Imogen Cash und Shaun erwähnte.

Harlow nahm einen großen Schluck Saft und räusperte sich dann. „Doch, haben sie. Cash wollte mir schon Frühstück machen, aber ich habe beschlossen, dass ich lieber hier bei dir essen würde, damit wir uns auf den neuesten Stand bringen, was die letzten vierundzwanzig Stunden angeht."

Imogen verdrehte die Augen. „Da gibt's nichts auf den neuesten Stand zu bringen. Du kennst bereits mehr Einzelheiten, als du kennen solltest. Können wir das nicht einfach fallen lassen?"

„Das will ich, vertrau mir", sagte Harlow, „aber es sieht dir einfach nicht ähnlich, einen One Night Stand zu haben."

„Ich bin achtundzwanzig Jahre alt, Harlow. Ich glaube nicht, dass wir diese Diskussion führen müssen." Imogen schlug das Tagebuch zu. „Wirst du den Rest meines Lebens lang alles infrage stellen, was ich tue?"

Wieder gab es eine lange Stille, bevor Harlow sagte: „Nein. Aber nach dem, was im letzten Jahr passiert ist, muss ich einfach nur sicherstellen, dass mir nicht wieder etwas entgeht. Dass der Geist nicht zurückgekommen ist und ..."

„Mich in Besitz genommen hat?", fragte Imogen, ihre Stimme eiskalt. „Das ist lächerlich, Harlow. Ich benehme mich doch wohl kaum wie die verrückte Cora. Ich möchte doch meinen, meine eigene Schwester würde den Unterschied kennen."

„Imogen, bitte reg dich nicht auf. Ich wollte nur bei dir nachsehen, um sicherzustellen, dass man sich um nichts Sorgen machen muss."

„Man muss sich um nichts Sorgen machen, okay? Jetzt kannst du aufhören, mich dafür zu verurteilen, mit Shaun geschlafen zu haben." Sie fing an, ihre Kerzen wieder in die Tasche zu räumen.

„Ich verurteile dich nicht, Gen", sagte Harlow leise. „Ich will nur nicht dieselben Fehler machen, die ich letztes Jahr gemacht habe. Da Shaun hier übernachtet hat und du heute Magie ausübst, kannst du nicht zumindest verstehen, dass das beides Dinge sind, die einfach nicht typisch für dich sind? Zumindest aus meiner Perspektive."

Imogen mahlte mit den Zähnen. „Ich habe dir bereits gesagt, weshalb ich Magie ausübe. Harmlose Zauber durchzuführen, wird doch wohl kaum irgend so einen irren Geist in meine Nähe einladen. Cora wäre doch auf gar keinen Fall an Schmetterlingen oder Blümchen oder tanzenden Gartenzwergen interessiert."

„Tanzenden Gartenzwergen?", fragte Harlow, die versuchte, sich ein Szenario vorzustellen, wo die Braut tanzende Gartenzwerge wollen würde.

„Das habe ich auf einem Hochzeitsblog gesehen, okay? Leute stehen auf alle möglichen Dinge", sagte sie und wedelte mit der Hand. „Vergiss die Gartenzwerge. Und soweit es Shaun betrifft, falls du es wissen musst, letzte Nacht war kein One Night Stand. Bist du jetzt zufrieden?"

Harlow blinzelte, versuchte, die Worte ihrer Schwester zu verarbeiten. „Bist du mit Shaun zusammen?"

„Nein … Ja … Ich weiß es nicht." Sie schüttelte den Kopf. „Noch einmal, das geht dich nichts an, Harlow. Weshalb kannst du mich nicht einfach mein Leben leben lassen?"

„Weil du beim letzten Mal, als ich das getan habe, von einem Geist in Besitz genommen wurdest. Und als mir das nicht klar war, hast du mir vorgeworfen, dass ich gar nichts getan habe!", sagte Harlow erhitzt. „Hör mal, Gen, ich verstehe, dass du wütend bist, wegen dem, was vorgefallen ist. Das bin ich auch. Aber du kannst nicht wütend auf mich sein, weil ich alles überprüfe, um sicherzustellen, dass es nicht wieder passiert. Siehst du nicht, wie sehr mich das in eine Situation schiebt, in der ich nicht gewinnen kann? Und nur fürs Protokoll, falls du mit Shaun schläfst, geht es mich etwas an. Cash ist mein …" Sie schloss den Mund schnell, nicht sicher, was sie wegen Cash sagen sollte. Sie hatten erst gerade beschlossen, zu versuchen, die Dinge aufzuarbeiten, und nach einem getrennten Jahr fühlte es sich seltsam an, ihn wieder ihren Freund zu nennen.

„Dein was, Harlow?", fragte Imogen mit zusammengekniffenen Augenbrauen.

„Mein Mensch", sagte sie schließlich. „Shaun ist sein Bruder, und wenn ihr beiden miteinander unter einer Decke steckt, dann betrifft das auch uns."

„Das verstehe ich überhaupt nicht", sagte ihre Schwester stur. „Was Shaun und ich machen oder nicht, hat wirklich nichts mit dir oder Cash zu tun. Aber wenn du es wissen musst, letzte Nacht war nicht das erste Mal, dass wir zusammen waren. Ich bezweifle, dass es das letzte Mal sein wird. Und was das Etikett auf unserer Beziehung betrifft, wir haben einfach keins draufgeklebt, in Ordnung? Reicht dir das? Oder musst du erfahren, dass das vor zwei Monaten angefangen hat, als Shaun zu einem kurzen Urlaub nach Napa gekommen ist?" Imogen schob sich die Haare aus den Augen und fuhr fort. „Bevor du fragst, das steht immer noch alles ganz am Anfang, und keiner von uns wusste, dass der andere hier sein würde. Ich kann aber nicht sagen, dass es mich ärgert, dass er aufgetaucht ist."

„Das ist nicht das erste Mal, dass ihr zusammen wart?", fragte Harlow, ihre Gedanken rasten.

„Nein." Imogen stieß ein wenig erheitertes Lachen aus. „Was möchtest du denn noch wissen? Wie oft wir genau miteinander geschlafen haben, oder ist eine grobe Schätzung ausreichend? Vielleicht, wo wir waren, als er mich zum ersten Mal geküsst hat? Wie wäre es, wann er mich zum ersten Mal angerufen hat, indem er so getan hat, als würde er sich Sorgen um dich und Cash machen, eigentlich wollte er sich aber nur bei mir melden? Oder dass er alle paar Tage angerufen hat, und wir erst Freunde wurden, und dann sind die Dinge von da an einfach weiter gegangen? Brauchst du eine Zeit, einen Ort und ein Datum, wann er mich zum ersten Mal angefasst hat?"

„Das reicht", sagte Harlow kühl. „Du weißt, was ich gemeint habe. Ich war niemals auf der Suche nach vertraulichen Einzelheiten. Nur nach einem Update, was eure Beziehung angeht. Mach doch, was du willst, Gen. Ich werde dich nicht wieder stören." Sie machte auf dem Absatz kehrt und marschierte zur Hintertür. Als sie gerade ging, hörte sie, wie ihre Schwester ihr nachrief.

„Endlich! Jetzt kann ich mich an die Arbeit mit meiner Webseite machen. Je eher ich mein Geschäft auf die Beine stelle, umso früher werde ich allein sein, wo Leute nicht einfach in mein Schlafzimmer eindringen, ohne zu klopfen!"

Harlow mahlte mit den Zähnen und weigerte sich, sich noch weiter damit herumzuschlagen. Im letzten Jahr hatte sie einfach nur ihre Schwester beschützen wollen. Was hatte sie im Gegenzug erhalten? Wut und Ablehnung. Jetzt war sie fertig. Sie konnte ihr Leben nicht für jemand anderem führen, und sie hätte es niemals versuchen sollen.

KAPITEL 16

„*A*lso, sieht so aus, als wären die Dinge mit Harlow wieder am Laufen", sagte Shaun, während er seinen Truck auf einem Parkplatz beim Baumarkt Hollow Hardware abstellte.

„Wir versuchen es noch mal." Cash warf einen Blick zu seinem Bruder. „Was ist mit dir und Imogen? War das nur so eine Sache für eine Nacht, oder …"

Shaun räusperte sich. „Es ist keine Sache für nur eine Nacht."

„Okay. Was bedeutet das?" Cash war nicht sicher, was er davon halten sollte. Imogen war für ihn wie eine Schwester. Einerseits hätte er gern gesehen, dass sein Bruder glücklich war und wieder auf Dates ging, aber wenn er es mit Imogen nicht ernst meinte, würde das nichts als Ärger verursachen.

„Es bedeutet genau, was ich gesagt habe." Shaun schob seine Tür auf und sprang raus. „Komm schon. Holen wir uns Nachschub, bevor sie schließen, damit wir uns zu Hause wieder an die Arbeit machen können."

Cash schloss sich seinem Bruder an der Vorderseite des Trucks an. „Du erzählst mir echt nicht, was mit dir und Imogen läuft?"

Shaun warf aus dem Augenwinkel einen Blick auf Cash, dann schüttelte er den Kopf. „Noch nicht."

„Auch gut", sagte Cash, während sie unterwegs zum Laden waren. „Pass nur mit ihr auf. Ich will nicht erleben, dass sie verletzt wird."

Shaun stieß schnaubend ein humorloses Lachen aus. „Ich glaube nicht, dass sie diejenige ist, um die du dir Sorgen machen musst."

Diese Aussage erwischte Cash auf dem falschen Fuß. „Du magst sie echt, was?"

Shaun zuckte mit einer Schulter.

Cash wusste, dass er versuchte, unbeteiligt zu wirken, aber er durchschaute seinen Bruder sofort. Ihm war Imogen wichtig, und er machte sich Sorgen, dass das, was bei ihnen lief, nicht für die Dauer sein würde. Cash schlug seinem Bruder auf den Rücken und sagte: „Viel Glück, Mann. Ich weiß, es ist nie leicht, aber meiner Erfahrung nach lohnt sich ein Thane-Mädchen."

„Darauf zähle ich", sagte Shaun, der ihm ein sarkastisches Lächeln zuwarf.

Sobald sie im Laden waren, sagte Cash: „Ich bin unterwegs zu den Böden. Willst du die Farbe holen?"

„Klar."

Sie trennten sich, und Cash ging durch den Gang mit der Beleuchtung, wollte sich Leuchten für die Küche anschauen, bevor er sich zu den Böden aufmachte. Es war Zeit, die Hängelampen über der Kücheninsel, die wie fliegende Untertassen aussahen, zu ersetzen. Aber sobald er um die Ecke kam, waren alle Gedanken an den Leuchtenkauf vergessen, als er eine Frau sah, die eine Reihe von Kronleuchtern musterte.

Direkt hinter ihr war der Schatten eines düsteren Geistes zu sehen, und eine große Kiste, die am Rand des Regals über ihr wackelte.

Cash stürzte sich auf die Frau, rammte sie aus dem Weg, kurz bevor ihr die Kiste auf den Kopf knallen konnte. Die Frau stieß einen überraschten Schrei aus, während die beiden auf den Zementboden fielen. Einen Augenblick später knallte die Kiste auf den Boden, genau dort, wo sie gestanden hatte.

Die Frau stieß einen weiteren überraschten Schrei aus und wandte sich dann an Cash, die Augen aufgerissen, ihre Hände bebten. „Sie haben mich gerettet?"

„Noch nicht", erwiderte Cash, während er wieder aufsprang und seine Eisenkette hervorholte. Der Geist schoss direkt auf ihn zu, die Arme erhoben und den Mund geöffnet, während er einen Schrei ausstieß, bei dem einem das Blut gefror. Cash trat zur Seite, ließ seine Eisenkette peitschen und setzte den Geist sofort fest, um zu verhindern, dass er noch weitere Zerstörungen loslassen konnte.

„W...was geht da vor?", fragte die Frau mit zittriger Stimme, während sie entsetzt die Geisterfrau anstarrte, die sich materialisiert hatte, als Cash sie mit der Eisenkette gefangen hatte.

Cash musterte den Geist. Sie wirkte, als wäre sie Anfang fünfzig gestorben, hatte leicht welliges grau meliertes Haar und funkelte die Frau an, die sich gerade erst wieder hochgeschoben hatte. „Wussten Sie, dass dieser Geist bei Ihnen spukt?"

„Du hast bei mir gespukt?", brüllte die Frau den Geist an. „Bist du der Grund, weshalb ich plötzlich im letzten Jahr so anfällig für krasse Unfälle war? Bist du der Grund, weshalb ich mir das Handgelenk gebrochen, den Knöchel verstaucht und eine Gehirnerschütterung geholt habe?"

Der Geist funkelte die Frau an und wehrte sich gegen die Eisenkette, konnte sich aber nicht befreien.

„Wissen Sie, wer dieser Geist ist?", fragte Cash die Frau.

„Oh, ja. Das ist meine Cousine Wendy. Nach ihrem Tod habe ich ihren Mann geheiratet. Ich glaube, darüber regt sie sich ein kleines bisschen auf."

Wendy wand sich, und sobald sie einen Arm aus der Kette lösen konnte, schlug sie auf die Frau ein.

„Also, Wendy", sagte sie ungeduldig. „Was hätte Carl denn tun sollen? Herumsitzen und einsam sein, den Rest eines Lebens lang? Ich dachte, du würdest dich freuen, dass er jemanden zur Gesellschaft hat."

Der Geist öffnete den Mund und stieß einen stummen Schrei aus, ihre Energie war so stark, dass sie beinahe zu viel für Cash wurde.

„Huch. Ich halte es für am besten, wenn Sie sich nicht weiter mit ihr befassen", sagte Cash zu der Frau. „Sie bringen sie nur auf, und wenn sie so aufgeregt ist, werde ich sie niemals verbannen können."

Die Frau verschränkte die Arme vor der Brust und funkelte Wendy an. „Ich kann ja auch nichts dafür, dass sie wütend ist, dass Carl glücklicher und zufriedener ist, jetzt, da er bei mir ist."

Wendy hatte genug gehört. Trotz der Eisenkette, die Cash im Griff hatte, brachte der Geist genug Energie auf, um völlig zu verschwinden und ein paar Sekunden später neu zu erscheinen, die Hände um den Hals ihrer Cousine gelegt.

Das Gesicht der Frau wurde tiefrot, und sie gab ein würgendes Geräusch von sich.

„Verdammt!" Magie rauschte durch Cash hindurch, während er die Arme hob und rief: „Bei der Sonne und dem Mond und der Erde und den Schatten, bitte, Geist, gib die Energie auf, die Wendy an die Gegenwart bindet!"

Magie rauschte aus seinen Fingerspitzen und legte sich um Wendy, schnitt die Energie ab, die ihr die Kraft gab, ihre Cousine zu würgen. Als ihre Finger vom Hals der anderen Frau glitten, setzte Cash sie abermals mit seiner Eisenkette fest. Der Geist war diesmal völlig unbeweglich, aber Cash wusste, er würde sie niemals allein verbannen können. Sie war zu stark. Das Beste, was er tun konnte, war, sie festzuhalten, bis Hilfe kam.

„Sie haben mich gerettet", stieß die Frau hervor, die sich den Hals rieb. „Zweimal."

„Ja. Jetzt stacheln Sie Ihre Cousine nicht wieder an, oder sie kriegt noch eine dritte Chance, auf Sie loszugehen." Nachdem er sich die Eisenkette um die Faust gelegt hatte, nutzte er die andere Hand, um sein Handy herauszuholen und Harlow anzurufen.

„Hey. Ich habe gerade an dich gedacht", sagte Harlow ins Handy, in ihrer Stimme lag ein Lächeln.

„Das höre ich gerne", sagte er, konnte nicht verhindern, dass er grinste. Ihm gefiel es, dass er ihr im Kopf herumging. „Bist du beschäftigt?"

„Nicht sonderlich. Was ist denn los?"

„Kannst du zu Hollow Hardware kommen? Ich habe hier einen unfassbar eifersüchtigen Geist, der versucht, seine Cousine zu töten, und er ist zu stark, als dass ich ihn verbannen könnte. Ich könnte deine Hilfe brauchen."

Es gab eine lange Stille, bevor Harlow sagte: „Will ich wissen, wie du mitten da rein geraten bist?"

„Ich habe mich um eigenes Zeug im Baumarkt gekümmert, als ich sah, wie der Geist versucht hat, diese Dame platt zu machen. Ich habe sie davor gerettet, von einer schweren Kiste erschlagen zu werden, und von da an brach die Hölle los. Ich habe den Geist jetzt festgesetzt, aber ohne dich wird das alles umsonst gewesen sein. Sie wird im Nu zurückkommen, um ihre Cousine zu quälen."

Harlow stieß ein tiefes Seufzen aus. „In Ordnung. Ich komm dann gleich. Wo kann ich dich finden?"

„Bei den Leuchten."

Als Cash den Anruf beendet hatte, schaute er die Frau an. „Wie heißen Sie?"

„Jelly."

„Jelly?", fragte Cash, der sicher war, dass er sie falsch verstanden hatte.

„Ja, das ist kurz für Jelsa."

Cash nickte. „Hi, Jelly. Ich bin Cash, meine Partnerin ist unterwegs. Sobald sie herkommt, werden wir Ihre Cousine für immer verbannen, damit sie Sie nicht mehr angreifen kann."

Jelly runzelte die Stirn. „Sie wohin verbannen? In die Hölle?"

„Ach, nein." Cash schüttelte den Kopf. „In die Schattenwelt. Wo sie danach hingehen, das kann ich dich bestimmen."

„Verdammt", erwiderte sie mit einem enttäuschten Seufzen. „Wendy war so eine richtige Zicke, wenn Sie wissen, was ich meine."

„Ich glaube, ich verstehe schon", sagte Cash mit einem Nicken. Das sah ihm ähnlich, dass er am Ende jemandem mit so einem verrückten Familiendrama half.

Auf seinem Handy summte eine Nachricht.

Es war Shaun. *Wo bist du?*

Cash schrieb mit einer Hand zurück, und ein paar Augenblicke später tauchte Shaun neben ihm auf.

„Ich kann nicht behaupten, dass es langweilig ist, mit dir rumzuhängen", sagte Shaun, der den Kopf schüttelte. „Ich schwöre, du kannst echt nirgendwohin, ohne in Schwierigkeiten zu geraten."

„Es ist nicht seine Schuld", sagte Jelly, die sich fast

überschlug, während sie nach Cashs Arm griff und sich festhielt. „Er hat mir das Leben gerettet." Sie schaute auf zu Cash und klimperte mit den Wimpern. „Heißt das, ich muss Ihnen jetzt sieben Jahre lang dienen? Ich will ja nicht angeben, aber auf dem Bezirksjahrmarkt habe ich jetzt drei Jahre hintereinander für die beste selbst gemachte Pie gewonnen." Sie schaute hinab zwischen ihre Beine und wackelte dann suggestiv mit den Augenbrauen. „Ich würde Ihnen nur zu gern meine Kirsch-Pie vorstellen."

„Oh, wow", sagte Shaun, der ungläubig den Kopf schüttelte.

Cash spürte plötzlich einiges Mitgefühl für Wendy. Wenn er sich längere Zeit mit Jelly hätte herumschlagen müssen, hätte er sie vielleicht auch würgen wollen. „Vielen Dank für dieses … äh, großzügige Angebot, aber ich glaube, da muss ich passen."

„Selbst schuld", sagte sie mit einem Schulterzucken.

„Ganz bestimmt", murmelte Cash und wechselte einen ungläubigen Blick mit Shaun.

Als Harlow schließlich eintraf, glaubte Cash, sein ganzes Leben lang noch nie glücklicher gewesen zu sein, einen weiteren Menschen zu sehen. Jelly hatte unaufhaltsam über Carl gesprochen, und dass sie immer das Gefühl gehabt hatte, jemand würde ihnen zuschauen, wenn sie es trieben, aber jetzt wusste sie ja, dass Wendy eine dreckige Spannerin war.

„Den Göttern sei es gedankt", sagte Cash zu Harlow, schaute in ihre besorgten Augen. „Ich habe versucht, den Geist mit einem Zauber zu verbannen, aber ihre Energie war zu stark. Kannst du dich darum kümmern?"

Harlow warf einen Blick zu Jelly. „Haben Sie irgendwas, was Sie diesem Geist sagen möchten?"

Cash stieß ein ganz leises Stöhnen aus. Er hätte sich daran erinnern sollen, dass sie das fragen würde.

„Tatsächlich möchte ich ihr sagen, dass die ganzen Jahre, in denen sie sich beschwert hat über die Größe von Carls ...“

„Das reicht“, sagte Cash. „Hier lässt sich nichts hinbiegen. Nur eine verstorbene Partnerin, die wütend ist, dass ihre Cousine ihren Mann geheiratet hat.“

„Ich verstehe“, sagte Harlow mit einem knappen Nicken. Sie schaute einmal mehr zu Jelly. „Abgesehen von der Größe von Carls ... äh, Männlichkeit, gibt es noch irgendwas anderes Wichtiges, das Sie sagen oder fragen müssen, bevor ich das beende?“

„Na ja, nein, nur dass ich ihr sagen möchte, ich hoffe, sie verfault den Rest der Ewigkeit in einem Tofu Express, weil sie versucht hat, mich umzubringen“, sagte Jelly und ging dann davon, wartete nicht mal, um zu sehen, ob Harlow Erfolg hatte.

„Ein Tofu Express?“, fragte Shaun. „Ist das nicht so ein veganer Fast-Food-Laden?“

„Ja!“, rief Jelly zurück, während sie stehen blieb, um über die Schulter zu schauen. „Wendy hat immer gesagt, erst würde die Hölle zufrieren, bevor sie dahin zum Essen geht. Ich dachte, das wäre vielleicht ein guter letzter Ruheort für sie.“

„Ganz bestimmt“, sagte Shaun, der erheitert wirkte.

„Cash, bist du bereit?“, fragte ihn Harlow.

„Ja.“

„Gut. Ich zähle bis drei, dann lass den Geist frei, und ich mache mein Ding.“

Nachdem Cash genickt hatte, sagte Harlow: „Drei, zwei, eins!“

Rasch ließ Cash den Geist aus seinen eisernen Fesseln. In dem Augenblick, in dem Wendy frei war, begann sie wie eine Banshee zu kreischen, sodass Cashs ganzer Körper eiskalt wurde, und sich sein Magen umdrehte.

Harlow schien jedoch nicht körperlich von dem Jammern

des Geistes betroffen zu sein und trat in einer raschen Bewegung vor, um sie an eines der Holzregale zu nageln. Sofort verstummte das Geräusch, und im Laden wurde es unheimlich still.

„Das war … ganz schön viel", sagte Harlow, während sie direkt vor den Geist ging. „Das bekommt man dafür, dass man versucht, die eigene Cousine umzubringen."

Wendy öffnete den Mund, aber es bildeten sich keine Worte. Sie war stumm geschaltet. Ohne irgendein Gefühl drehte Harlow den Eisendorn, und Wendy schimmerte einen Augenblick, bevor ihr Geist in eine Million Lichtpartikel zersplitterte.

Cash stand dort und sah zu, bis schließlich jedes winzige bisschen Licht verblasst war.

Harlow schob ihren Dorn zurück in die Tasche und wandte sich an Cash. „War das nötig?"

„Sie zu verbannen? Natürlich war es …"

„Nein", sagte Harlow, die ihm das Wort abschnitt. „Ich meine, mich anzurufen und mich zu zwingen, hier reinzukommen um mich mit diesem Drama zu befassen. Schade auch, dass du das nicht gefilmt hast. Das hätte dein Demo für den Pilotfilm deiner neuen Serie *Echte Geister in Keating Hollow* sein können."

Cash presste die Lippen ganz fest aufeinander und zwang sich dazu, mit ruhiger Stimme zu antworten, trotz der Tatsache, dass er ziemlich beleidigt war, weil sie gerade nahegelegt hatte, er würde immer noch nach einer Fernsehsendung suchen. „Witzig. Was hätte ich denn sonst tun sollen? Dieser Geist hat inzwischen schon seit über einem Jahr bei ihrer Cousine Chaos gestiftet. Hätte diese Kiste, die sie aus dem Regal geschoben hat, ihr Ziel getroffen, wäre Jelly jetzt über den ganzen Zementboden verteilt."

Shaun kicherte, aber als sie beide sich umdrehten, um ihn

anzufunkeln, schloss er den Mund schnell und zog sich aus dem Gang zurück, gab ihnen etwas Privatsphäre.

Cash wandte seine Aufmerksamkeit Harlow zu und wartete auf den nächsten Donnerschlag, den sie über ihn hereinbrechen lassen würde.

„Können wir rausgehen?", fragte sie, die Stimme gesenkt. „Ich hätte lieber kein Publikum."

Cash fiel auf, dass ein paar Kunden sich in der Gegend herumdrückten. Er fragte sich, wie lange sie da gewesen waren, dann beschloss er, dass es keine Rolle spielte. „Ja, geh vor."

Er folgte ihr, bis sie draußen auf dem Bürgersteig standen, und weit genug von den Türen weg, dass sie für niemanden Unterhaltungswert hatten.

Harlow schob sich die Hände in die Jeanstaschen und hob das Kinn, während sie ihn ansah. „Ich bin nicht mehr im Geschäft mit der Geisterjagd."

„Genauso wenig ich", sagte Cash.

„Aber das hast du mich doch heute gebeten zu tun, Cash. Verstehst du das nicht? Ich will nicht die Person sein, zu der alle gehen, und die Leute anrufen, wenn es bei ihnen spukt. Wir sind noch keine acht Stunden wieder zusammen, und du hast mich bereits rausgeholt, um Geister für Leute zu verbannen, die wir nicht mal kennen. Und die ganz offen gesagt ein bisschen wahnsinnig wirken."

Gegen diesen letzten Punkt konnte er nichts einwenden. „Hör mal, Harlow. Es tut mir leid, dass du darin verwickelt wurdest. Aber es ist ja nicht so, als hätte ich nach dieser Frau gesucht. Ich bin um die Ecke gebogen, und da war sie, während ein Geist versucht hat, sie anzugreifen. Ich konnte doch nicht einfach nichts tun, oder? Du weißt doch, du wärst auch nicht weitergegangen, wenn du gesehen hättest, wie jemand in Gefahr ist."

„Natürlich nicht", sagte sie, rieb sich die Stirn und kniff die Augen zusammen, als würde ihr diese Unterhaltung Schmerzen verursachen. „Ich weiß nur nicht, weshalb wir immer angelaufen kommen müssen. Es gibt Medien, die darauf spezialisiert sind, Geister auszumerzen, das weißt du doch."

Cash holte tief Luft und stieß sie langsam aus. „Ja, die gibt es. Ich weiß nicht, ob es hier in Keating Hollow welche gibt, aber ich schätze, nächstes Mal, wenn ich jemanden in ernsthafter Gefahr sehe, werde ich empfehlen, dass sie jemanden anrufen."

„Ach, komm schon, Cash. Das habe ich nicht gesagt." Harlow stieß ein frustriertes Seufzen aus. „Tut mir leid. Es ist nur so, dass Imogen und ich heute einen Streit hatten, und jetzt kümmere ich mich wieder um Geister. Wenn sie das herausfindet, wird sie mich sicher noch mal anpflaumen."

„Tut mir leid, Hübsche", sagte Cash, der plötzlich weich wurde. Er öffnete die Arme für sie, und als sie vortrat, löste sich alle Anspannung in seinen Schultern. Es war viel zu früh, um eine Unstimmigkeit direkt nach ihrer Versöhnung zu haben.

„Mir tut es auch leid", murmelte sie in seine Brust. „Du hast genau das getan, was ich getan hätte. Ich hasse nur, dass ganz gleich, wo wir hingehen, wir irgendwie niemals kurz Frieden vor den Geistern finden können."

„Wir haben zu viele Jahre damit verbracht, sie in unsere Energie einzuladen. Das können wir nicht einfach abstellen. Das ist jetzt Teil von uns."

Sie zog sich gerade weit genug zurück, um zu ihm aufzuschauen und ihm ein trockenes Lächeln zuzuwerfen, während sie sagte: „Vielleicht sollten wir wirklich mit der Recherche anfangen und rauskriegen, wie wir eine Seelenreinigung durchführen."

Er stieß ein leises Lachen aus. Darüber hatten sie schon etliche Male gewitzelt. Soweit sie es wussten, gab es keine Möglichkeit, eine Seele zu reinigen, ohne ihr zu schaden. „Hat Keating Hollow eine große Bibliothek?"

„Es gibt eine Bibliothek, aber die habe ich mir noch nicht angesehen", sagte sie.

„Das machen wir. Bald … wenn ich mit dir auf ein Date gehe." Cash küsste sie auf die Schläfe. „Danke, dass du heute geholfen hast. Ich hätte nicht angerufen, nur dass dieser Geist auf Mord aus war. Nächstes Mal, solange das Leben der Person, bei der es spukt, nicht in Gefahr ist, werde ich sie zu einem Geisterjäger schicken, der derzeit auch praktiziert."

„Danke dir", sagte Harlow. Sie stellte sich auf die Zehenspitzen, um Cash einen Kuss zu geben. „Das ist alles, worum ich bitten kann."

„Das ist nicht alles, worum du bitten kannst", sagte Cash, seine Finger schlossen sich automatisch um die samtene Ringschatulle, die er in seiner Tasche hatte, und er wünschte sich, er könnte ihr den Ring auf den Finger schieben und sie bitten, ihn zu heiraten … noch einmal. Aber das wäre verrückt, da sie ihn gerade erst zurück in ihr Leben gelassen hatte. Er brauchte Geduld, doch die war schwer zu erreichen, wenn er sie einfach nur jede Nacht in seinem Bett haben wollte, und jeden Morgen an seinem Frühstückstisch.

„Worum sollte ich denn bitten, Cash? Ein Candle-Light-Dinner? Einen Spaziergang im Mondlicht? Eine Fußmassage?"

Er lachte leise. „Ich würde ja gern all dem nachkommen, aber ich fürchte, das Angebot läuft um Mitternacht aus."

Sie hob eine Augenbraue. „Du weißt, dass ich heute Abend verplant bin."

„Sicher bleibst du doch nicht die *ganze* Nacht bei deinen Freundinnen", sagte er und hielt seinen Tonfall ganz locker. „Du weißt ja, wo ich später sein werde. Ganz gewiss würde es mich nicht stören, von einer tollen Frau geweckt zu werden, die in mein Bett steigt."

Harlow stöhnte. „Hör auf, mich zu verführen. Ich muss heute Nacht etwas Schlaf bekommen. Morgen muss ich arbeiten."

„Ich wette, du schläfst besser, nachdem ich mit dir fertig bin." Er hätte einfach alles gegeben, um sie heute Nacht zurück in sein Bett zu bekommen. Er hatte sie mehr vermisst, als er es für menschenmöglich gehalten hätte. Er leckte sich über die Lippen, während er den Blick über ihren Körper wandern ließ.

„Du benimmst dich daneben, Cash", sagte Harlow, die leicht atemlos klang.

„Ich weiß." Er neigte den Kopf und drückte ihr weiche Küsse auf den Hals, direkt unter dem Ohr, auf die eine Stelle, bei der sie immer ein Beben überkam. Heute Nachmittag war da keine Ausnahme. Er spürte das leichte Zittern, kurz bevor sie den Körper an seinen presste und sich bewegte, sodass ihre Lippen einander in einem erhitzten Kuss begegneten.

Cash wollte sie in den Truck packen und sie zurück nach Hause fahren, gleich jetzt. Das hätte er vielleicht getan, hätte nicht ein Räuspern sie unterbrochen. Er trat einen Schritt von Harlow zurück und traf dann den erheiterten Blick seines Bruders. „Shaun, was brauchst du denn?"

Sein Bruder stieß ein leises Lachen aus. „Ich wollte dich nur wissen lassen, dass der Laden bald zumacht. Falls du diese Holzdielen willst, glaube ich, die holen wir uns besser gleich."

Verdammt. Er hatte alles vergessen, bis auf die Frau, die vor ihm stand. „Heute Nacht", sagte er. „Da ist es niemals zu spät." Er küsste sie ein letztes Mal, bevor er sich umdrehte und zurück in den Laden ging, sein Bruder dicht hinter ihm.

„Ich dachte, ich müsste euch vielleicht mit dem Feuerwehrschlauch abspritzen", sagte Shaun, während sie einen Wagen mit Holzdielen füllten.

Cash schaute zu ihm auf. „Eine Vorwarnung. Später heute Nacht kommt Harlow rüber. Falls du dir diese Kopfhörer mit Lärmunterdrückung nicht besorgt hast, schlage ich vor, du findest irgendeine andere Bleibe."

Shauns Lippen wölbten sich zum Hauch eines Lächelns nach oben. „Das kann ich einrichten."

KAPITEL 17

*H*arlow hatte das Gefühl, nach dem Verbannen des Geistes von Jellys Cousine eine Dusche zu brauchen. In all den Jahren, in denen sie sich mit Geistern herumgeschlagen hatte, war das die vielleicht lächerlichste Situation, der sie je über den Weg gelaufen war. Normalerweise waren Geister, die nicht weiterzogen, in der Gegenwart, weil sie unvollendete Aufgaben hatten. Das schien bei Wendy definitiv ebenfalls so zu sein, aber normalerweise gehörte dazu nicht der Mord an einem engen Verwandten. Hatte Carl einen magischen Pimmel oder was? Der Gedanke sorgte dafür, dass Harlow das Gesicht verzog, und sie tat ihr Bestes, um die ganze Begegnung aus ihren Gedanken zu schieben.

Sie kam ins Haus und fand Imogen, die an einem kleinen Schreibtisch im Essbereich saß. „Hey, der ist ja neu."

„Ja. Habe ich für einen Apfel und ein Ei bei Kleinanzeigen bekommen." Imogen drehte sich um, um zu Harlow zu schauen. „Wo warst du denn?"

Entsetzen zog sich in Harlows Eingeweiden zusammen,

während sie sich auf die Retourkutsche gefasst machte. Imogen war unterwegs gewesen, um Erledigungen zu machen, und hatte offensichtlich den Schreibtisch abgeholt, als Cash vorhin angerufen hatte. „Cash hat mit einem Geister-Notfall angerufen. Ich habe geholfen, einen Geist zu verbannen."

Imogens Kinn spannte sich an, aber anstatt des Anfalls, den Harlow erwartet hatte, fragte sie nur: „Wird das jetzt was Normales, nachdem du und Cash wieder zusammen seid?"

„Nein. Das war nur einmalig. Eine Frau war in Gefahr. Er konnte nicht einfach gehen."

Ihre Schwester nickte einmal und wandte sich dann wieder an den Computer. Das war unerwartet. Da sie nicht weiter für Unruhe sorgen wollte, ging Harlow in die Küche, um sich Wasser zu holen, und fragte: „Arbeitest du noch an deiner Webseite?"

„Damit habe ich so viel getan, wie ich konnte, und jetzt arbeite ich an einem Entwurf für meine Visitenkarten."

„Visitenkarten. Wow. Das geht schnell."

Mit einem Seufzen wandte sich Imogen ihr zu. „Was soll denn das heißen?"

„Huch." Harlow hob die Hände. „Ich hab doch gar nichts gemeint. Ich bin nur beeindruckt, das ist alles." So viel also dazu, das Kriegsbeil zu vergraben. Es wirkte, als würden sie immer noch eine Weile auf Eierschalen unterwegs sein.

Imogen schloss die Augen und murmelte etwas vor sich hin, das Harlow nicht hören konnte.

„Tut mir leid", fuhr Harlow sie an. Dann versuchte sie ihr Bestes, um ihre Stimme neutral zu halten, während sie fortfuhr. „Ich mach mich mal frisch. Wenn du immer noch für den Mädelsabend zu haben bist, müssen wir in einer Stunde los."

Imogen sagte gar nichts.

Harlow mahlte mit den Zähnen und fragte sich, ob es mal

einen Zeitpunkt geben würde, an dem Imogen und sie keine Wand aus Anspannung zwischen ihnen hatten. Resigniert, weil es keine Möglichkeit gab, das hinzubiegen, zog sie sich nach hinten ins Haus zurück und nahm die Dusche, nach der sie sich gesehnt hatte.

Als Harlow eine Stunde später ins Wohnzimmer kam, stand Imogen in der Nähe der Tür, eine Jacke über den Arm gelegt, und Harlow lächelte ihre Schwester aufrichtig an. „Ich freue mich, zu sehen, dass du heute Abend immer noch ausgehst."

„Ist besser, als zu Hause zu bleiben, oder?", fragte Imogen.

„Auf jeden Fall", stimmte Harlow zu, dann ging sie voraus nach draußen zu ihrem Subaru. Keine von ihnen sagte den ganzen Weg in die Stadt auch nur ein einziges Wort. Da sie die Stille nicht aushielt, schaltete Harlow das Radio ein und summte den letzten Hit der Silver Scars mit, der Band, zu der Levi Kelley gehörte. Als sie einen Blick zu ihrer Schwester warf, sah sie, dass auch sie die Worte im Stillen mitsang. Zumindest hatten sie irgendwo etwas gemeinsam.

Als der Song aus war, sagte Imogen: „Das Lied mag ich echt."

„Ich auch. Ich hoffe, wir kriegen Levi dazu, eines Tages im Equinox zu spielen, wenn er wieder in der Stadt ist."

Imogens Augen leuchteten. „Das wäre toll."

Sie sprachen weiter über Musik, bis sie das Incantation Café betraten, und Harlow war dankbar für den vorübergehenden Waffenstillstand.

„Harlow, du hast es geschafft!", rief Hanna in dem Augenblick, in dem sie durch die Tür kamen. „Und das ist wohl deine Schwester."

Harlow lächelte die umwerfende Frau an und nickte. „Hanna, das ist meine Schwester Imogen."

„Wie schön, dich kennenzulernen", sagte Imogen, die Hanna die Hand schüttelte.

„Wir sind echt froh, dass du dabei bist. Wenn du hier bist, haben wir ausgeglichene Teams", sagte sie mit einem Kichern.

„Teams?", fragte Imogen, die Augenbrauen argwöhnisch gehoben. „Niemand hat was von einem Wettbewerb gesagt."

Hanna lachte. „Das ist nichts Ernstes. Nur ein freundliches Golfmobilrennen unten am Fluss. Die Gewinner dürfen dann prahlen."

„Teams für Golfmobilrennen?", fragte Imogen neugierig.

„Klar. Jemand muss Zauber wirken, während die Fahrerin sich um das Golfmobil kümmert." Hannas Handy läutete, und sie hob einen Finger. „Moment mal kurz."

Während Hanna ran ging, drehte sich Imogen zu Harlow um. „Zauber?"

„Frag doch nicht mich. Das ist das erste Mal, dass ich davon was höre."

Imogen wirkte, als wäre sie ein Reh im Scheinwerferlicht. „Ich habe das Gefühl, ich hätte meine magischen Talente ein bisschen mehr aufpolieren sollen. Ich kann mir gar nicht vorstellen, was für einen Zauber jemand in einem Golfmobilrennen brauchen könnte."

Harlow hatte auch keine Ahnung, aber sie machte sich keine Sorgen. Hanna und die anderen waren gute Menschen. Was immer es war, Harlow war einfach dankbar, dass sie und Imogen dazugehören konnten. Es war die perfekte Art, entspannt eine gute Zeit mit ihrer Schwester zu verbringen.

„Gute Neuigkeiten!", rief Hanna, nachdem sie den Anruf beendet hatte. „Wanda und Abby werden jeden Augenblick hier sein. Brechen wir auf, damit ich abschließen kann, dann müssen sie nicht auf uns warten."

Sobald sie auf der Straße waren, hörte Harlow erst Musik, und als sie sich umdrehte, sah sie zwei Golfmobile, die direkt auf sie zu fuhren, beide ein absolutes Spektakel. Eines war glitzernd lila mit blitzenden Stroboskoplichtern. Aus den Lautsprechern dröhnte Princes ‚1999‘, während Wanda, die Fahrerin, aus vollem Hals mitsang.

Direkt hinter ihr fuhr Abby ein oranges Golfmobil, das mit Lichterketten und aufgemalten Margeriten bedeckt war, außerdem waren lange Wimpern an den Scheinwerfern. Sie sang ebenfalls mit, aber ihr Text wurde von Wanda übertönt.

„Wow", sagte Imogen. „Die nehmen die Sache mit dem Golfmobil aber ernst, oder?"

„Du hast ja keine Ahnung", erwiderte Hanna lachend. Harlow grinste, sie liebte es. Dieser Abend unter Freundinnen war genau das, was sie brauchte. Wanda und Abby parkten ihre Wagen direkt vor dem Café, und bevor sie auch nur rausspringen konnten, kamen Yvette Townsend-Burton, Brinn Taylor und Miranda Moon heran, die über Mirandas letzte Signierstunde plauderten, die sie bei Hollow Books abgehalten hatten, dem Buchladen, den Yvette und ihr Mann Jacob betrieben.

Harlow winkte und lächelte ihnen zu.

Miranda grinste, als sie sie sah. „Es ist schön, dich mal beim Ausgehen zu sehen, Harlow."

Hanna, die sie noch nicht gesehen hatte, wirbelte herum. „Ihr seid da!" Sie umarmte alle rasch und dann winkte sie in Imogens Richtung. „Ihr müsst Harlows Schwester Imogen kennenlernen." Nachdem sie alle vorgestellt hatte und Imogen mehr als nur etwas überwältigt von ihrem begeisterten Willkommen war, klatschte Hanna in die Hände. „Kommt schon. Raus mit uns hier. Ich bin bereit für etwas Spaß."

„Hat jemand Spaß erwähnt?", fragte Wanda, die eine

Kühlbox hinten in ihrem Wagen öffnete. „Ist jemand bereit für ein Bier, Cider oder Wein? Ich habe genug von allem."

Harlow ging hinüber und warf einen Blick nach drinnen. „Du bist ja echt vorbereitet."

„Immer", sagte Wanda mit einem Zwinkern. „Was kann ich dir geben?"

„Ich probiere einen Keating Hollow Cider."

„Ich auch", sagte Imogen.

Harlow fuhr fast aus der Haut. Ihr war nicht klar gewesen, dass ihre Schwester direkt hinter ihr stand.

„Zwei Cider werden geliefert." Wanda schnappte sich die Flaschen, drehte die Deckel ab und steckte sie dann in Flaschenhalter. „Da habt ihr. Noch jemand?"

Von den anderen vier nahm jede auch was Alkoholisches, aber die beiden ausgewiesenen Fahrerinnen entschieden sich für Wasser.

„Okay, sucht euch ein Golfmobil aus", sagte Hanna, die bereits in den orangen Wagen direkt neben Abby kletterte.

Yvette glitt auf den Sitz neben Wanda.

Und während Imogen und Harlow erstarrt da standen, nicht sicher, was sie zu tun hatten, stieg Brinn bei Abbys Wagen ein, und Miranda nahm einen Platz in Wandas.

„Ich schätze, wir suchen uns lieber einen aus", erklärte Harlow ihrer Schwester.

Imogen nickte und rutschte auf den Hintersitz von Abbys Wagen direkt neben Brinn.

Harlow nahm neben Miranda Platz. „Ich schätze, du bist mit mir geschlagen."

„Und der Göttin sei dafür gedankt", sagte die Autorin, die ihren Drink zum Anstoßen hochhielt. „Eine bessere Spießgesellin kann ich mir gar nicht vorstellen."

Harlow lachte leise, tippte mit ihrer Flasche an die von Miranda, dann nahm sie einen großen Schluck von dem herrlichen Birnen-Cider, von dem sie gehört hatte, dass Rhys Silver ihn herstellte, Hannas Mann. Er war der Spezialist für Cider in der Keating Hollow Brauerei.

Die beiden Golfmobile rasten die Hauptstraße entlang und bogen dann auf einen Weg ab, der hinab zum Fluss führte. Der fast volle Mond schimmerte auf dem glatten Wasser. Da die Berge im Hintergrund noch leuchteten, war es so herrlich, dass es beinahe unecht wirkte. Nicht zum ersten Mal stellte Harlow fest, dass sie dem Universum dankte, dass sie dieses magische Städtchen aufgespürt hatte. Sie konnte sich inzwischen nicht mehr vorstellen, woanders zu leben.

„Okay", sagte Wanda, die die Musik abschaltete und aus ihrem Golfmobil sprang. „Da wir Neulinge dabei haben, müssen wir die Regeln durchgehen."

„Es gibt keine Regeln", rief Abby, während sie von ihrem Wagen herabsprang.

Wanda stemmte die Hände in die Hüften und machte ein missbilligendes Geräusch, während sie den Kopf schüttelte. „Ein paar Regeln gibt es, Abby. Du willst nur gern so tun, als gäbe es die nicht."

Alle lachten über den gespielten Zorn auf Abbys Gesicht.

Wanda deutete auf Harlow und Imogen. „Der Plan ist, dieses Golfmobilrennen durchzuführen und dann rumzuhängen, solange alle möchten. Falls jemand danach Hunger hat, fahren wir zur Pizzeria."

„Cool", sagte Harlow. „Ich bin für alles zu haben."

„Ich auch", sagte Imogen, aber sie zerrte immer wieder an einer Haarsträhne, ein sicheres Zeichen dafür, dass sie nervös war.

Wanda fiel es auf, und sie griff nach ihr, um ihr die Hand zu drücken.

Imogens Miene hellte sich auf, und Harlow fragte sich, ob Wanda irgendeine Art Beruhigungsmagie hatte. Falls ja, würde das erklären, weshalb sie so eine erfolgreiche Immobilienmaklerin war.

„Okay, die Regeln", sagte Wanda, die ernster klang als je zuvor. „Eine von uns wirkt einen Zauber für eine Uhr zum Countdown, und wenn die auf null steht, fahren wir los. Die Regel lautet, dass es keine anderen Regeln gibt, außer dass jedes Golfmobil es um den Baum dort unten schaffen muss, bevor es umdrehen kann, und wer dann als erstes über den Startpunkt geht, hat gewonnen."

Imogen räusperte sich. „Was heißt das denn, keine Regeln?"

„Das heißt, dass wir alle möglichen Zauber wirken, die wir wollen, um das andere Golfmobil zu verlangsamen", sagte Brinn. „Natürlich nur Vernünftiges. Keine Flüche oder irgendwas Böses in der Art."

„Siehst du, wir haben Regeln", sagte Wanda, die Abby einen überlegenen Blick zuwarf.

„Entschuldige. Mir ist nie in den Sinn gekommen, dass eine unserer Freundinnen jemanden verfluchen könnte", sagte Abby und verdrehte die Augen. „Du hast recht. Wir haben einige Regeln."

„Aha!", sagte Wanda. „Ihr habt sie gehört. Sie sagt, ich habe recht, und ihr alle seid meine Zeuginnen."

Alle lachten und schüttelten die Köpfe, während Wanda und Abby sich weiterhin harmlose Spitzen zu warfen.

„Ähm, okay, also was kriegen die Gewinner?", fragte Imogen.

„Die dürfen prahlen!", sagten Wanda und Abby gleichzeitig, während sie sich beide vor Lachen kringelten.

„Früher haben sie wirklich mal Wetten auf diese Rennen abgeschlossen", erklärte Yvette. „Aber als die Einsätze viel zu absurd wurden, hat Drew dem ein Ende gesetzt. Das ist Abbys und Yvettes Schwager, der zufällig auch der Sheriff der Stadt ist. Bei ihrer letzten Wette gab es ein kleines Graffiti, das kam nicht so gut an."

Harlow hob die Augenbrauen. Wo hatte sie sich und Imogen da nur hineinmanövriert? Ihr machte es nichts aus, hin und wieder mal die Regeln zu biegen, wenn die Umstände es verlangten, aber ansonsten folgte sie den Regeln ... zumindest, wenn es ums Gesetz ging. „Graffiti? Wo?"

Abby verdrehte die Augen. „So schlimm war es nicht, und ich habe abwaschbare Farbe benutzt. Das ging alles beim nächsten großen Regen runter."

„Was hast du bemalt?", fragte Imogen, die erheitert wirkte.

„Die Bürgersteige auf der Hauptstraße. Ich habe verloren, also musste ich da hinschreiben: *Wanda ist die Königin der Welt.* Dann habe ich ihr Gesicht mit einer Krone auf dem Kopf gemalt. Es war nichts Tolles, aber es kam schon rüber."

„Einige Leute nennen mich immer noch Königin Wanda", sagte Wanda, die sich auf die Nägel pustete und dann so tat, als würde sie sie an ihrem Oberteil abreiben. „Es war herrlich."

„Ein paar Geschäftsbesitzer haben sich beschwert", sagte Abby, die die Augen verdrehte. „Und Drew musste sich alles darüber anhören. Er war nicht begeistert, um es mal gelinde zu sagen."

„Das liegt daran, dass es danach hundertzweiundvierzig Tage lang nicht geregnet hat, und wir hatten eine Dürre, darum konnten wir nicht einfach mit dem Wasserschlauch drüber gehen", sagte Wanda mit einem herzlichen Lachen. Dann wurde sie nüchtern. „Drew wollte uns schon würgen. Er hat uns versprechen lassen, dass wir keine Wetten mehr auf die Golfmobilrennen abschließen. Seither ist es nicht mehr dasselbe."

„Bitte", sagte Abby. „Du bist immer noch Königin Wanda. Und wie ich mich erinnere, habe ich dir beim letzten Mal, als ich verloren habe, deine Lieblingskekse gebacken."

Wanda wurde fröhlicher. „Ach, ja. Na, das war schon ganz gut. Ich liebe Zitronenkekse."

„Oh, ich liebe Zitronenkekse auch", ließ sich Imogen vernehmen.

„Du bist mein Mädchen", sagte Wanda, dann wandte sie sich an Abby. „Die Verliererinnen backen den Gewinnerinnen Kekse. Was sich die Bäckerin aussucht?"

„Abgemacht!" Abby schüttelte ihr die Hand und stieg dann zurück in ihr Golfmobil.

KAPITEL 18

*H*arlows Körper summte vor aufgeregter, nervöser Energie. Wie lange war es her, seit sie irgendwas so Witziges oder Absurdes wie ein Golfmobilrennen gemacht hatte? Ehrlich gesagt wusste sie es nicht, aber es war sehr viel länger als ihr Jahr des Exils von Cash und der Geisterjagd. Sogar davor hatte sie sich so auf ihre Karriere konzentriert, dass ihre Vorstellung von Spaß die Recherche historischer Spukhäuser gewesen war, und dann die Entscheidung, ob es sich lohnte, sie sich mal anzusehen.

Eine eisige Kühle strömte über sie hinweg, und sie legte sich die Arme um den Körper, versuchte die Gänsehaut zu vertreiben. Ihr Leben hatte sich nur um ihre Karriere und Cash gedreht. Sogar Imogen war nur eine Nebenfigur in ihrem Leben gewesen. Sie fragte sich, ob es ihr, hätte sie ihrer Schwester näher gestanden, aufgefallen wäre, dass etwas mit ihrem Benehmen schrecklich im Argen lag, bevor der Geist es geschafft hätte, all ihre Mittel zu verbrennen. Die Schuldgefühle, die schon monatelang an ihr nagten, verstärkten sich.

Die Antwort starrte ihr ins Gesicht.

Ja.

„Hanna? Kannst du die Uhr für den Countdown stellen?", rief Wanda, die Harlow aus ihren plötzlich düsteren Gedanken zog.

Harlow schüttelte den Kopf, tadelte sich im Stillen dafür, dass sie nicht im Augenblick geblieben war. Sie war fertig damit, sich Sorgen um die Vergangenheit zu machen. Zumindest vorerst. Heute Abend ging es darum, sich mit den Frauen von Keating Hollow in Verbindung zu setzen und sich endlich mal locker zu machen.

„Bin dabei!", rief Hanna. Die Hexe stieg aus dem Golfmobil und hob die Arme in die Luft. Magie knisterte plötzlich an ihren Fingerspitzen. Mit einem entschlossenen Blick auf ihrem hübschen Gesicht deutete sie auf den Fluss und rief: „Göttin der Gewässer, hilf uns, eine Uhr zu stellen. Zähl für uns von drei hinab, damit wir sausen können im Trab."

Alle lachten über ihren albernen Spruch. Und als nichts geschah, sagte Wanda: „Sieht aus, als wäre die Göttin nicht sonderlich beeindruckt von deiner Zauberarbeit, Hanna."

Hanna runzelte die Stirn. „Ich weiß nicht, weshalb das nicht funktioniert hat." Sie verzog das Gesicht konzentriert und wiederholte dann den Spruch, nur dass sie diesmal den fünfzackigen Stern, den sie als Anhänger um den Hals trug, mit einer Hand berührte und hinzufügte: „So soll es sein."

Sofort wogte die Magie von ihren Fingerspitzen zum Wasser, und eine Wasserhose schoss nach oben und rauschte auf die Golfmobile zu, bildete bereits etwas, das wie eine Digitaluhr aussah, auf der die Zahl drei stand.

Es war beeindruckende Magie, das Wasser so manipulieren zu können. Kein Wunder, dass sie die Hilfe ihres fünfzackigen Sterns gebraucht hatte. Bei schwierigen Zaubern half es manchmal, die Magie durch einen Talisman zu bündeln.

„Denkt dran! Keine Regeln!", rief Wanda, während die Zahlen abwärts zählten.

Beide Golfmobile fuhren los, rasten am Fluss entlang, während die Frauen alle begeisterte Schreie ausstießen. Sofort wirkte Hanna einen Zauber, schickte eine Regenwolke über Wandas Wagen. Das Wasser prasselte herab, und Wanda fluchte tonlos, als die Sicht auf beinahe null reduziert wurde. Sie stellte die Scheibenwischer an, aber sie kamen dem Regen nicht hinterher.

„Ich übernehme das!", rief Yvette und schickte einen Feuerball direkt zu der Regenwolke. Sie zerbarst, und der Regen löste sich auf. Harlow war beeindruckt, während sie Yvette, Brinn, Hanna und Miranda sah, die zufällige harmlose Zauber abschossen, die jedes Golfmobil verlangsamten. Es gab alles von Nebel bis zu Gewitterkäfern und Schlaglöchern bis hin zu Bodenwellen.

„Zeig uns, was du drauf hast, Harlow!", rief Wanda über die Schulter. Harlow biss sich auf die Unterlippe und machte sich Gedanken, versuchte, sich irgendwas einfallen zu lassen. Obwohl sie eine Hexe war, lag ihr Talent in der Kommunikation mit und dem Verbannen von Geistern. Und sie würde ganz bestimmt keinen beschwören. Das war das letzte, was sie tun würde. Aber der Gedanke an Geister verschaffte ihr eine Idee. Sie zeigten sich oft als Licht, bevor sie sich materialisierten. Und wenn das passierte, konnte sie sie manchmal mit einem Pfeil ihrer eigenen schimmernden Magie abwehren. Sie schloss die Augen und stellte sich feierlich glitzernde Lichter vor, die Abbys Golfmobil einhüllten, und rief dann: „Illuminierung!"

Die Magie materialisierte sich und bildete ein Band magischen Lichts, das sich um das andere Golfmobil wand wie ein Tornado, sodass es völlig stehen blieb.

Wanda stieß ein Johlen aus, während sie um einen Baum fuhr und an dem angehaltenen Golfmobil vorbei.

Das andere Team brauchte ein paar Sekunden, um Harlows Zauber zu brechen, und Wanda stieß die Faust in die Luft und feierte bereits.

Aber ein paar Meter vor der Ziellinie erschienen bunte, animierte Gartenzwerge und fingen an, um Wandas Golfmobil zu tanzen. Sie riss das Lenkrad herum, weil sie vermeiden wollte, welche zu überfahren, aber das machte sie sehr viel langsamer.

Harlow blinzelte. Sie stand völlig neben sich. Dann stieß sie ein lautes Lachen aus, als ihr klar wurde, dass diesen Zauber Imogen gewirkt hatte. Sie beugte sich vor und sagte: „Wanda, die sind nicht echt. Fahr direkt durch sie hindurch. Sie sind eine Illusion."

„Echt jetzt?" Wanda schaute zurück über die Schulter, und als Harlow nickte, packte sie das Lenkrad fester und fuhr weiter. Aber es war zu spät.

Abbys Golfmobil schoss vor, und das andere Team gewann das Rennen über mindestens einen halben Meter.

Das andere Team sprang aus dem Wagen und fing an, einen feierlichen Tanz aufzuführen. Wanda und Yvette schlossen sich ihnen an, aber Harlow saß hinten in Wandas Golfmobil und hatte ein unbehagliches Gefühl. Die Luft war plötzlich klebrig geworden, und die Härchen auf ihren Armen richteten sich auf.

Das bedeutete nur eines.

Ein Geist.

Sie hielt die Luft an, betete darum, dass es nicht die verrückte Cora war. Ohne einen Gedanken griff sie automatisch nach ihrem Eisendorn. Sie zwang sich dazu, ihn an Ort und Stelle zu lassen. Falls es Cora war, würde der Dorn nicht helfen. Es gab keinen Grund, ihn zu zücken und ihrer

Schwester Angst zu machen. Zumindest hatte sie, falls es der verrückte Geist war, einen ganzen Hexenzirkel bei sich, der helfen konnte, falls es gebraucht wurde.

„Kannst du sie sehen?", fragte Brinn.

Harlow fuhr zusammen, da ihr nicht klar gewesen war, dass Brinn immer noch neben ihr saß. „Wen sehen?"

„Den Geist. Du spürst sie, oder?"

„Ja. Du auch?", fragte Harlow.

„Ich hab sie erst gesehen." Brinn deutete auf den Fluss, wo ein ätherischer Geist am gegenüberliegenden Ufer entlang marschierte, das Gesicht zum Mond hinauf geneigt. „Dann habe ich gespürt, wie du dich anspannst. Keine Sorge. Sie ist harmlos. Sie macht nichts, als nur unter dem Mondlicht zu wandern."

Harlow starrte den Geist neugierig an. „Weißt du, wer sie ist?"

„Klar. Das ist Willa Keating. Sie ist eine der Stadtgründerinnen", sagte Brinn.

„Und sie geht nur am Fluss entlang?", fragte Harlow. „Niemals irgendwo anders hin?"

„Nicht dass ich wüsste. Ich hab sie niemals irgendwo sonst gesehen."

Harlow nickte. „Ich verstehe." Dann löste sie den Blick von dem Geist. „Du bist auch ein Medium?"

Sie warf Harlow den Hauch eines Lächelns zu und nickte. „Ich wusste offensichtlich, dass du das bist. Mein Mann und ich haben früher die ganze Zeit deine Sendung gesehen, bevor du beschlossen hast, damit aufzuhören. Ich kann nicht behaupten, dass ich dir das übel nehme. Sich mit feindlichen Geistern herumzuschlagen, ist extrem erschöpfend."

Harlow spürte sofort eine Verbindung zu Brinn. Es kam nicht oft vor, dass sie ein weiteres Medium traf, das nicht versuchte, sie auszuquetschen, oder endlos über ihre Sendung reden wollte. Sie schienen alle ihre eigene Sendung zu wollen, und am meisten wollten sie, dass Harlow ihnen dabei half, sie zu kriegen. Brinn hatte überhaupt keine Energie in diese Richtung.

„Ich frage mich, was sie erscheinen lässt", sagte Brinn, die Willa anschaute.

„Ist es ungewöhnlich, dass sie auftaucht?"

„Ja. Normalerweise nur bei der Sonnenwende, oder wenn der Schleier zur Geisterwelt dünn ist."

Harlow spürte, wie eine Woge des Unbehagens über sie hinwegging, und sie fragte sich, ob sie der Grund war, dass der Geist aufgetaucht war.

Gerade, als sie diesen Gedanken gehabt hatte, stieß Imogen ein lautes Lachen aus, und der Geist wandte sich in ihre Richtung.

Harlow beobachtete sie und fragte sich, weshalb der Geist sich auf ihre Schwester konzentrierte. Wurde sie von ihr angezogen? Und falls ja, warum? Als Imogens Lachen erstarb, begann der Geist langsam im Äther zu verblassen. Harlow blinzelte, und Willa war weg. Sie warf einen letzten Blick auf den Ort, wo sie den Geist gesehen hatte, dann zu ihrer Schwester.

Imogen plauderte mit den Damen von Keating Hollow, bekam Informationen über ihr Geschäft als Hochzeitsplanerin. Es gab hier nichts Außergewöhnliches. Trotzdem konnte Harlow das Gefühl nicht loswerden, dass ihr etwas entging. Sie wusste nur nicht, was.

„Harlow, Brinn, rüber hier mit euch", rief Wanda. „Abby hat Schokolade dabei."

„Da kann ich nicht nein sagen", erklärte Brinn, während sie aus dem Golfmobil stieg. „Kommst du?"

Harlow nickte. „Auf jeden Fall."

Ein paar Stunden später, während Harlow und Imogen

Wanda winkten, als sie sie vor dem Incantation Café absetzte, war Harlows Herz voll. Sie hatte ein paar der Damen von Keating Hollow kennengelernt, aber das war das erste Mal, dass sie wirklich das Gefühl gehabt hatte, Teil der Gemeinschaft zu sein, nicht nur die Barkeeperin, die was zu trinken brachte.

Harlow drückte auf den Schlüssel, um die Türen ihres Subaru zu entsperren, und dann nahm sie hinter dem Lenkrad Platz. Imogen folgte ihr und lächelte vor sich hin, während sie auf der Beifahrerseite einstieg.

„Hattest du Spaß?", fragte Harlow, die rückwärts aus dem Parkplatz fuhr.

„Ja. Wer hätte gedacht, dass Golfmobilrennen so brutal sein können?" Sie lachten beide.

„Schön gemacht mit den Gartenzwergen. Ich hatte keine Ahnung, dass der Zauber so schnell praktisch werden würde", sagte Harlow, während sie auf die zweispurige Straße fuhr, die zurück zu ihrem Haus führte.

„Schon, oder?", erwiderte Imogen lächelnd. „Hanna sagt, das Frühstück geht nächstes Mal auf sie, wenn ich im Café bin. Was zufälligerweise morgen sein wird, denn sie sagt, ich könnte sie nach Hochzeitsanbietern ausfragen."

Harlow erwiderte das Lächeln. „Das ist echt nett von ihr."

„Finde ich auch." Imogen stieß ein zufriedenes Seufzen aus. „Weißt du was, Harlow?"

„Was denn, Gen?"

„Ich glaube, dass ich entlassen wurde und gezwungen war, nach Keating Hollow zu ziehen, ist vielleicht das Beste, was hätte passieren können. Danke für das Zimmer, und dass du mich mit deinen Freundinnen bekannt gemacht hast. Das weiß ich echt zu schätzen."

Harlow musste den Kloß in ihrer Kehle schlucken, während die Gefühle sie zu übermannen drohten. Es war so lange her, dass sie ihre Schwester glücklich gesehen hatte, und schon gar nicht glücklich mit irgendwas, was Harlow getan hatte. Sie hatte fast vergessen, was für eine Lockerheit zwischen ihnen bestehen konnte, und wie sich das anfühlte. Sie griff rüber und drückte ihrer Schwester rasch die Hand, und dann sagte sie mit leicht rauer Stimme: „Gern geschehen."

KAPITEL 19

„*I*ch hoffe, das bist du, Harlow. Ansonsten wird Shaun gleich was zu sehen kriegen", sagte Cash, während er die Schritte auf der anderen Seite der Badtür hörte.

„Dir ist schon klar, dass es Bademäntel gibt, oder?", fragte Shaun, der ungeduldig klang.

„Wo wäre denn da der Spaß, wenn ich meinen Bruder nicht mit meinem nackten Hintern schocken kann?", fragte er, nur um ihn zu ärgern, während er sich ein Handtuch um den Körper schlang und es tief auf den Hüften befestigte. Nach dem Geistervorfall bei Hollow Hardware waren sie zurück ins Haus gekommen und hatten etliche Stunden damit verbracht, an den Dielen zu arbeiten. Als er dann die Nachricht bekommen hatte, dass Harlow unterwegs war, war er unter die Dusche gesprungen.

Shaun stöhnte. „Du wirst mich nie wieder vom Haken lassen, oder?"

„Nö." Cash benutzte das Handtuch, um sich die Haare zu trocknen, während er fragte: „Was willst du denn?"

„Ich muss mit dir reden. Kannst du dein Teil mal bedecken und kurz rauskommen?"

Cash runzelte die Stirn, dann zog er die Tür auf. „Was ist denn los?"

„Nichts, ich …" Shaun stieß Luft aus und strich sich mit der Hand durch die Haare, wirkte ein wenig durch den Wind.

„Spuck es aus, was es auch ist."

Shaun nickte. „Ja, okay. Ich hatte noch eine Vision, aber die hat für mich nicht viel Sinn. Außer, du machst dich bereit, ein ausgeklügeltes Mahl zu kochen und ein Picknick im Speisezimmer aufzubauen."

Cashs Augenbrauen gingen fast hoch bis zu seinem Haaransatz. „Nein. Ich bin mir nicht mal sicher, ob Harlow schon was gegessen hat. Ich wollte sie fragen, ob sie Hunger hat, und dann irgendwas bestellen, was geliefert wird. Wie Pizza."

Shaun schüttelte den Kopf. „Ich glaube nicht, dass das für dich heute Abend auf dem Plan steht, Bruder. Aber falls das romantische Candlelight-Picknick nicht kommt, lässt du es mich wissen?"

„Klar." Cash schaute sich seinen Bruder schließlich genau an. Er hatte sich bereits frisch gemacht und war in eine Jeans und ein Oberteil mit Knöpfen am Kragen gekleidet. Er trug nichts Besonderes, aber er hatte sich rasiert, und Cash erhaschte einen Hauch seines leichten Aftershave. „Bist du unterwegs, um den Abend mit Imogen zu verbringen?"

„Ich kann nicht hierbleiben. Nicht, wenn Harlow vorbeikommt." Er zwinkerte, und dann winkte er, während er die Stufen hinablief. „Hab Spaß. Versuch, dich zu erinnern, dass ich hier wohne, bevor du morgen Vormittag anfängst, nackt Frühstück zu machen. Ich werde früh zurückkommen. Ich muss einiges an Arbeit erledigen."

„Nackt Frühstück machen?", brüllte Cash ihm zu. „Seit wann macht man denn so was?"

„Seit du entschlossen bist, sicherzustellen, dass ich deinen Hintern zu sehen kriege", rief Shaun unten von den Stufen herauf. Einen Augenblick später fiel die Vordertür zu.

Cash schüttelte den Kopf und zog sich zurück ins Bad, um sich auch zu rasieren.

CASH HÖRTE das Knirschen von Reifen auf dem Kies und lächelte vor sich hin. Endlich. Es war erst eine Handvoll Stunden her, seit er Harlow gesehen hatte, aber nach der ein Jahr langen Durststrecke war er versessen darauf, einfach nur um sie zu sein. Mit zwei Gläsern Wein in der Hand ging er hinaus auf die vordere Veranda, um sie zu begrüßen.

Harlow schaute zu ihm auf und warf ihm dieses träge, zufriedene Lächeln zu, das er so vermisst hatte. Das, das besagte, dass sie genau dort war, wo sie sein wollte, mit der Person, die sie am zufriedensten machte.

„Wie war denn der Mädelsabend?", fragte Cash, während Harlow die kurze Treppe heraufkam.

„Echt gut." Sie griff nach einem der Gläser, während sie sich vorbeugte und ihm einen warmen Kurs gab.

Cash schob ihr einen Arm um den Rücken, zog sie dicht heran. „Ich kann dir gar nicht sagen, wie sehr ich das vermisst habe."

„Küsse?", fragte sie und lächelte zu ihm auf.

„Ja, das, und dass du nach einem langen Tag zu mir heimkommst."

Traurigkeit und Bedauern blitzten in ihrem dunklen Blick, wurden aber rasch von Zufriedenheit ersetzt, als sie einen

Schluck von ihrem Lieblingswein nahm. „Das habe ich auch vermisst."

Cash ließ seine Hand in ihre gleiten und führte sie ins Haus. „Hattest du schon ein Abendessen?"

„Nein. Ich hatte gehofft, mein Freund hätte mir irgendwas vorbereitet." Sie warf ihm ein freches Grinsen zu.

Er lachte. „Hast du vergessen, mit wem du zusammen bist?"

„Nein." Sie nahm noch einen Schluck Wein und küsste ihn dann auf die Wange. „Das war vielleicht nur Wunschdenken." Harlow rümpfte die Nase. „Hast du irgendwas in deiner Küche, das wir kochen können und das essbar ist?"

„Vermutlich, aber wie stehst du zu Pizza?"

„Liebe ich", sagte Harlow. „Aber wenn du nicht schon eine hier hast, bekommen wir heute Abend keine."

„Was? Warum nicht?" Cash schaute auf seine Uhr. Es war kurz vor neun. „Es hat doch sicher noch was offen."

Harlow lachte und schüttelte den Kopf. „Was hast du denn gemacht, seit du in der Stadt aufgetaucht bist? Sie klappen die Bürgersteige um sechs hoch, Mystyk Pizza schließt in etwa fünf Minuten." Sie zuckte mit den Schultern, und diesmal war sie diejenige, die seine Hand nahm und sich anschickte, ihn zur Küche zu führen. „Komm schon. Sehen wir, was in deinem Kühlschrank noch nicht verdorben ist. Gestern Abend hat alles ein wenig traurig gewirkt."

„Das könnte peinlich werden", gab Cash zu.

Bevor sie auch nur ein paar Meter geschafft hatten, fing leise Klaviermusik an, von hinten im Haus zu ertönen.

Harlow stutzte. „Ist Shaun da?"

„Nein", sagte Cash, und ihm wurde das Herz schwer, als er sich fragte, was Tante Jane nun vorhatte. „Er ist etwa zehn Minuten gefahren, bevor du kommen bist. Lass mich einfach gehen und sehen, was da los ist."

„Nicht ohne mich", erklärte Harlow, die ihm durch den

Gang folgte. Sie hatte ihr Weinglas abgestellt und packte seine Hand mit ihren beiden.

Cash spürte die nervöse Energie, die von ihrer Berührung ausging, und das schockierte ihn. In all den Jahren, die sie einander gekannt hatten, hatte er nie mitbekommen, dass sie wegen irgendwas nervös war. Er drückte ihr die Hand und sagte: „Ich bin sicher, es ist nichts."

„Es ist nicht nichts, Cash. Das wissen wir beide", erwiderte sie und wurde langsamer, während die Musik lauter wurde.

„Es ist vermutlich nur Tante Jane", sagte er, versuchte, sie zu beruhigen.

„Als würde es das irgendwie besser machen. Letztes Mal, als sie aufgetaucht ist, hat sie dir eine Gehirnerschütterung verpasst."

Darauf hatte Cash keine Antwort. Es stimmte. Er hatte nur gehofft, da sich er und Harlow wieder zusammen getan hatten, würde es keine weiteren Angriffe mehr geben.

Als er den Kopf in das förmliche Speisezimmer steckte, blinzelte Cash, versuchte, die Szenerie zu verstehen. Er hatte die Möbel nicht lange nach seinem Einzug hinausgebracht, weil er vorhatte, es neu einzurichten. Aber da er dazu noch nicht gekommen war, hatte er das Zimmer einfach leer gelassen und seine Mahlzeiten am Küchentisch eingenommen. Jetzt hatte jemand eine Decke mitten in den Raum gelegt, gefüllt mit Kerzen, und zwei bedeckte Teller aufgestellt, zusammen mit etwas, das wie Gourmetsalate wirkte.

„Du meine Güte, Cash!", sagte Harlow mit gesenkter Stimme. „Hast du das gemacht?"

„Nein, aber ich wünschte, das hätte ich", sagte er mit ehrfürchtiger Stimme. Als Shaun ihm erklärt hatte, dass er eine Vision gehabt hätte, hatte er nicht wirklich geglaubt, sie würde wahr werden. Hätte er nicht das Haus überprüft, bevor Shaun gegangen war, hätte Cash Geld darauf gesetzt, dass sein Bruder das alles so eingerichtet hatte. Aber das hatte er nicht, und die einzige Antwort war, dass ein Geist es getan hatte. „Tante Jane?", rief er. „Ist das dein Werk?"

Ein Schimmern auf der anderen Seite des Raums zog seine Aufmerksamkeit auf sich. Tante Jane erschien, lächelte verschwörerisch und winkte ihnen mit den Fingern zu, bevor sie wieder verblasste, indem sie durch eine der Wände glitt, um sie für ihr romantisches Dinner allein zu lassen.

„Wie um alles in der Welt?", fragte Harlow, die sich mit Unglauben in ihrem ganzen Gesicht ihm zuwandte. „Wie hat ein Geist das Ganze auf die Beine gestellt?"

„Das ist eine sehr gute Frage, und ich habe keine Antwort darauf." Cash legte ihre Hand auf seine Armbeuge und führte sie hinüber zur Picknickdecke. „Aber solange sie sich diese ganze Mühe gemacht hat, können wir es auch genießen."

Harlow stieß ein schnaubendes Lachen aus und schüttelte den Kopf. „Ich kann aber nicht glauben, dass das gerade jetzt passiert."

„Du musst ihr schon zugutehalten, dass sie ihre Kupplerinnen-Fähigkeiten aufpoliert hat", sagte Cash, während sie sich beide auf die Decke hinabließen. „Das ist eine großartige Verbesserung, findest du nicht?"

„Ohne Zweifel." Harlow schaute hinab auf ihre bedeckten Teller. „Ich habe ein bisschen Angst, mir anzuschauen, was das ist."

„Ich habe immer gehört, dass Tante Jane eine fabelhafte Köchin war, falls sie es also zubereitet hat, ist es vermutlich köstlich."

„Ich habe noch nie einen Geist kochen sehen." Harlow legte beide Hände auf die metallene Abdeckung und zog sie dann weg, als würde sie ein Pflaster runterreißen. „Du meine Güte. Es riecht lecker."

Cash nahm seinen eigenen Deckel ab und wurde vom

wunderbaren Aroma von Knoblauch und irgendeinem Gewürz begrüßt, das er nicht ganz identifizieren konnte.

„Risotto. Mit Lachs." Harlow nahm ihre Gabel und stach ein Stück Lachs ab, bevor sie sagte: „O Mann, wenn das so gut ist, wie es aussieht und riecht, glaube ich, wir müssen herausfinden, wie wir deine Tante als unsere persönliche Köchin anheuern."

Unsere Köchin. Die Folgen, die sich aus dem ergaben, was Harlow gerade gesagt hatte, entgingen Cash nicht. In ihren Gedanken sah sie sie bereits wieder zusammen wohnen. „Ich bin ziemlich sicher, dass Tante Jane dieses Haus niemals verlassen wird, wenn du sie also für diesen Job anstellen willst, werden wir hier wohnen müssen."

Harlow legte ihre Gabel ab, ohne abzubeißen, und runzelte die Stirn. „Cash, ich habe gerade einen Mietvertrag für zwei Jahre unterschrieben."

„Und?" Er hielt ihren Blick fest, versuchte zu entscheiden, ob sie sich wirklich Sorgen um die Miete machte, oder ob sie nur noch nicht bereit dazu war, darüber nachzudenken, dass sie wieder zusammen leben könnten. Aber sie war diejenige, die es als erste vorgeschlagen hatte. „Du könntest ihn auflösen oder ihn von Imogen übernehmen lassen. Ich sehe das nicht als unüberwindbares Problem. Du?"

„Nein, nicht wirklich." Sie lachte leise und wedelte dann unbeteiligt mit der Hand. „Ich schätze, ich habe mir das nicht ganz überlegt, und plötzlich wurde mir klar, dass ich mich auf einen langfristigen Vertrag eingelassen habe. Und ich weiß nicht, ich bin ein bisschen in Panik ausgebrochen. Aber du hast recht. Es gibt Lösungen. Wir müssen nur herausfinden, was die Richtige ist, wenn die Zeit dafür gekommen ist."

Er griff über seinen Teller und nahm ihre Hand sanft in seine. Während er ihr den Handrücken mit dem Daumen massierte, sagte er: „Ich treibe das doch nicht zu schnell voran.

Mir ist nur wichtig, dass ich Zeit mit dir verbringe. Aber, um ehrlich zu sein, wenn du hier einziehen wollen würdest, würde ich dir heute Nacht helfen, deine Taschen zu packen."

Die Miene auf ihrem Gesicht war so weich, so voller Gefühl, dass er dachte, sein Herz könnte ihm gleich aus der Brust bersten. „Da bin ich noch nicht ganz, aber ..." Sie warf ihm ein scheues Lächeln zu, bei dem sein Herz einen Schlag lang aussetzte. „Dieses letzte Jahr war ein Elend, und jetzt, da du wieder in meinem Leben bist, will ich, dass sich das niemals mehr ändert."

Cash betastete die Samtschatulle, die in seiner Tasche steckte. Sein Unterbewusstsein brüllte, er solle sie herausziehen, ihr diesen Ring wieder auf den Finger stecken, aber sie waren noch nicht mal vierundzwanzig Stunden lang ein Paar. Selbst wenn sein Herz bereit war, mit beiden Beinen voran wieder hinein zu springen, sagte sein Kopf ihm, dass sie immer noch Dinge zu überwinden hatten. Außerdem würde er sie nicht wieder fragen, ob sie ihn heiratete, bis er absolut sicher war, dass das die Ewigkeit bedeuten würde, ganz gleich, was passierte. „Kann ich dich was fragen?"

Sie sog Luft ein, als würde sie sich auf das einstellen, was er gleich sagen würde. Dann räusperte sie sich. „Immer."

Er rückte näher, um sich neben sie zu setzen, und legte ihr die Arme um die Schultern, zog sie an sich, damit ihr Kopf an seiner Brust ruhte. „Sei nicht nervös, Hübsche. Das ist doch kein öffentliches Quiz oder so was", scherzte er.

„Hör auf", sagte sie spielerisch. „Das waren ein paar emotionale Tage."

„Schon", stimmte er zu, dann gab er ihr einen Kuss auf die Schläfe. „Ich will nur wissen, was du für deine Zukunft siehst." Er wollte wegen ihrer gemeinsamen Zukunft fragen, aber sie nicht diesem Druck aussetzen.

„Meine? Nicht unsere?", fragte sie und schaute zu ihm auf.

Er konnte nicht verhindern, dass er schnaubend lachte. „Das wollte ich erst sagen, aber ich dachte mir, ich sollte erst mit dem anfangen, was du willst."

„Kluger Mann." Sie kuschelte sich wieder an seine Brust und sagte: „Na ja, was die unmittelbare Zukunft betrifft, will ich im Equinox arbeiten und weiter meine Beziehungen zu dir und Imogen aufbauen." Sie legte ihre Hand auf seine. „Du und meine Schwester sind die wichtigsten Leute in meinem Leben. Ich habe euch gern beide hier in Keating Hollow, wo ich euch jeden Tag sehen kann."

„Mir gefällt es auf jeden Fall, in deine unmittelbaren Pläne einbezogen zu werden", sagte Cash.

„Da möchte ich wetten." Sie lachte leise.

Cashs Inneres erwärmte sich, und er fragte sich, ob es ihr was ausmachen würde, wenn er sie mit ins Bett nahm, noch bevor sie mit dem Abendessen fertig wurden.

Aber dann setzte Harlow wieder zum Sprechen an, und er schob den Gedanken aus seinem Kopf. Er wollte echt wissen, was sie dachte, da es offensichtlich was ganz anderes war, als damals, als sie Fernsehstars gewesen waren.

Sie wandte den Kopf und hielt seinen Blick fest, während sie sagte: „Ich will eigentlich echt nur ein ruhiges Leben hier in Keating Hollow, hoffentlich eines mit dir, wo wir nicht die ganze Zeit Geister bekämpfen, oder auch nur hin und wieder, was das angeht. Ich arbeite gern im Equinox, denn das hält mich beschäftigt und gibt mir das Gefühl, Teil der Gemeinschaft zu sein. Darüber hinaus denke ich darüber nach, mit dem Töpfern anzufangen. Oder das würde ich, wenn es ein Keramikstudio geben würde."

Er lachte leise. „Du weißt, wenn du mit dem Töpfern anfängst, wird es immer um diese Szene in *Ghost* gehen, oder? Die Leute werden dich die ganze Zeit dazu ausquetschen."

Sie verzog das Gesicht. „Schon, oder? Na ja, mit diesem

Risiko muss ich leben. Es ist was, das ich schon immer tun wollte. Vielleicht gibt es drüben an der Küste einen Kurs." Sie beäugte ihn. „Was ist mit dir, Cash? Was willst du für die Zukunft?"

„Dich." Er zwinkerte ihr zu.

Harlow schlug ihm leicht auf die Brust. „Komm schon, Cash. Gib mir mehr als das."

„Es stimmt aber." Er strich mit der Hand ihren Arm hinauf und hinab, dann fügte er an: „Okay, langfristig? Das eine, mit dem ich mir sicher bin, bist du. Und zu der Frage, was ich jetzt tun werde, da wir unsere Fernsehpersönlichkeiten an den Nagel gehängt haben, mir gefällt echt, was ich mit dem Haus anstelle. Vielleicht mache ich Renovierungen. Oder vielleicht baue ich sogar hier in Keating Hollow Häuser. Ich weiß, dass der Immobilienmarkt ganz schön angespannt ist. Es gibt jede Menge Leute, die nach Bauunternehmern suchen. Wenn ich Handwerker finden könnte, die mit mir zusammenarbeiten, könnte das eine echt interessante Arbeit sein."

Harlow starrte ihn einen langen Augenblick an. Dann hob sie eine Augenbraue. „Reality-TV-Heimwerken?"

„Was?", fragte er, sie hatte ihn auf dem falschen Fuß erwischt. Dann sah er sie mit gerunzelter Stirn an. „Fragst du mich, ob ich mir das ausgesucht habe, weil ich damit zurück ins Fernsehen könnte?"

„Die Möglichkeit ist mir gekommen", sagte sie, ganz leicht schuldbewusst, weil sie das fragte.

„Nein. Das hat nichts damit zu tun, Harlow. Hast du denn gedacht, ich hätte das Fernsehen so sehr vermisst?" Er konnte nicht glauben, dass ihre Gedanken sofort dorthin gewandert waren. Seit wann hatte er denn dem Ruhm nachgejagt?

„Na ja, ja. Nein. Ich weiß nicht." Sie richtete sich auf. „Du hast dich so aufgeregt, als wir unsere Sendung verloren haben.

Ich dachte nur …" Sie schüttelte den Kopf. „Ich wusste, dass es dir wichtig war."

„Harlow", sagte er, neigte den Kopf, damit er ihren Blick festhalten konnte. „Es war nicht das Fernsehen, das mir wichtig war. Es war die Arbeit und das Zusammensein mit dir, jeden Tag. Das hast du doch bestimmt gewusst."

Sie sagte nichts, während sie das einsinken ließ. Natürlich hatte sie gewusst, dass sie ihm wichtig war, aber er war immer so stolz auf diese Sendung gewesen. Und er hatte sich so geärgert, als sie sie verloren hatten. Aber es schien, als wäre ihr völlig entgangen, weshalb. Plötzlich legte sie ihm die Arme um den Hals und küsste ihn. Heftig.

Seine Gedanken überschlugen sich, während die Gefühle übernahmen. Er wollte so dringend ihre Berührung, ihr zeigen, wie sehr er sie liebte und sie vermisst hatte. Reden war gut. Das wusste er, aber genau jetzt, da musste er einfach nur fühlen.

Die Minuten vergingen, während sie knutschten und das Essen ignorierten. Cash hatte nur Hunger auf die Frau, die bereitwillig in seine Arme gekommen war. Sie war seine Heimat. Das hatte er immer gewusst. Es spielte nicht wirklich eine Rolle, welche Karriere er als nächstes wählte, oder ob überhaupt eine wählte. Wenn er sie hatte, reichte das.

Als Harlow sich schließlich löste, hob sich ihre Brust heftig, und ihre Wangen waren gerötet vor Verlangen.

Cash schaute hinab auf das Essen. „Bist du sicher, dass du jetzt essen willst? Oder kann ich dich ins Bett bringen?"

Sie machte sich nicht mal die Mühe, auf die vollen Teller zu schauen. Sie sagte nur: „Ins Bett."

Cash stand auf, holte Harlow in seine Arme und trug sie dorthin, wo eines Tages ihr gemeinsames Zimmer sein würde.

KAPITEL 20

*H*arlow genoss am nächsten Morgen Cashs Bett,
als eine Reihe von Nachrichten auf ihrem
Smartphone zu summen begannen.

Cash stöhnte und rollte sich herum, schlang die Arme um
sie, während er ihr Küsse auf den Nacken gab. Seine Stimme
war ganz rau, als er murmelte: „Ignoriere es."

Bei den Göttern, wie sie sich wünschte, das könnte sie. Ihre
gemeinsame Nacht war unfassbar gewesen, und ihr hätte
nichts besser gefallen, als in ihrem Liebesnest zu bleiben. Aber
so wie die Sonne sie in den neuen Tag drängte, taten es auch
ihre Verantwortlichkeiten. „Kann ich nicht, mein Großer. Das
ist Imogen." Seit der Besessenheit hatte Harlow es sich zur
strikten Regel gemacht, bei ihrer Schwester immer
ranzugehen, ganz gleich, wie die Umstände waren.

„Aber es ist so früh", beschwerte sich Cash. Er nahm sie
fester und drückte seinen harten Körper an ihren, ließ sie fast
alles vergessen bis auf den heißen Mann, der hinter ihr lag.

Als ihr Telefon anfing, „Grounded" von den Silver Scars zu

spielen, wurde Harlow sofort aus ihrem lustvollen Nebel gerissen.

Sie schob sich auf aus Cashs Armen, griff nach dem Handy und sagte: „Imogen? Was ist los?"

„Guten Morgen, Schwester", sagte Imogen fröhlich. „Nichts ist los. Ich muss dich nur um einen riesigen Gefallen bitten."

Harlow setzte sich auf und rieb sich die Augen. Dann schielte sie auf die Uhr auf Cashs Seite des Bettes. „Gleich jetzt? Es dämmert doch grade erst."

„Bitte. Ich bin seit fünf Uhr wach und bereite mich auf meinen Tag vor."

„Bereitest dich auf was vor?" Harlow rieb sich die Augen und unterdrückte ein Stöhnen.

„Ich habe heute meine erste Kundin", sagte ihre Schwester, Stolz strahlte von ihren Worten aus.

„Was? Wie?" Die Neuigkeiten hatten Harlow wachgerüttelt. Imogen hatte noch gar keine Werbung gemacht. Soweit Harlow wusste, hatte sie nur damit angefangen, ihre Webseite zu basteln, Visitenkarten zu bestellen und einen einfachen Geschäftsplan zusammenzuschreiben. „Oder wichtiger noch, wer ist deine Kundin?"

„Sadie Lewis. Sie arbeitet in der Brauerei von Keating Hollow, und offenbar ist Abby gestern Abend dort auf dem Heimweg vom Mädelsabend stehen geblieben. Sie sind ins Reden gekommen, und wie sich herausstellte, kommt Sadies Cousine in ein paar Monaten in die Stadt, um zu heiraten, und hat Sadie gefragt, ob sie das für sie auf die Beine stellen kann. Abby hat meinen Namen weitergereicht, und Sadie hat mir sofort eine E-Mail geschickt. Gestern Abend haben wir noch geplaudert, und heute treffen wir uns um zehn auf dem Weingut der Pelshes."

„Wow. Ich gratuliere!" Harlow war begeistert, dass ihre Schwester diese Gelegenheit bekam. „Das ist wirklich riesig.

Sadie arbeitet schon ewig in der Brauerei. Sie kennt alle in der Stadt. Wenn sie eine ordentliche Referenz bietet, sollte dein Geschäft im Nu florieren."

„Von deinen Lippen in die Ohren der Göttin", sagte Imogen.

„Okay, also welchen Gefallen brauchst du von mir?"

Imogen räusperte sich. Und als sie sprach, war ihre Stimme zittrig vor nervöser Energie. „Kommst du mit mir?"

„Ich? Warum?", fragte Harlow, die völlig auf dem falschen Fuß erwischt wurde. „Ich weiß doch gar nichts über das Planen von Hochzeiten. Das ist deine Spezialität."

„Den Teil mit den Hochzeiten kriege ich hin. Ich brauche etwas moralische Unterstützung. Jemanden, der sicherstellt, dass ich es nicht auf der Geschäftsseite versaue. Kommst du mit?"

Harlow stellte fest, dass sie nickte, während ihr ganzer Körper vor Freude pulsierte. Sie hatte es vermisst, dass sie sich aufeinander verließen, wenn es um große Dinge ging. „Natürlich komme ich. Lass mich mal aufstehen und ein bisschen Kaffee trinken, und dann treffe ich dich zu Hause, wir können zusammen los."

„Okay. Das ist gut." Sie stieß einen Atemzug aus. „Ich wollte ein bisschen früher hin, um erst mal eine Tour dort zu machen, bevor Sadie eintrifft. Glaubst du, du kannst bis etwa um Viertel vor neun da sein?"

„Kann ich. Wir sehen uns bald, Schwester." Harlow beendete den Anruf und schaute auf Cash hinab. „Meine Schwester hat angerufen."

„Das habe ich mitbekommen." Er griff nach oben, strich ihr eine Haarsträhne über die Schulter, und dann ließ er die Finger über ihr Schlüsselbein wandern, seine Berührung schickte ein bebendes Verlangen durch sie hindurch. „Ich schätze, das ruiniert die Pläne, die ich mit dir heute Vormittag hatte."

Harlow legte ihre Hand über seine, hielt seine verführerische Berührung auf. „Wie wär's mit einem neuen Plan?"

„Welchem denn?", fragte er, seine schläfrigen Augen und sein stoppeliges Kinn machten ihn fast unwiderstehlich.

„Kommst du mit mir unter die Dusche?" Sie glitt aus dem Bett, machte sich keine Mühe, ihren nackten Körper zu bedecken.

Cash sprang so schnell aus dem Bett, dass sie zusammenfuhr. Dann stieß sie ein lautes Lachen aus, während sie ihn ins Bad führte.

Fünf Minuten später, während ein heißer Wasserstrom über sie hinweglief, und seine Hände jeden Quadratzentimeter ihres Körpers bedeckten, war ihre ganze Erheiterung verschwunden.

„Dieser Plan ist so viel besser", murmelte er an ihrer Haut.

Harlow legte den Kopf zurück, um ihm besseren Zugriff zu gewähren, während sie zustimmend murmelte: *„So* viel besser."

Dann entglitt ihr der Rest der Welt, während sie sich ein weiteres Mal ineinander verloren, bevor sie ihren Tag begannen.

„DA BIST DU JA", sagte Imogen, die vor der Veranda ihres Mietshauses auf und ab ging. Ihr Haar war zu einem schicken Pferdeschwanz frisiert, und sie wirkte elegant in ihrer schmalen Hose und einer fließenden weißen Bluse, die eine Schulter aufblitzen ließ.

„Toll siehst du aus", sagte Harlow, während sie auf ihrem

Handy die Zeit checkte. Es war acht Uhr einundvierzig. „Bin ich zu spät?"

Imogen zuckte mit den Schultern. „Nein. Glaube ich nicht. Ich bin nur aufgeregt, schätze ich."

Harlow deutete zurück auf die Zufahrt. „Wo ist der Mustang?"

„Oh, der." Imogen verzog das Gesicht. „Wir sind gestern Abend wegen ein paar Sachen zum Einkaufen gefahren, aber dann hat er so ein quietschendes Geräusch von sich gegeben. Wir haben ihn in einer Werkstatt unterwegs abgegeben, und dann hat mich Shaun zurückgefahren. Sie sagen, dass es der Keilriemen ist. Sollte irgendwann heute fertig werden."

Harlow nickte und fragte sich, ob das der eigentliche Grund war, weshalb ihre Schwester wollte, dass sie mit ihr zum Weingut ging. Sie brauchte eine Fahrerin. Der Gedanke deprimierte sie, darum schob sie ihn aus ihrem Kopf und lief die Stufen hinauf. „Lass mich nur meine Tasche abstellen, und wir können los."

„Ja, okay. Wir treffen uns dann am Auto."

„Verflixt, hast du es eilig." Harlow lachte, lief nach drinnen, stellte ihre Tasche ab und wünschte sich, sie hätte Zeit für eine weitere Tasse Kaffee, bevor sie zum Weingut aufbrachen. Ihre Dusche mit Cash hatte ihre Zeit furchtbar limitiert, bevor sie zurück nach Hause eilen musste. Und nachdem sie die halbe Nacht wach gewesen war, spürte sie bereits die Wirkung ihres Schlafmangels in den letzten zwei Nächten.

Anstatt Kaffee entschied sie sich für Zucker, nahm sich eine Flasche Wasser und die letzten zwei süßen Teilchen, die auf der Arbeitsfläche standen. Das würde reichen müssen.

Sobald sie wieder draußen war, stellte sie fest, dass Imogen auf der Beifahrerseite des Subaru saß, ganz aufgedreht und bereit, den Tag zu erobern.

Harlow stieg in den Subaru und schaute hinab auf die Jeans

und das einfache schwarze T-Shirt, das sie trug, und wünschte sich, sie hätte sich etwas Zeit genommen, sich ein bisschen professioneller zu kleiden. Oder irgendwann mal in den letzten sechs Monaten zum Friseur zu gehen. Die Göttin wusste, sie hätte einen Schritt und etwas Farbe vertragen. Neben ihrer Schwester wirkte sie wie jemand, der dringend mal eine Generalüberholung brauchte.

„Harlow, worauf wartest du denn?", fragte Imogen, eindeutig frustriert, dass sie noch nicht auf der Straße waren.

„Tut mir leid." Harlow legte den Gang ein und fuhr los. Sobald sie mal auf der Hauptstraße waren, hielt sie ihre Tüte mit Leckereien hoch. „Willst du eins?"

„Nein, danke. Ich bin zu nervös zum Essen."

Harlow zuckte mit den Schultern. „Selber schuld."

Bis sie es zum Weingut geschafft hatten, hatte Harlow beide Teilchen gegessen. Eindeutig war sie am Verhungern gewesen, weil sie sowohl das Abendessen als auch das Frühstück ausgelassen hatte, um mehr Zeit mit Cash zu haben.

„Du hast Zuckerguss im Gesicht", sagte Imogen, und dann sprang sie aus dem SUV.

Harlow holte die Sonnenblende herunter und schaute in den Spiegel, um dann loszukichern. Natürlich wirkte sie wie eine Fünfjährige, die immer noch lernen musste, wie man eine Serviette benutzte. Sobald sie wieder sauber war, fand sie ihre Schwester und eine weitere Frau, die aussah wie eine ältere Version von Hanna Pelsh-Silver, draußen vor einer großen Scheune stehen.

„Hallo, du bist bestimmt Harlow." Die Frau hielt ihr eine Hand hin. „Ich bin Mary Pelsh."

„Mary, hi, wie schön, dich endlich kennenzulernen", sagte Harlow, die ihr die Hand schüttelte. „Und endlich rauszukommen, um euer Weingut zu sehen. Es ist genauso toll, wie Hanna gesagt hat."

„Vielen Dank. Das ist sehr nett." Mary breitete die Arme weit aus. „Seid ihr zwei bereit für eine Tour?"

„Auf jeden Fall", sagte Imogen und reihte sich neben der älteren Frau ein.

Harlow fiel etwas zurück, betrachtete die Reihen von Weinreben vor dem Hintergrund der Berge. Ohne Zweifel war das der perfekte Veranstaltungsort für eine Hochzeit. Die Bilder würden zum Sterben schön sein. Während sie sich zur Scheune aufmachten, erzählte ihnen Mary, dass man den Raum sowohl für die Zeremonie als auch die Feier nutzen konnte. Sie ging die Optionen durch, mit anderen alternativen Orten für das Event draußen, mit oder ohne Zelt. Dann plauderten sie kurz über die Anbieter, die sie und ihre Kunden benutzt hatten, und die Erfahrungen, die sie mit ihnen gemacht hatten.

Harlow hatte nicht den leisesten Schimmer, weshalb Imogen sie hier brauchte. Ihre Schwester meisterte dieses Meeting. Sie hatte großes Wissen über die Branche und strahlte Selbstbewusstsein aus.

Da sie nichts Interessantes beizutragen hatte, fing Harlow an, Tagträume von ihrer eigenen Hochzeit zu haben, die sie und Cash eines Tages abhalten würden. Das war keine Frage des Ob, es ging nur um das Wann. Sie wusste, wenn sie wieder darauf zu sprechen kamen, wäre sie ganz dabei, nichts würde sie diesmal davon abhalten, „ich will" zu sagen. Sie stellte sich eine Herbsthochzeit vor, während die Reben dicht behangen mit Weintrauben waren, bereit zur Ernte. Es wäre nur eine kleine Sache, sehr vertraut, mit einer Party danach im Equinox. Glück füllte ihre Seele, und sie konnte das Lächeln nicht unterdrücken, das um ihre Lippen spielte.

„Harlow?" Der beharrliche Tonfall ihrer Schwester sagte Harlow, dass es vielleicht nicht das erste Mal war, dass Imogen versucht hatte, ihre Aufmerksamkeit auf sich zu ziehen.

„Was?", fragte Harlow und wirbelte herum, um vor ihr und der erheiterten Mary Pelsh zu stehen.

„Mary hat uns angeboten, dass wir ihre Quads nutzen, um mal rasch eine Runde über den E-Kutschen-Pfad zu drehen", sagte Imogen. „Bist du dafür bereit?"

„Klar. Aber ein E-Kutschen-Pfad? Was ist das?"

„Das ist ein Zauber, den wir für besondere Ereignisse nutzen", sagte Mary. „Hochzeiten, Erntedank, Kürbisfest, sogar Weihnachten. So was eben. Wir haben einen Pfad auf dem Grundstück und magische Orte auf dem ganzen Weg, die die Erfahrung verbessern. Das meiste davon ist gerade nicht verzaubert, aber nur ein paar Beispiele, wir hatten schon animierte Schneemänner, verzauberte Glühwürmchen und eine magische Eislaufbahn, die das ganze Jahr lang frostig bleibt, für die, die sich gerne mal Kufen an die Füße schnallen. Meins ist das ja nicht, aber den Leuten scheint es zu gefallen."

Harlow lachte. „Da bin ich ganz bei dir, Mary. Wenn die Schlittschuhe verzaubert sind, um mich aufrecht zu halten, dann könnte ich es vielleicht in Erwägung ziehen."

„Ach, das sind sie", sagte Mary mit einem Nicken. „Mir ist es nur zu kalt. Ihr beiden könnt es gern ausprobieren, wenn ihr Zeit habt." Sie deutete zurück zur Scheune. „Die Quads sind da hinten. Die Schlüssel stecken bereits drin. Wir sehen uns bald. Falls deine Kundin auftaucht, bevor du zurück bist, passe ich auf sie auf."

„Verzauberte Schlittschuhe", sagte Harlow, die den Kopf schüttelte. „Ich hab doch nur Witze gemacht. Kannst du dir das vorstellen? Vielleicht bleiben so die Olympioniken aufrecht, nachdem sie durch die Luft geflogen sind, während sie ihre Dreifach-Wirbel machen, oder wie man diese Sprünge eben nennt."

„Ich bin ziemlich sicher, alle Formen von Magie sind bei

den Olympischen Spielen verboten, Harlow", sagte Imogen, die erheitert klang.

„Stimmt. Natürlich." Harlow grinste ihre Schwester an. „Willst du es versuchen?"

„Vielleicht ein andermal. Gerade jetzt will ich konzentriert bleiben."

„Alles klar."

Als sie auf den Quads Platz genommen hatten, fuhr Imogen los, winkte mit der Hand, damit Harlow ihr folgte. Es gab einen sehr gut ausgezeichneten Weg, der hinter der Scheune anfing und dann entlang der Weinreben führte und schließlich in ein Dickicht aus Bäumen verschwand. Alles war üppig und roch, wie sie sich vorstellte, dass der Himmel riechen würde.

Sie wusste, dass es bestimmt eine fantastische Fahrt in einer E-Kutsche sein würde. Sehr romantisch und besser als die Quads, aber hier ging es ja um Zeit. Imogens Kundin würde sehr bald da sein.

Der Pfad führte auf eine Wiese, die mit Frühlingsblumen gefüllt war, und der Anblick raubte Harlow beinahe den Atem.

Imogen wurde langsamer und kam oben an einem kleinen Hügel zum Halten, um sich vorzubeugen und die Schönheit zu bewundern.

Harlow schloss sich ihr an, und gleichzeitig sagten sie: „Das ist der perfekte Ort für die Feier."

Sie schauten einander an und brachen in Gelächter aus.

„Ich schätze, die Dinge ändern sich doch nicht", sagte Harlow. „Manchmal haben wir doch immer noch dasselbe Gehirn."

„Haben wir." Imogen stieg von dem Quad und ging hinüber zum Rand des Hügels. Ohne Vorwarnung hob sie die Arme und rief: *„Papilionibus!"*

Fast sofort erschienen drei elektrisierend blaue Schmetterlinge und flatterten um Imogen.

Gleichzeitig richteten sich die Härchen auf Harlows Armen auf, und eine Woge der Übelkeit traf sie. Sie griff sofort nach ihrem Eisendorn, der ihr ans Bein geschnallt war. Sie konnte ihn nicht sehen, aber sie konnte ihn auf jeden Fall spüren.

Ein Geist war eingetroffen. Und zwar kein freundlicher.

„Imogen! Pass auf!", rief Harlow in dem Moment, als der Geist sich materialisierte, sodass die blauen Schmetterlinge auseinanderstoben.

Imogen duckte sich gerade rechtzeitig, um nicht von einem fallenden Ast getroffen zu werden. Der Geist, der daneben stand, fauchte und ging ihr wieder nach, nur dass diesmal Harlow da war, ihr Dorn spießte die düstere Energie genau dort auf, wo ihr Herz gewesen wäre. Der Geister erstarrte an Ort und Stelle, konnte sich nicht bewegen, solange Harlow den Dorn im Griff hatte.

„Wer bist du?", wollte Harlow wissen.

Der Geist fauchte.

„Wie eloquent", sagte sie sarkastisch. „Weshalb greifst du meine Schwester an?"

Der Geist sagte nichts, starrte weiterhin Imogen an, schien von ihr besessen zu sein.

„Harlow?", fragte Imogen mit zitternder Stimme. „Warum ist das Ding hier?"

„Ich weiß es nicht. Es scheint nicht die geistigen Fähigkeiten zu besitzen, mit uns zu kommunizieren." Das geschah manchmal, wenn ein Geist zu viel Zeit damit verbrachte, zwischen den Welten festzusitzen. „Gib mir mal kurz. Ich werde ihn los."

Harlow sagte einen Zauber auf, und als Magie ihre Finger füllte, drehte sie den Dorn. Ihre Magie strömte in den Dorn und den Geist. Ein paar Sekunden später fing der Geist an, zu pulsieren, und dann zerbrach er schließlich in eine Million winzige Partikel, die sich in Luft auflösten.

„Was zum Teufel?", tobte Imogen, ihr Gesicht rot und ihre Fäuste geballt. „Warum bin immer ich das Ziel?"

Harlow erklärte nicht, dass sie und Cash schon öfter Ziele gewesen waren, als sie zählen konnte, behielt den Gedanken klugerweise für sich. Aber sie hatten sich freiwillig in diese Lage begeben. Imogen hatte nur einen Zauber für Schmetterlinge geübt.

Dann traf es sie. Das war das zweite Mal in zwei Tagen, dass Imogen einen Zauber gewirkt hatte und ein Geist erschienen war. Sie biss sich auf die Unterlippe. War es möglich, dass Imogens Magie Geister herbeirief?

„Gen", sagte Harlow zögerlich.

„Was?" Imogen hatte das Gesicht verzogen und wirkte, als würde sie sich gleich die Haare raufen.

„Gestern, als du Omas Zauber draußen im Wald hinter dem Haus geübt hast, ist dir da irgendwas Ungewöhnliches aufgefallen?"

„Häh?", fragte sie, stand eindeutig neben sich. Dann kam Harlows Frage bei ihr an, und sie schüttelte den Kopf. „Nein, nicht, dass es mir aufgefallen wäre. Warum?"

„Sowohl gestern Abend als auch heute, sobald du einen Zauber gewirkt hast, ist ein Geist aufgetaucht. Ich habe mich nur gefragt, ob diese beiden Dinge in Verbindung stehen."

„Das ist lächerlich", sagte Imogen, die die Theorie sofort abwies. „Gestern Abend haben sehr viele Leute Zauber gewirkt, darunter auch du. Woher wissen wir, dass es nicht du bist, die sie anzieht?"

Harlow hätte klarstellen können, dass sie an diesem Tag keine Magie benutzt hatte, tat es aber nicht. Es war ganz und gar möglich, dass Harlow der Magnet war. Sie war es in der Vergangenheit gewesen, und würde es vermutlich auch in der Zukunft wieder sein. Aber ihr Bauchgefühl sagte ihr, es war Imogen, und falls es eines gab, worauf Harlow gelernt hatte, in all ihren Jahren der Geisterjagd zu vertrauen, dann war es ihr Bauchgefühl. „Ich glaube nicht, dass ich es bin", sagte Harlow. „Wir können nicht sicher sein." Sie drückte ihrer Schwester die Hand. „Bitte pass einfach nur auf, okay? Ich mache mir Sorgen um dich."

Imogens Schultern waren angespannt, und es stand Feuer in ihren Augen, als sie sagte: „Ich passe immer auf. Gehen wir. Sadie wird gleich hier sein."

Harlow beobachtete, wie ihre Schwester in das Quad stieg und zurückfuhr zum Weingut. Sie schaute sich ein letztes Mal um und öffnete ihre Sinne, versuchte, zu sehen, ob sie sich mit irgendwelchen Geistern verbinden konnte. Nichts. Was immer dieses Ding gewesen war, es war weg, und es blieb nur noch ein herrlicher, friedlicher Garten mit Wiesenblumen zurück.

*a*ls Harlow endlich auf ihre Schwester aufholte, hatte Imogen das Quad bereits geparkt und marschierte zu der Scheune. Harlow konnte an ihrem Gang erkennen, dass sie aufgeregt war, und Harlow betete, dass sie es schaffen würde, den Geist aus ihren Gedanken zu schieben, während sie mit ihrer neuen Kundin sprach.

„Wie war die Fahrt?", fragte Mary Pelsh, die aus der Scheune kam.

„Es war herrlich", sagte Harlow, die sie schwach anlächelte. Dann verzog sie das Gesicht. „Bis zu dem Punkt, an dem ein Geist Imogen angegriffen hat."

„Was?" Marys dunkle Augen weiteten sich völlig schockiert. „Was für ein Geist? Wurde sie verletzt?"

„Nein. Ich konnte den Geist verbannen, bevor was Schreckliches passiert ist."

„Der Göttin sei gedankt!", rief Mary, die sich eine Hand aufs Herz legte. „Ich weiß nur einfach nicht, was ich tun würde, wenn das mit einem unserer Gäste passiert. Gibt es irgendeine Möglichkeit, diese Dinger abzuwehren? Gibt es etwas, das ich tun sollte, um das Grundstück zu schützen?"

„Es gibt Dinge, die man tun kann", sagte Harlow, die die Hand der Frau nahm und sie drückte. Sie verfiel sofort wieder in die Geisterjägerpersönlichkeit, die sie im letzten Jahr abgelegt hatte. „Aber bevor du dir zu viele Sorgen machst, lass mich mal ein paar Fragen stellen."

„Natürlich." Mary starrte auf den Weg, als würde sie darauf warten, dass ein Geist erschien.

„Hast du vorher schon mal einen Geist auf eurem Grundstück gesehen?"

„Nein, niemals." Sie schüttelte den Kopf. „Aber ich bin auch kein Medium."

„Hat sonst jemand mal einen Geist gesehen, von dem du weißt?"

„Nicht, dass ich wüsste, nein."

Harlow sog Luft ein und stieß sie langsam wieder aus. „Das hatte ich befürchtet."

„Erkläre das", sagte Mary, die sie genau beobachtete.

„Es scheint, dass entweder ich oder meine Schwester den Geist angezogen haben. Ich glaube nicht, dass ein Grund besteht, zu glauben, auf diesem Grundstück würde es spuken." Harlow schaute sich auf dem ruhigen Weingut um. „Wenn bisher keine seltsamen, unerklärlichen Dinge passiert sind, würde ich das jetzt als ein Problem der Thane-Schwestern verbuchen."

„Bist du sicher?", fragte Mary, die Harlow musterte. „Wenn jemand verletzt wird, würde ich mir das niemals verzeihen."

„Da würde ich Geld drauf setzen, aber wenn du das Grundstück reinigen willst oder Schutzzauber aufstellen, können Cash und ich dabei helfen. Lass es mich einfach nur wissen."

„Okay. Danke. Das ist beruhigend. Ich werde darüber mal

mit Walter reden und sehen, ob wir für so was zusätzliche Gelder im Budget haben. Hast du da irgendeine finanzielle Vorstellung?"

„Oh, nein!", sagte Harlow rasch. „Tut mir leid. Da war ich nicht deutlich. Dafür würde ich nichts verlangen. Ich würde nur sicherstellen wollen, dass euer Grund und Boden nicht einladend für weitere unerwünschte Geister ist. Das ist alles."

Mary lächelte sie an. „Das ist sehr nett von dir. Vielen Dank."

„Ist doch überhaupt kein Problem." Harlow wusste, falls nach heute weitere Geister auftauchen würden, war sehr wahrscheinlich, dass entweder sie oder Imogen die Tür zur Geisterwelt geöffnet und nicht geschlossen hatten, als sie den Geist verbannt hatte, der Imogen angegriffen hatte. Falls das so war, würde sie auf jeden Fall Schutzzauber wirken müssen. Aber normalerweise, wenn ein Portal oder eine Tür geöffnet wurde, fingen die Geister an, sofort aufzutauchen, und bisher waren sie das nicht. Es sah nicht so aus, als hätten die Pelshes etwas, um das sie sich Sorgen machen müssten. „Vielen Dank für die Informationen, Mary. Ich suche Imogen. Ruf mich an, falls du mich brauchst."

„Mache ich."

Harlow begab sich wieder zurück in die Scheune, und als sie weder Imogen noch sonst jemanden sah, schaute sie auf der vorderen Veranda. Sofort sah sie ihre Schwester und eine hübsche Blonde, die sie als Sadie Lewis erkannte. Sie saßen auf Verandamöbeln unter einem Vordach rechts von ihr.

Noch bevor Harlow bei ihnen ankam, erkannte sie, dass ihre Schwester nervös war. Anspannung zeichnete ihr Gesicht, und sie verlagerte ihre Aufmerksamkeit immer wieder von der Blonden weg, um ihre Umgebung zu mustern, als würde sie darauf warten, dass noch etwas passierte.

„Ich habe Erfrischungen", sagte eine Frau hinter Harlow.

Als sie sich umsah, erblickte Harlow Candy Pelsh, Hannas Cousine, die auch im Incantation Café arbeitete. „Candy, hi."

„Hey, Harlow. Schöner Tag, oder?"

„Auf jeden Fall."

Sie schlossen sich Imogen und Sadie an. Candy reichte Sadie Wein und etwas, das wie Limonade aussah, an Imogen. Sie warf einen Blick zu Harlow. „Willst du irgendwas? Wir haben Wein, Cider, Bier, Wasser, Limo und andere Softdrinks."

„Alles gut bei mir", sagte Harlow, die sich neben ihre Schwester setzte.

Die Anspannung, die von Imogen ausstrahlte, sorgte dafür, dass sich Harlows Magen zusammenzog. Sie wünschte sich, es gäbe etwas, was sie für sie tun könnte, aber außer sie ins Spa zu entführen, wusste sie nicht, was das sein könnte.

„Also, mir gefällt der Gedanke, die Feier draußen zu machen, aber sogar im Juli kann man niemals sicher sein, ob es hier in der Gegend regnet, also weiß ich nicht, ob das eine gute Idee ist", sagte Sadie zu Imogen. „Und wenn es drinnen ist, finde ich, die Scheune ist echt übertrieben. Wir werden doch nur etwa ein Dutzend Leute haben."

„Dafür ist die Scheune ziemlich groß", sagte Imogen und listete dann eine Reihe Orte in der Stadt auf, die passender für eine kleine Hochzeitsgesellschaft sein könnten. Die meisten davon waren Restaurants, aber dann sagte sie: „Wenn das im Budget ist, wie wäre es mit dem A Touch of Magic Day Spa? Ich habe gehört, sie haben eine überdachte Veranda hinten draußen, die total toll ist."

„Das gefällt mir", sagte Sadie, die Imogen musterte. Ihre Augenbrauen waren zusammengekniffen, und sie wirkte, als würde sie etwas stören, aber sie sagte nichts. Stattdessen schien sie ganz in die Unterhaltung vertieft zu sein. Im Nu hatten sie einen Plan aufgestellt, sich das Spa anzusehen, und hatten eine Liste von Restaurants, die für eine kleine Feier gehen würden.

„Hast du irgendwelche Hobbys, Imogen?", fragte Sadie plötzlich völlig aus dem Nichts heraus.

„Hobbys?" Imogen stand völlig neben sich, während sie die Frau anschaute. „Warum fragst du?"

Sadie zuckte mit den Schultern. „Ich bin nur neugierig. Du scheinst heute etwas angespannt zu sein. Ich habe versucht, dich ein wenig lockerer zu machen."

„Ach, das tut mir so leid", sagte Imogen. „Ich hoffe, das war dir nicht unbehaglich. Wir hatten heute einen … ungewöhnlichen Vormittag, und ich versuche einfach immer noch, alles zu verarbeiten."

So konnte man es auch formulieren. Trotzdem war Harlow stolz auf ihre Schwester, weil sie sich so professionell benahm.

„Nein, nein. Mir ist nichts unbehaglich", sagte Sadie, die sie gleich beruhigte. „Das ist es überhaupt nicht. Ich wollte nur helfen. Tut mir leid, wenn ich da eine Grenze überschritten habe."

„Hast du nicht", versicherte ihr Imogen. „Was die Hobbys anbetrifft, habe ich nicht viele. Ich bin in den letzten paar Jahren zu oft umgezogen. Die Dinge waren irgendwie immer in der Schwebe." Sie warf einen Blick zu Harlow. „Aber ich hoffe, ich kann jetzt Wurzeln schlagen. Ich denke darüber nach, ob ich mit dem Wandern anfange, jetzt, wo ich so dicht an dieser ganzen Schönheit lebe."

Harlow merkte, dass die Unterhaltung Imogen half, aber ihre Augen waren immer noch zusammengekniffen, und sie hielt ihr Notizbuch so fest in der Hand, dass ihre Handknöchel weiß wurden.

„Das Wandern hier ist echt toll. Wenn du jemals Gesellschaft brauchst, habe ich immer Zeit", sagte Sadie.

„Ich nicht." Candy stieß ein Lachen aus. „Ich habe das vor

ein paar Jahren aufgegeben, nachdem ich mir den Knöchel verstaucht habe. Jetzt wandere ich lieber am Fluss lang, und ich habe mit dem Häkeln angefangen."

„Echt?", fragte Harlow. „Nimmst du Unterricht in Zyas Laden?"

„Genau. Bisher habe ich drei Schals und eine Haube gehäkelt. Das ist toll im Winter. Jetzt im Frühling werden wir sehen, was wir machen, sobald es hier wärmer wird."

„Ich will gern Töpfern lernen", sagte Harlow. „Wenn ich irgendein Keramikstudio mit Kursen in der Nähe finde."

Sadie gab ihr den Namen eines Studios in Eureka.

Die vier sprachen eine Weile weiter über verschiedene Hobbys und Aktivitäten, bis Sadie aufstand und sagte: „Ich gehe lieber mal los, bevor es zu spät für meine Schicht in der Brauerei wird. Imogen, rufst du mich an, mit einem Angebot und einem Zeitpunkt, wann wir uns treffen können, um die Details klarzumachen?"

„Auf jeden Fall." Imogen stand auf und schüttelte der Frau die Hand. „Danke, dass du mir das anvertraust. Kommt ja nicht jeden Tag vor, dass jemand bereit ist, alles auf ein neues Geschäft zu setzen."

Sadie lachte. „Ich bin mir sicher, was immer du machst, wird so viel besser sein, als alles, was mir einfallen könnte. Hochzeiten sind, obwohl es schön ist, hin und wieder mal an einer teilzunehmen, einfach nichts, von dem ich jemals geträumt habe."

Candy stieß ein übertriebenes Seufzen aus. „Ach, ich schon. Eines Tages wird irgendein heißer Typ in die Stadt kommen um mich von den Füßen fegen, und dann wird es eine epische Hochzeit geben."

Imogen lachte leise. „Ich hoffe, du rufst mich an, um dir bei der Planung zu helfen."

„Bist du sicher, dass du dich mit alldem herumschlagen

möchtest?" Candy wedelte mit der Hand vor ihrem Gesicht und lachte. „Man hat mir gesagt, ich kann ein bisschen … speziell sein."

Sadie kicherte. „Eher schon mit großen Forderungen und unvernünftig."

„Na, das war doch einfach nur unhöflich", sagte Candy, die ihr einen gespielt beleidigten Blick zuwarf.

„Sag doch, dass ich falschliege", forderte Sadie sie heraus.

„Auf keinen Fall. Aber so hättest du es nicht so ausdrücken müssen." Sie brachen beide in Gelächter aus.

Harlow grinste sie an, genoss es, sie beim Scherzen zu beobachten. Es war eines der Dinge, die sie an der Stadt liebte. Die Leute hatten Spaß und schienen einander echt zu mögen.

Die drei winkten zum Abschied, als Sadie sich zu ihrem Auto zurückzog. Imogen bat Candy, ihrer Tante und ihrem Onkel für sie zu danken, und sagte, dass sie es gar nicht erwarten konnte, irgendwann bald ein Event hier abzuhalten.

Sobald Imogen und Harlow auf ihrem Weg zurück zum Subaru waren, spannte sich Imogen wieder an.

„Hey, was ist los?", fragte Harlow.

„Ich werde nur einfach das Gefühl nicht los, dass ich irgendwas getan habe, um den Zorn dieser Geister zu verdienen." In ihrer Stimme lag ein Beben, als sie fortfuhr: „Warum sind sie hinter mir her?"

„Das bist nicht du, Gen", sagte Harlow, die ihr einen Arm um die Schulter legte. „Manchmal suchen Geister nur nach einer Öffnung. Du hast auf gar keinen Fall irgendwas falsch gemacht."

Sie schüttelte den Kopf. „So fühlt es sich aber nicht an."

Harlow war nicht sicher, was sie sagen sollte. Sie hatte keine Antworten für ihre Schwester. Keine von ihnen konnte wissen, was los war, außer sie fingen an, herumzuwühlen, und sie war sicher, dass Imogen nicht wollen würde, dass sie sich mit noch weiteren Geistern beschäftigte.

Ein roter Toyota Camry war ein paar Parklücken entfernt von Harlows Subaru geparkt. Als sie vorbeikamen, winkte Sadie durch das offene Fenster und startete den Motor. Sobald die Musik lief, sang Sadie schon mit.

Eine schwache Spur von Magie kitzelte an Harlows Haut, und sie fuhr herum, schaute sich um, um zu sehen, wer einen Zauber gewirkt hatte. Aber als Sadie rückwärts rausfuhr und den Parkplatz verließ, verschwand auch die Magie. „Hast du das gespürt?", fragte Harlow Imogen.

Imogen starrte dem Camry nach, die Augen weit aufgerissen. „Sie hat mich zusammengeflickt."

„Was?"

„Die Nervosität hat mich ganz angespannt gemacht", sagte Imogen. „Sadie hat mich zusammengeflickt. Ich weiß nicht wie, aber das hat sie getan. Diese Magie kam doch von ihr, oder?"

Harlow nickte, versuchte immer noch, gedanklich zu begreifen, was ihre Schwester gesagt hatte. „Ich verstehe nicht, Imogen. Was meinst du damit, sie hat dich zusammengeflickt?"

Imogen wandte sich ihr zu, ein lockeres Lächeln erhellte ihr ganzes Gesicht. „Die ganze Zeit seit letztem Jahr, als die verrückte Cora mich in Besitz genommen hat, ist kaum was nötig, um meine Nervosität anspringen zu lassen. Ich habe den ganzen Vormittag damit gekämpft, seit der Geist aufgetaucht ist. Aber plötzlich, nach dem, was immer Sadie getan hat, ist es weg. Ich spüre, wie sich eine schwere Decke von mir gehoben hat." Sie stieß ein leises Lachen aus. „Als hätte ich fünf Kilo abgenommen, in nur einem Augenblick."

Harlow hatte keine Ahnung, was gerade passiert war, ihr war es nicht mal wichtig. Es ging nur darum, dass ihre Schwester sich besser fühlte, und dafür war sie dankbar.

Harlow öffnete die Arme und umarmte ihre Schwester fest. „Wir müssen ihr einen Dankeskorb schicken."

„Falls das anhält, schon eher monatlich einen", sagte Imogen, die sie genauso fest drückte. Als sie Harlow losließ, fragte sie: „Was glaubst du denn, was sie getan hat?"

„Keine Ahnung. Wir können sie aber später fragen. Gerade im Augenblick denke ich eher an Kaffee und Mittagessen. Was hältst du denn davon, wenn wir Cash und Shaun einladen?"

„Klingt perfekt", sagte Imogen, die nicht verhindern konnte, dass ihr ein dümmliches Grinsen aufs Gesicht trat.

Harlow fiel auf, wie fröhlich sie war, doch sie behielt ihre Gedanken für sich. Wenn Imogen glücklich war, ging es nur darum.

Als sie gerade in den SUV stiegen, summte auf Imogens Handy ein Text. „Es ist der Mustang. Er ist bereits repariert."

„Perfekt. Wir werden ihn abholen, und den hier zu Hause abstellen, um eine Runde damit drehen und dann die Jungs an der Keating Hollow Brauerei treffen. Cam öffnet heute den Pub, darum muss ich erst später am Nachmittag dort sein."

Imogen nickte und schrieb dann Shaun. *Mittagessen in der Keating Hollow Brauerei mit dir und Cash. Trefft uns in einer Stunde.*

Die Antwort kam beinahe sofort. *Wir sind auf dem Weg.*

KAPITEL 22

„Wir wurden zum Mittagessen bestellt", sagte Shaun, während er aus dem Salon kam, den er sich als Büro eingerichtet hatte, gleich neben dem Eingangsraum.

„Echt jetzt? Von wem?", fragte Cash, der zurücktrat, um die Pläne zu mustern, die er für den Umbau des großen Bades gemacht hatte.

„Der guten Hexe des Westens", erwiderte er sarkastisch. „Wer glaubst du denn, hat uns bestellt?"

Cash schaute auf zu seinem Bruder und lachte über den Ärger in seinem Gesicht. „Na ja, ich war mir nicht sicher, denn normalerweise würde ich annehmen, Harlow oder Imogen. Aber wäre es Harlow gewesen, hätte sie bestimmt mich kontaktiert. Und da du mir kein einziges Detail über deine Beziehung zu Imogen erzählt hast, war ich mir nicht sicher, ob ihr *so* eine Beziehung führt. Also dachte ich, ich frage lieber mal."

„Klugscheißer. Du weißt, dass ich die Nacht gestern mit Imogen verbracht habe. Und natürlich war sie es. Und Harlow ist bei ihr. Sie wollen, dass wir uns in einer Stunde an der Brauerei treffen."

„Gut. Ich könnte ein Bier vertragen", sagte Cash und grinste, denn das Bier war ihm eigentlich völlig egal. Er freute sich nur, Harlow so bald zu sehen, nachdem sie am Vormittag aufgebrochen war.

„Du bist völlig verloren. Weißt du das?", fragte ihn Shaun. „Es ist echt verstörend, dich mit diesem Glanz in den Augen dastehen zu sehen."

„Gewöhn dich dran, Bruder. Das wird nicht so bald verschwinden … falls überhaupt je", sagte Cash lachend.

Shaun stöhnte.

„Lehne das doch nicht von ab, bevor du es versucht hast." Er wandte seinem Bruder seine ganze Aufmerksamkeit zu. „Und glaub nicht, mir wäre nicht aufgefallen, wie du meiner Anmerkung über Imogen ausgewichen bist. Bist du bereit, mir zu sagen, was zwischen euch zwei vorgeht?"

„Nö." Shaun drehte sich um und ging zurück in sein Büro. Bevor er die Tür schloss, rief er: „Ich bin in einer Dreiviertelstunde fertig zum Losziehen."

„Ich bin dann gleich hier", rief Cash zurück und schüttelte den Kopf. Er wusste nicht, weshalb sein Bruder so verschlossen wegen Imogen war. Cash wusste offensichtlich, dass er eine Menge Zeit mit ihr verbrachte, dass sie ihn zum Essen eingeladen hatte. Das war eindeutig mehr als nur ein Anruf, um miteinander zu schlafen. Was stimmte denn nicht damit, dass man einfach sagte, dass man zusammen war? Er schätzte, beim Mittagessen würde er mehr erfahren.

Kurz bevor es Zeit war, sich mit den Frauen in der Stadt zu treffen, stand Cash auf und ging in die Küche. Als er sich gerade ein Glas Wasser einschenkte, schimmerte die Luft neben ihm, und Tante Jane erschien. Sie schaute nicht zu ihm.

Sie starrte nur aus dem Fenster, das Gesicht finster verzogen. „Tante Jane?", fragte er.

Ihre Augen waren auf nichts gerichtet, und ihre Geistergestalt flackerte, als hätte sie Schwierigkeiten, ihre Anwesenheit aufrechtzuerhalten.

„Tante Jane, was ist los?"

„Es gibt Schwierigkeiten, Cash", sagte sie, ihre Stimme ernst. „Schwierigkeiten kommen." Ihr Bild erlosch flackernd, und dann war sie weg.

„Tante Jane?", rief Cash, sein Herz hämmerte plötzlich fest an seine Rippen. „Komm zurück!" Er marschierte aus dem Zimmer, in das Esszimmer und durch die ganze untere Etage des Hauses. Dann lief er hinauf, um nach ihr suchen, aber sie erschien nicht wieder.

Ihre Worte hallten in seinen Gedanken nach, während er wieder nach unten lief und rief: „Shaun, wir müssen los. Sofort."

Als sein Bruder nichts erwiderte, rannte Cash in sein Büro und blieb abrupt stehen.

Shaun saß starr in seinem Stuhl, die Augen geschlossen, während sie sich rasch vor- und zurückbewegten, als wäre er in der REM-Schlafphase. Aber Cash wusste es besser. Sein Bruder war mitten in einer Vision. Das Einzige, was man tun konnte, war, auf das Ende zu warten.

„Verdammt", murmelte er und griff nach seinem Handy. Mit einer Bewegung rief er Harlow an, aber der Anruf ging direkt auf die Mailbox. Er versuchte es wieder, mit demselben Ergebnis. Er hielt das Handy so fest in der Hand, dass es anfing, wehzutun.

Shaun sank in seinem Stuhl zusammen und stieß ein Stöhnen aus.

„Shaun? Was hast du gesehen?", fragte Cash, während er sich vor seinen Bruder kniete.

„Es ist Harlow. Sie ist wieder in diesem Haus mit den modernen Geräten, das ich schon mal gesehen habe. In dieser Vision, die ich von ihr hatte, die niemals wahr wurde. Sie ist dort, und sie ist nicht sie selbst. Es ist, als wäre … Ich weiß auch nicht. Sie ist einfach nicht sie selbst. Sie spaziert herum und benimmt sich wie eine Diva, das macht sie doch nie." Er hielt sich den Kopf und verzog das Gesicht. „Das ist zu viel. Davon habe ich echt heftige Kopfschmerzen bekommen."

„Wir schnappen uns Ibuprofen auf dem Weg raus. Wir müssen los. Jetzt", sagte Cash, der seinen Bruder bereits aus dem Stuhl hochzog.

„Wohin gehen wir?", fragte Shaun, der konzentriert die Stirn runzelte.

„Wir müssen Harlow und Imogen finden", sagte Cash ungeduldig. Er wusste, dass sein Bruder immer ein bisschen neben sich stand nach seinen Visionen, normalerweise ein bisschen ruhen musste, aber es war einfach keine Zeit dafür.

„Ich gehe nicht zum Mittagessen", sagte Shaun, der schon wieder mehr wie er selbst klang.

„Wir gehen nicht zum Essen. Wir gehen, um Harlow und Imogen zu suchen. Sie sind in Gefahr."

„Gefahr?" Shaun rieb sich den Nacken. „Wie das?"

Er zerrte seinen Bruder aus dem Stuhl und schleppte ihn in die Küche, um ihm die Schmerzmittel und das Wasser zu holen, während er erklärte, was Tante Jane ihm während ihres kurzen Erscheinens erzählt hatte. Sobald sie aus dem Haus waren, fragte Cash: „Hast du dein Handy?"

„Ja." Shaun tätschelte seine Tasche.

„Ruf Imogen an. Sieh mal, ob du sie ans Telefon kriegst."

Er runzelte die Stirn. „Normalerweise schreiben wir uns."

„Dann schreib ihr, aber wenn sie nicht gleich antwortet, musst du sie anrufen", beharrte Cash, während sie in seinen

Jeep stiegen. „Bei den Göttern. Weshalb mögen die Leute heutzutage das Telefonieren so wenig?"

Shaun machte sich nicht die Mühe zu antworten. Er schickte ein paar Nachrichten, und als es keine Antwort gab, rief er an. „Es ging direkt auf die Mailbox."

Cash stieß ein leises Knurren aus und packte das Lenkrad fester. „Warum gehen ihre beiden Handys direkt auf die Mailbox?"

„Vermutlich sind sie irgendwo, wo sie keinen Empfang haben", sagte Shaun mit einem viel zu vernünftigen Unterton.

„Du machst dir gar keine Sorgen?", fragte ihn Cash, während sie zur Stadt fuhren.

„Ich mache mir leichte Sorgen. Die Warnung von Tante Jane und meine Vorahnung waren keine guten Zeichen. Aber ich breche lieber in Panik aus, wenn ich sicher bin, dass es tatsächlich was gibt, weswegen man in Panik geraten sollte."

„Seit wann bist du denn so ausgeglichen?", grollte Cash, erwartete aber keine Antwort. Er bekam auch keine.

Den Rest des Weges in die Stadt waren sie leise, aber als sie vor dem Parkplatz der Keating Hollow Brauerei stehen blieben, sagte Shaun: „Sie sind nicht da."

„Woher weißt du das?" Cash war bereits aus dem Jeep gestiegen und lehnte sich nach unten, um zu seinem Bruder zu schauen.

„Keines ihrer Autos ist da." Shaun spielte mit seinem Handy herum, als würde er nach etwas suchen.

„Ich lauf mal rein, um sicherzugehen." Cash wartete nicht auf eine Antwort. Er war viel zu besorgt um Harlow, um sich darum zu kümmern, ob sein Bruder verärgert war, weil er im Auto zurückbleiben musste.

In der Brauerei war nur wenig los. Ein Blick durch den Essbereich, und er wusste, dass Harlow nicht da war. Er ging vor zum Tresen und winkte die Frau dahinter heran.

„Was kann ich dir zu trinken bringen?", fragte die klein gewachsene Blonde mit einem breiten Lächeln.

„Heute nichts. Ich suche nach jemandem. Eigentlich zwei. Harlow und Imogen Thane. Sie …"

„Ach, die habe ich heute kennengelernt", sagte sie mit einem Nicken. „Wir haben uns heute Vormittag getroffen. Beide sind echt total nette Menschen. Ich freue mich darauf, mit Imogen zu arbeiten. Ich kann mich einfach nicht mit der Hochzeit meiner Cousine herumschlagen. Die ist eine echte Brautzilla. Allein schon das Drama wegen des Hochzeitskleides, meine ich …"

„Tut mir leid", sagte Cash, der ihre Ausführungen abschnitt. „Wo und wann hast du sie denn gesehen?"

„Ach, heute Morgen draußen am Weingut der Pelshes. Imogen ist die neue Hochzeitsplanerin für die Hochzeit meiner Cousine."

Cash nickte. „Okay, das ist ein Anfang. Aber hier drin waren sie heute nicht?"

Sie schüttelte den Kopf. „Nein. Das wäre mir auf jeden Fall aufgefallen. Warum? Hätten sie denn hier sein sollen?"

„Wir wollten uns zu Mittagessen mit ihnen treffen, sie scheinen irgendein Problem zu haben. Hör mal, äh, wie heißt du noch mal?", fragte Cash.

„Das habe ich dir noch nicht gesagt, aber ich bin Sadie", sagte sie.

„Schön, dich zu treffen, Sadie. Ich bin Cash. Wenn ich dir meine Visitenkarte dalasse, kannst du mich anrufen, falls du eine von ihnen siehst?"

Sie runzelte die Stirn, schaute verwirrt drein. „Willst du nicht, dass ich ihnen einfach sage, sie sollen dich anrufen?"

„Ja, ich würde mich echt freuen, wenn sie mich anrufen, aber falls sie das aus irgendeinem Grund nicht können, lässt du mich bitte wissen, wenn du siehst?"

„Ich kenne dich nicht, Cash ..." Sie schaute auf die Karte hinab, die er auf den Tresen gelegt hatte. Als sie aufschaute, sagte sie: „Cash Moses. Auf jeden Fall will ich nichts damit zu tun haben, den Standort von Leuten durchzugeben, die nicht gefunden werden wollen."

Es brauchte jedes bisschen Selbstbeherrschung, dass Cash die Frau nicht anfuhr. Er holte lange und tief Luft und sagte: „Das weiß ich zu schätzen. Aber ich versuche nur, sicherzustellen, dass mein Mädchen und ihre Schwester in Sicherheit sind."

„Dann wird ja alles klar sein, wenn sie dich anrufen", sagte sie mit einem Schulterzucken und fing an, den Tresen abzuwischen.

„Also gut", sagte Cash, der schon jemanden erwürgen wollte. „Sag ihnen nur, dass Shaun und ich uns Sorgen machen, okay?"

„Natürlich." Sadie lächelte, wirkte sehr zufrieden mit sich. „Also, was kann ich dir zu trinken bringen?"

Cash schüttelte nur den Kopf und ging hinaus.

Als er am Jeep ankam, sagte Shaun: „Kein Glück?"

„Überhaupt keins." Cash stieg in den Jeep, holte sein Handy heraus und schaute sich Harlows Aufenthaltsort an.

Nichts. Ihr Punkt kam überhaupt nicht zum Vorschein.

Er wollte brüllen.

KAPITEL 23

„*D*anke, dass du die Reparaturen bezahlt hast", sagte Imogen, während sie und Harlow aus der Werkstatt gingen. „Ich zahle es dir zurück, sobald ich kann."

„Mach dir deswegen keine Sorgen." Harlow ging, um sich neben den Mustang zu stellen, strich mit der Hand über die Motorhaube. „Es ist so gut, dich wieder zu haben, Kleine", flüsterte sie dem Fahrzeug zu. Sie schaute zu ihrer Schwester auf. „Ein Auto in ihrem Alter braucht immer ein bisschen zusätzliche Pflege. Fahren wir sie nach Hause, damit wir uns mit den Jungs zum Mittagessen treffen können."

Imogen reichte ihr die Autoschlüssel. „Du fährst sie. Ich nehme deinen Subaru."

„Da sage ich nicht nein." Harlow sprang in den Mustang und warf den Motor an. Den ganzen Weg zurück nach Hause benahm sich das Auto wunderbar und ließ sich fahren wie ein Traum. Ihr Blut summte vor Zufriedenheit, und reine Freude erfüllte ihr Herz, weil sie wieder hinter dem Lenkrad des Autos saß, das sie und Cash so sehr geliebt hatten. Sie konnte nicht glauben, dass sie es tatsächlich verkauft hatte.

Sie hatte die Ausrede hervorgekramt, dass Celia im Winter in Keating Hollow unpraktisch war, aber um der Wahrheit Genüge zu tun, es waren einfach nur zu viele schmerzhafte Erinnerungen gewesen. Sie hatte getan, was sie zu diesem Zeitpunkt hatte tun müssen, aber nun, dass sie und Cash wieder zusammen waren, wollte sie auch das Auto zurück. Sie entschloss sich, dass sie anbieten würde, ihrer Schwester ein neues Auto im Austausch gegen den Mustang zu kaufen. Dann konnte sie das Brummen dieses Muscle Cars wieder unter ihren Knochen spüren, jedes Mal, wenn sie es wollte.

Als sie zurück zum Haus kamen, stellte Harlow den Motor nicht ab, sie wartete nur geduldig, dass ihre Schwester parkte, ins Haus lief, um schnell ins Bad zu gehen, und dann endlich wieder herauskam und auf den Beifahrersitz stieg. Imogen hatte sich kaum angeschnallt, als Harlow wieder losfuhr.

„Wohin fährst du denn?", fragte Imogen mit einem Lachen, als Harlow rechts abbog, anstatt nach links. „Zur Innenstadt geht's in die andere Richtung."

„Ich will diese Kleine rausbringen und sehen, wozu sie fähig ist. Wir haben noch etwas Zeit, bevor wir die Jungs treffen sollen. Ist das für dich okay?"

„Klar", sagte Imogen mit einem Lachen. „Du bist mit diesem Auto immer besser gefahren als ich."

„Was das angeht." Harlow warf einen Blick auf ihre Schwester. „Ich bin bereit, sie dir wieder abzukaufen. Wie wäre es, wenn wir irgendwann diese Woche ein Auto kaufen gehen und dir was Zuverlässiges suchen, das du liebst?"

Imogens Lächeln verblasste. „Würde ich gerne, Harlow, aber ich bin noch nicht bereit, diese Anzahlung zu machen. Ich habe gehofft, erst mein Geschäft auf die Beine zu stellen, und dann …"

„Du verstehst nicht", sagte Harlow. „Ich kaufe das Auto, dann tauschen wir einfach."

„Das ist kein fairer Handel", sagte sie mit gerunzelter Stirn.

„Klar ist es das. Hast du dir mal angesehen, wie viel diese Dinger wert sind? Ich bin sicher, wir können was Tolles finden."

Imogen blinzelte sie an. „Mehr, als ich dir letztes Jahr dafür bezahlt habe?"

Harlow nickte. „Ja. Sehr viel mehr."

„Aber ..." Imogen sah ihre Schwester aus zusammengekniffenen Augen an. „Sagst du, du hast sie mir unter Wert verscherbelt? Warum, wegen Schuldgefühlen?"

„Ja und nein." Harlow bog mit dem Auto auf ein Stück Straße ein, das außerhalb der Stadt lag und kaum benutzt wurde, denn es gab nur ein paar Häuser am Ende der zehn Meilen langen Strecke. „Aus persönlichen Gründen konnte ich sie nicht mehr fahren, aber ich wollte nicht sehen, wie sie an jemand anderen geht. Also habe ich sie dir billig verkauft, um sie in der Familie zu halten. Jetzt bin ich bereit, sie zurückzukaufen. Aber es ist nicht dein Problem, dass ich schrecklich im Verhandeln bin." Harlow zwinkerte. „Also kaufe ich was, das ungefähr gleich viel wert ist wie Celia, und dann nehme ich sie zurück. Ist für uns beide ein Gewinn."

Imogen schnaubte. „Das ist doch dämlich. Das kann ich dich nicht tun lassen."

„Freilich kannst du das. Es ist doch nichts Falsches daran, ein bisschen was von meinem Geisterjagd-Geld zu nehmen, um meiner Schwester zu helfen, oder?"

„Nein, aber ich will kein Fall für die Wohlfahrt sein." Imogen verschränkte die Arme vor der Brust. „Ich bin nicht hier, nur weil ich nirgendwohin kann, weißt du. Ich habe meine Schwester vermisst. Nicht ihr Bankkonto."

In Harlows Kehle bildete sich ein Kloß, und sie musste gegen Tränen kämpfen. Es war genau das, was sie von ihrer Schwester hören musste. Sie griff hinüber und drückte Imogen die Hand, bevor sie hervorzwang: „Ich habe dich auch vermisst. Bitte lass mich das tun. Nach allem, was wir beide durchgemacht haben, will ich nicht, das Geld auch noch eine Rolle spielt. Ich will den Mustang; du willst was Zuverlässigeres. Das kann ich herbeiführen. Es ist kein Bestechungsgeld oder so was, was ich mache, weil ich glaube, ich bin es dir schuldig. Ich will es dir leichter machen, hier ein Leben zu beginnen. Das ist alles."

Imogens Augen wurden feucht, und sie tat nichts, um die paar Tränen aufzuhalten, die ihr über die Wangen liefen. „Okay. Wenn du dir sicher bist."

„Ich bin mir sicher", sagte Harlow. „Morgen. Morgen machen wir es."

Imogen grinste. „Klingt nach einem Plan. Jetzt sehen wir mal, was dieses Gefährt zustande bringt."

„Sehr gerne!" Harlow trat aufs Gas, und die beiden johlten vor Freude, während sie über die Straße flogen.

Harlow war in ihrem Element. Trotz ihrer Sorgen wegen der Geister, die in letzter Zeit aufzutauchen schienen, war alles an Ort und Stelle. Cash war wieder in ihrem Leben. Sie und ihre Schwester bauten ihre Beziehung wieder auf. Und sie war mit ihrer ersten Liebe wiedervereint, ihrem Mustang Celia.

Das Leben war einfach nur so perfekt, wie sie es sich erhoffen konnte.

Genau bis zu dem Punkt, als der Mustang stotterte und bockte und dann stehen blieb.

Harlow und Imogen schauten einander an, beide sprachlos. Schließlich sagte Harlow: „Na, das nervt jetzt."

„So was von", stimmte Imogen zu. Sie griffen beide nach ihren Handys.

„Ich habe keinen Empfang", sagte Harlow. „Du?"

„Nö." Imogen stieg aus den Mustang und begann das Handy durch die Luft zu bewegen, versuchte, ein Signal zu kriegen.

Harlow schloss sich ihr an, und als keine von ihnen Empfang bekam, stopfte sich Harlow einfach ihr Handy in die Tasche und sagte: „Na, ich schätze, jetzt heißt es marschieren."

Imogen stöhnte. „Da dachte ich noch, die Dinge würden sich zum Besseren wenden."

Mit leisem Lachen sagte Harlow: „Genau das habe ich gedacht, als das Auto stehen geblieben ist. Vielleicht habe ich das vermasselt."

„Ach, also ist es deine Schuld", sagte Imogen mit neckendem Unterton.

„Sieht so aus." Harlow stand auf der Straße und schaute sich um, versuchte festzustellen, wie es jetzt am besten weiterging.

„Da vorne ist ein Haus", sagte Imogen, die auf ein Haus an der Flanke des Hügels deutete. Sie kniff die Augen zusammen. „Sieht so aus, als wäre das vielleicht die Straße dorthin."

„Wenn sie einen Festnetzanschluss haben, würde das funktionieren", sagte Harlow. „Das haben sie doch bestimmt, da es ihr keinen Handyempfang gibt, oder?"

„Vermutlich. Oder WiFi. Falls das mit einem Passwort geschützt ist, könnte es ein Problem werden."

Harlow dachte darüber nach und sagte: „Wir können erst mal diese Option versuchen. Wenn das nicht klappt, machen wir uns auf den Weg in die Stadt. Was meinst du?"

„Ja, okay."

Nachdem Harlow den Mustang abgeschlossen hatte, gingen die beiden die steile Straße hinauf. Bis sie an der Einfahrt ankamen, hielten sie sich beide die Brust und konnten kaum atmen.

„Ich glaube, ich sterbe", stieß Imogen aus.

„Wir haben es bis hierher geschafft. Bleib bei mir", keuchte Harlow.

„Ich versuch's."

Harlow ging voraus die Stufen zu dem wunderschönen

modernen Haus hinauf. Sie verschwendete keine Zeit mit Klopfen.

„Das ist ja wohl unser Glück, dass hier niemand ist", sagte Imogen, die niedergeschlagen klang. „Ich kann nicht glauben, dass wir diesen Berg raufgestiegen sind, nur um ein leeres Haus zu finden."

Harlow lachte leise. „Berg? So heftig war es auch wieder nicht."

„Hat sich so angefühlt."

„Gib noch nicht auf." Harlow spähte durch die Fenster. Niemand schien da zu sein. Aber sie sah ein Festnetztelefon auf einem Beistelltisch im Wohnzimmer stehen. „Bingo. Das ist ein Telefon."

Imogen schloss sich ihr an, schaute durch das Fenster. „Aber das hilft uns nicht viel, wenn niemand da ist, um uns reinzulassen."

„Stimmt." Harlow kaute auf der Unterlippe. „Gehen wir mal hintenrum und stellen sicher, dass auch bestimmt niemand da ist."

„Du versuchst, mich umzubringen, oder?", beschwerte sich Imogen.

„Nö. Ich unterstütze dich."

Imogen lächelte sie schwach an und folgte ihr rund um das Grundstück. Wie es sich erwies, gab es kein Lebenszeichen. Es ließ sich schwer sagen, aber Harlow schätzte, dass es vielleicht ein Ferienhaus war, in dem niemand dauerhaft wohnte. Es sah einfach nicht aus, als hätte sich hier schon jemand eingerichtet.

„Okay, genug davon. In diesem Wohnzimmer gibt es ein Telefon, und ich stimme dafür, dass wir einfach reingehen und es nutzen", sagte Imogen.

„Du meinst einbrechen?", fragte Harlow ihre Schwester, beide Augenbrauen fragend gehoben.

„Nicht ganz. Ich meine, wir wollen doch nichts

kaputtmachen. Oder was stehlen. Es ist ein Notfall. Da ist das doch angemessen, oder?"

Harlow war nicht wirklich sicher, dass das eine Notlage war, aber sie waren etwa zehn Meilen von der Stadt entfernt, und es war ja nicht, als hätten sie auf der Straße, die sie genommen hatten, ein weiteres Auto gesehen. Ein Marsch zurück in die Stadt hätte drei oder vier Stunden gedauert, und das bedeutete, neben einem zweispurigen Highway her zu laufen. Die Idee, dort einzudringen, gefiel ihr nicht, aber die Alternative war auch nicht besonders schön. „Okay, wir versuchen einen Weg rein zu finden, nehmen das Telefon und lassen dann alles so, wie wir es vorgefunden haben."

Imogen nickte, griff nach dem Türgriff an der Hintertür und ließ ohne Vorwarnung einen Strahl ihrer Magie darauf los. Das schimmernde Licht legte sich darum und sickerte in die Ritze des Türrahmens ein. Einen Augenblick später hörte Harlow, wie der Riegel zurückglitt. Imogen grinste sie an und ging dann durch die Hintertür hinein.

Ein letztes Mal schaute Harlow sich um, betete, dass sie nicht auf irgendwelchen Sicherheitskameras aufgenommen wurden, und folgte ihrer Schwester ins Haus.

Sofort knallte die Tür zu und der Wind frischte auf, stürmte durch das Haus, ließ eine Uhr von der Wand fliegen. Harlow duckte sich, und sie flog über ihren Kopf, knallte in die Wand hinter ihr. „Imogen!", rief Harlow. „Wir müssen hier raus."

Aber es gab keine Antwort.

Harlow schaute sich um, wollte unbedingt ihre Schwester durch den fliegenden Schutt sehen. Sie war nicht in der Küche. Mit gesenktem Kopf kroch Harlow vorwärts, erreichte langsam das Wohnzimmer. Sobald sie durch die Tür trat, nahm der Wind zu.

Durch die Tränen, die der Wind verursachte, konnte

Harlow kaum etwas erkennen, aber dann blinzelte sie und sah Imogen direkt in der Mitte des Raumes stehen, ihr Gesicht starr vor Schrecken.

„Imogen!", rief Harlow. „Was ist los?"

Ihre Schwester starrte direkt zu ihr zurück und sagte tonlos: *Cora ist hier.*

KAPITEL 24

„Nein!", rief Harlow und stürzte sich auf ihre Schwester.

Eine Lampe flog durch den Raum, verpasste Harlows Kopf nur um wenige Zentimeter. Irgendwo weiter hinten in ihren Gedanken wurde Harlow klar, dass es keine Möglichkeit gab, das Haus auf die Art zu verlassen, wie sie hereingekommen waren. In dem Augenblick, als Imogen sich vorbeugte, als hätte sie einen Schlag in die Magengrube erhalten, verschwanden alle Gedanken an das Haus aus ihrem Kopf.

„Lass sie in Ruhe!", rief Harlow, wünschte sich, sie hätte daran gedacht, etwas von ihren Geisterjäger-Utensilien mitzubringen. Sie hatte nicht mal einen Beutel Salz, um zu versuchen, den Geist festzusetzen. Ihre einzige Hoffnung waren der Eisendorn und ihre Magie, und keines davon hatte bisher gegen Cora funktioniert.

Mit dem Dorn in einer Hand und Magie, die an den Fingerspitzen der anderen funkte, hieb Harlow in die Luft um sich herum, hoffte, sie würde den Geist, den sie nicht sehen konnte, irgendwie verletzen. Sie erreichte Imogens Seite und beugte sich nach unten, um ihr in die Augen zu schauen. „Alles in Ordnung?"

Imogen schüttelte den Kopf, Tränen standen in ihren Augen, während sie sich den Bauch hielt. „Ich habe das Gefühl, ich übergebe mich gleich."

„Aber du bist immer noch du, oder? Wie war der Name deiner ersten Barbie?" Harlow bezweifelte, dass der Geist auf Imogens Erinnerungen von vor so langer Zeit zugreifen konnte, und klammerte sich an die Idee, dass ihr das verraten würde, ob ihre Schwester bereits besessen war.

„Glatzkopf", keuchte Imogen.

„Gut gemacht." Harlow lächelte sie grimmig an und erhob sich dann, schirmte ihre Schwester ab. „Wenn du einen Kampf willst, verrückte Cora, dann bekommst du einen."

Flackernd gingen die Lichter an und aus, und Harlow verstand das so, dass die Herausforderung angenommen war. Die Luft wurde zähflüssig, als die Magie Harlows Haut bedeckte, und sie wusste einfach, dass der Geist in der Nähe war. Sie konnte sie ja vielleicht nicht sehen, aber sie konnte sie auf jeden Fall spüren. „Imogen, zurück!", befahl Harlow, während sie mit dem Dorn durch die Luft fuhr und einen Strahl ihrer Magie auf die verstörende Energie zu schickte.

Es traf nur ein gerahmtes Bild an der Wand und ließ es zerbrechen.

„Verdammt!", schrie Harlow.

Dieser schreckliche Wind nahm zu, und er wirbelte mit so viel Druck, dass Harlow sich kaum bewegen konnte. Es war, als würde der Geist die Elemente nutzen, um sie an Ort und Stelle zu binden. Das war etwas, gegen das sie sich zumindest wehren konnte. Anstatt sich auf den Geist zu konzentrieren, verlegte sie ihre Aufmerksamkeit auf den Wind und schickte einen Strom aus Magie direkt in den Wirbel, der um sie herumfegte.

Sofort wurde an ihrer Macht gezerrt, und Harlow spürte, wie ihr die Kontrolle entglitt. Schweiß brach auf ihrer Stirn aus, während sie dagegen kämpfte, aber als sie gerade dachte, sie würde diese Auseinandersetzung nicht gewinnen, brach ihre Magie schließlich durch, und der Wind kam plötzlich zum Stillstand.

„Harlow?", fragte Imogen, ihre Stimme klang ganz leise und sehr furchtsam.

Und da sah sie letztlich den Umriss des Geistes, den sie über ein Jahr lang auf die eine oder andere Weise bekämpft hatte. Sie stand über Imogens am Boden liegender Gestalt, eine Hand bereits mit der von Imogen verschmolzen. Sie versuchte, Harlows Schwester wieder im Besitz zu nehmen, und Harlow wusste, wenn es ihr gelang, war es wahrscheinlich, dass Imogen für immer verloren war.

„Nicht heute, Satan!", rief Harlow und lief auf den Geist zu, stürzte sich direkt in sie hinein. Die Verwandlung kam sofort. Eine sadistische Freude wirbelte durch sie hindurch, während der Geist es sich in Harlows Körper gemütlich machte. Sie richtete sich auf, betrachtete die Welt durch neue Augen und schenkte Imogen ein zuckersüßes Lächeln.

„Hi, Schwester", sagte der Geist, hielt Harlow in einer Ecke, ihre Gedanken weggeschlossen. „Die verrückte Cora ist weg. Wie wäre es, wenn du Cash anrufst, damit er uns abholen kann?"

Imogen schaute sie mit argwöhnischem Blicke an. „Harlow?"

„Ja?"

„Was ist mit Cora passiert?"

„Sie ist weg", sagte Cora. „Sie ist meiner Magie nicht gewachsen. Bist du bereit, jetzt hier rauszukommen, oder nicht?"

Sie wird dich direkt durchschauen, erklärte Harlow dem Geist. *Meine Schwester ist nicht dumm.*

Stimmt, sagte Cora. *Sie ist tatsächlich sehr viel schneller als du.* Sie machte ein missbilligendes Geräusch. *Du hast ewig gebraucht, um zu merken, dass deine Schwester nicht sie selbst ist. Aber aus dieser Erfahrung habe ich gelernt. Wenn ich mich wie du benehme, kann ich einfach dein Leben übernehmen. Außerdem bist du diejenige mit dem ganzen Geld. Ich weiß gar nicht, weshalb ich mir nicht gleich dich als Wirtskörper ausgesucht habe.*

Imogen schaute zu Cora zurück, die Augen zusammengekniffen. „Ist sie echt weg? Wie bist du sie losgeworden?"

Cora machte ein verwirrtes Gesicht. „Weißt du, ich bin mir nicht ganz sicher. Vielleicht waren es meine Magie und mein Dorn zusammen." Sie griff nach unten, um den Eisendorn aufzunehmen, aber sobald sie das tat, zog sie die Hand zurück und ließ ihn fallen, während sie zischte: „Heilige Mutter des Schneckenschleims."

„Schneckenschleim?" Imogen kniff die Augen zusammen. „Seit wann hast du denn diesen Spruch drauf?"

„Seit gerade jetzt. Jetzt ruf an, damit wir hier rauskommen", fuhr Cora sie an.

Harlow wusste, dass ihre Schwester Cora sofort durchschauen würde. Oder zumindest hoffte sie, dass sie das tun würde.

Aber als Imogen nickte und ging, um das Telefon zu nehmen, wurde Harlows Herz schwer. Vielleicht war ihr nicht klar geworden, dass sie mit Cora redete, und jetzt würde Harlow auf alle Ewigkeit in ihren Gedanken festsitzen. *Cash wird es auffallen. Das weißt du, oder? Er wird eine Möglichkeit finden, dich zu vernichten.*

Das ist ja mal ein sexy Stück Männerfleisch. Ich werde ihn richtig genießen, bevor ich ihm ein Ende setze.

Ein Ende setzen?, schoss Harlow panisch zurück. *Was zum Teufel meinst du damit?*

Ich kann doch nicht zulassen, dass er dich rettet, was meinst du denn? Ich bin sicher, er macht Spaß im Bett und so, aber es gibt weitere nützliche Idioten für diese spezielle Aktivität. Wie Shaun. Er ist genauso hübsch wie sein Bruder, und er hat so eine dominante Art im Schlafzimmer. Heiß.

Harlow erschauerte im Geiste bei dem Gedanken an das, was die verrückte Cora für die Moses-Jungs plante. *Ich werde Cash nichts zustoßen lassen*, warnte Harlow den Geist.

Das hast du nicht wirklich in der Hand, oder, Harlow?

Ich habe es, wenn ich das so sage, erwiderte Harlow trotzig.

So viel Widerborstigkeit. So unterhaltsam. Deshalb habe ich dich als meinen nächsten Wirt erkoren, anstatt deiner Schwester.

Du hast mich nicht erkoren. Ich habe meine Schwester vor dir gerettet, und du hast beschlossen, stattdessen mich zu nehmen, spie Harlow aus.

Das glaubst du auf jeden Fall. Coras Selbstzufriedenheit brachte Harlow dazu, sie würgen zu wollen. Wenn das nicht bedeutet hätte, sich selbst den Hals umzudrehen.

„Shaun, Harlow und ich brauchen eure Hilfe", sagte Imogen ins Handy, während sie Cora anschaute. Sie erklärte, dass der Mustang stehen geblieben war, und wo sie gestrandet waren. Und dann sagte sie was Seltsames. Etwas, das Harlow Hoffnung machte. „Weißt du noch, wie wir über das Chaos mit dem Bananenpuddingrezeptwettbewerb meiner Oma gesprochen haben?"

Ihre Großmutter hatte Bananenpudding gehasst und hätte ganz bestimmt niemals einen Wettbewerb deswegen veranstaltet. Sie hatte sowieso nicht gern irgendwo mitgemacht, und etwas zu tun, bei dem es um Bananenpudding ging, hätte sie zum Würgen gebracht.

Es gab eine kurze Pause, während Imogen Shaun zuhörte.

„Nein. Das war Harlows Lieblingsessen, nicht meins", sagte Imogen. „Ja, ganz genau."

„Mach schon!", warnte sie Cora. „Du kannst Small Talk mit deinem Toy Boy machen, nachdem sie uns abgeholt haben."

„Harlow hat es eilig", sagte Imogen ins Telefon. „Ja. Okay. Ich treffe mich mit euch unten an der Straße." Sie legte auf und sagte: „Sie sind unterwegs. Da ich die Adresse nicht kenne, werde ich mich mit ihnen unten treffen, damit sie uns finden."

„Das musst du doch nicht tun", tadelte sie Cora. „Du hättest ihnen einfach eine Nachricht schicken können, die ihnen sagt, wo wir sind."

„Wie sollte ich das ohne Empfang machen, *Harlow?*" Imogen betonte Harlows Namen und bestätigte ihrer Schwester, dass sie genau wusste, was vorging. Harlow wusste nur nicht, was für einen verrückten Plan sie ausgebrütet hatte. Sie betete nur darum, dass Imogen nicht versuchen würde, es ohne Hilfe mit Cora aufzunehmen.

Cora runzelte die Stirn und sagte: „Also gut. Ich warte mit dir."

Aber Imogen schüttelte den Kopf. „Du hast gesagt, du wolltest diesen Ort genauso hinterlassen, wie wir ihn vorgefunden haben. Meinst du nicht, dass wir zumindest aufräumen sollten? Fang doch an, den zerbrochenen Müll wegzuräumen, und nachdem die Jungs da sind, helfen wir mit allem, was noch übrig ist."

„Du willst, dass ich aufräume?", schoss der Geist zurück, klang ungläubig.

„Warum nicht? Du hast mir doch erst kürzlich gesagt, dass einen das ziemlich gut runterbringt. Sei doch nicht so eigen, Harlow. Es ist nur ein bisschen Fegen." Imogen schob sich die Haare über die Schulter und ging durch die Vordertür hinaus.

Harlow wollte aufstehen und applaudieren. Sie wusste nicht genau, was Imogen vorhatte, aber ihr war klar, es war etwas. Und das war genau das bisschen Hoffnung, an das sie sich klammerte, selbst als Cora davon loslegte, wie sie alles zerstören würde, was Harlow liebte. Beginnend mit Cash.

Mach doch, sagte Harlow. *Du kannst es versuchen, aber letztlich wirst du zurück in die Hölle gehen, in die du gehörst.*

Der Geist stieß ein abschätziges, humorloses Lachen aus. „Das sagen sie alle."

KAPITEL 25

„Wir müssen los", sagte Shaun in dem Augenblick, als er den Anruf mit Imogen beendete. „Es ist Harlow. Sie ist in Schwierigkeiten."

„Was heißt das?", wollte Cash wissen, der bereits zu seinem Jeep unterwegs war. Als sie Harlow und Imogen in der Brauerei nicht gefunden hatten, waren sie zu ihrem Haus gefahren und hatten festgestellt, dass es leer war. Harlows Subaru war da, aber der Mustang war weg. Ohne weitere Spuren waren sie in die Innenstadt gefahren und hatten Fragen gestellt, ob man sie gesehen hatte. Die Antwort war ein eindeutiges Nein gewesen.

„Wenn ich Imogens Code richtig verstehe, glaubt sie, Harlow wäre besessen", sagte Shaun.

Cash blieb abrupt stehen und wandte sich an seinen Bruder. „Weshalb sollte sie das denken? Harlow war noch niemals besessen. Wir reden hier vom mächtigsten Medium, das wir alle je getroffen haben."

„Huch!" Shaun hob beide Hände. „Ich weiß nichts, außer dass Imogen in einem Code gesprochen hat, der besagt, dass

Harlow Schwierigkeiten hat. Irgendwelche anderen Antworten habe ich nicht."

Cash starrte ihn einen langen Augenblick an, und dann drehte er sich abrupt um und beschleunigte seinen Schritt zum Jeep. Sobald sie beide im Fahrzeug saßen, legte Cash den Gang ein und schaute seinen Bruder an. „Wo ist sie?"

Shaun gab die Einzelheiten ihres Standorts weiter und hielt sich fest, während Cash eine rasche Wende direkt vor einem weiteren Fahrzeug hinlegte. Das Geräusch der Hupe drang durch die Luft, sodass Cash die Ohren klingelten, aber er achtete nicht darauf. Er war allein darauf konzentriert, Harlow zu finden und sicherzustellen, dass es ihr gut ging.

Sobald sie aus der Stadt gerast waren, wandte sich Cash zu seinem Bruder. „Erzähl mir von diesem Code. Woher weißt du, dass Imogen versucht hat, zu sagen, dass Harlow Schwierigkeiten hat?"

„Ach, das." Shaun rieb sich mit der Hand übers Gesicht, wirkte grimmig. „Der Grund, dass ich dir von meiner Beziehung zu Imogen nichts erzählt habe, liegt darin, dass wir als Freunde angefangen haben."

Cash warf ihm einen verwirrten Blick zu. „Natürlich habt ihr als Freunde angefangen. Ihr kennt einander doch seit Jahren."

„Ich weiß, aber nicht so." Shaun starrte direkt geradeaus, und dann sprach er weiter. „Nachdem du und Harlow euch getrennt habt, fühlte es sich für mich so an, als wäre euer Leben völlig in sich zusammengebrochen. Und Harlow hat nicht geredet. Harlow und Imogen haben kaum geredet. Du hast mit mir nicht geredet, und obwohl ich nicht mal daran beteiligt war, hatte ich so ein Gefühl, dass jemand sich bei Imogen melden muss, um sicherzustellen, dass es ihr gut ging. Ich weiß nicht, warum genau, ich habe es einfach gehabt. Also habe ich sie angerufen."

„Und?", fragte Cash.

„Und wir haben uns angefreundet. Imogen hat fast nie über die Besessenheit geredet. Sie hat nie irgendwelche Einzelheiten rausgelassen, und ich habe nicht gedrängt. Aber manchmal hat sie die Sorge ausgedrückt, dass es eines Tages wieder passieren könnte. Ich war mir nicht sicher, was ich dazu sagen sollte. Ich habe ein wenig recherchiert, was die Besessenheit durch Geister angeht, aber es scheint, als wäre jeder Fall anders. Die Faktoren schienen zu sein, wie mächtig der Geist ist und ob der oder die Besessene irgendwelche magischen Fähigkeiten hatte, und wenn ja, welche."

„Okay, Shaun, komm mal zum Punkt. Woher wusstest du, dass Imogen in einem Code spricht?", fragte Cash ungeduldig.

„Ich habe irgendwo gelesen, dass Besessene manchmal den Griff eines Geistes um sie lösen können, um mit anderen kommunizieren. Imogen war da skeptisch, denn sie sagte, die verrückte Cora hätte sie immer unterdrückt, wenn sie versucht hätte, Harlow mitzuteilen, was los war. Also habe ich ihr geraten, in einem Code zu sprechen und einen albernen Kommentar gemacht, dass sie Bananenpudding als Codewort nehmen sollte. Sie hat gelacht und gesagt, obwohl sie und Harlow Bananenpudding lieben, hätte ihn ihre Oma niemals gemacht, weil sie ihn leidenschaftlich gehasst hat. Von da an wurde es eine Unterhaltung, wo wir den besten Bananenpudding finden, und wir haben niemals wieder darüber geredet."

„Sagst du mir, dass Imogen heute irgendwie Bananenpudding erwähnt hat? Würde das nicht nahelegen, sie ist diejenige, die besessen ist?", fragte Cash, der seinen Bruder kurz beäugte, während er die kurvenreiche Straße entlang raste.

„Könnte es heißen, aber sie hat klar gemacht, dass es Harlow war, die den Pudding mochte. Ich bin mir ziemlich sicher, das bedeutet, Harlow ist diejenige mit Schwierigkeiten, und Imogen wollte dem Geist nicht verraten, dass sie es wusste."

„Das ist ein ziemlich guter Schuss ins Blaue", sagte Cash, der nicht mal den Gedanken nachvollziehen konnte, dass Harlow vielleicht von einem Geist besessen war. Sie war viel zu stark, und das war sie schon immer gewesen. Aber es stimmte, dass sie gegen die verrückte Cora fast verloren hätte, als sie sie im Vorjahr aus Imogen exorziert hatte. Wenn sie besessen war, musste es die verrückte Cora sein. Kein anderer Geist hätte auch nur annähernd so viel Macht gehabt. Aber warum? Und weshalb war sie so von den Thane-Schwestern besessen?

Cashs Kopf begann vor Sorge zu schmerzen, und er brachte den Jeep an seine Grenzen, tat alles in seiner Macht stehende, um zu der Frau zu kommen, die er liebte.

Nach einer Fahrt eine verlassene Straße entlang, die ewig zu dauern schien, deutete Shaun schließlich und sagte: „Dort!"

Cashs Herz schlug bis zum Hals, als er Imogen am Rande der Straße stehen sah, wo sie wild winkte. Er stieg in die Bremsen und blieb direkt neben ihr stehen. Bevor einer von ihnen etwas sagen konnte, riss Imogen die Hintertür auf und sprang rein.

„Es ist das Haus dort oben am Hügel. Los", befahl Imogen.

Shaun drehte sich auf dem Sitz um, während Cash los die steile Straße hinauf fuhr. „Was ist passiert?"

„Wir haben mit dem Mustang vor dem Mittagessen eine Ausfahrt gemacht, und er ist hier stehengeblieben. Keine von uns hatte Empfang, also sind wir zu diesem Haus hoch gewandert, um zu sehen, ob dort ein Telefon ist. Niemand war dort, also habe ich mir mit Magie einen Weg hinein gebahnt. In dem Augenblick, in dem wir im Haus waren, griff die verrückte Cora an. Harlow hat mich davor gerettet, wieder in

Besitz genommen zu werden, aber letztlich hat sie dann meinen Platz eingenommen. Jetzt müssen wir sie retten."

„Bist du sicher, dass sie besessen ist?", fragte Cash, der wusste, dass es manchmal nicht leicht war, das zu sagen, abhängig davon, wie die Geister sich verhielten.

„Ich bin sicher. Harlow ist überhaupt nicht sie selbst. Cash, sie braucht dich."

In dem Augenblick, in dem Cash mit dem Jeep vor dem Haus ranfuhr, sprang er schon aus dem Fahrersitz und schnappte sich seine Tasche aus dem Kofferraum. Shaun wartete ein paar Schritte von ihm entfernt, aber Imogen war nirgends zu sehen.

„Imogen?", rief er.

„Ich hole Hilfe. Kümmert euch um Harlow, bis ich zurückkomme", rief Imogen vom Fahrersitz aus und fuhr dann los.

Cash starrte Shaun mit einem ungläubigen Blick an. „Glauben wir immer noch, dass es Harlow ist, die besessen ist?"

Shaun wirkte erschüttert. Aber dann festigte er sich und sagte: „Ja, es gibt nur eine Art, das herauszufinden."

Die beiden wandten sich zum Haus. Cash reichte Shaun einen Beutel Salz und sagte: „Verstreu das rund um das Haus. Eine schöne, dicke Schicht. Damit wird der Geist im Haus festsitzen, während ich mich um ihn kümmere."

„Okay. Ich komme rein, um dir zu helfen, sobald ich fertig bin", sagte Shaun, der das Salz nahm.

„Nein." Cash schüttelte den Kopf. „Bleib hier draußen. Ich komme dich holen, wenn ich sicher bin, dass alles in Ordnung ist."

„Cash, ich will dich nicht einfach mit einem verrückten Geist allein lassen", beharrte Shaun.

„Kannst du, und wirst du", sagte Cash, sein Tonfall

endgültig. Dann machte er ihn weicher und sagte: „Vertrau mir, Shaun."

Sein Bruder schüttelte den Kopf, wollte eindeutig etwas einwenden, aber als er Cashs besorgten Blick auffing, knickte er ein. „Okay, aber sei dir bloß im Klaren darüber, wenn die Dinge zu schlimm werden, werde ich nicht einfach nur herumstehen und darauf warten, dass sie dich vernichtet. Du bist die einzige Familie, die ich habe."

„Verstanden." Cash umarmte ihn rasch, und dann lief er ins Haus. Er fand Harlow, die auf einem extra großen Sessel lag, die Füße über die Armlehne gelegt, während sie eine Klatschzeitschrift las. Überall im Raum lag Müll herum, der Boden war übersät mit Glas- und Porzellanscherben von den Bilderrahmen und mindestens einer Lampe. „Harlow?"

„Cash, endlich", sagte sie und stieß einen erleichterten Seufzer aus. Sie erhob sich aus ihrer Position auf dem Sessel und stand anmutig auf, die Brust vorgereckt und den Rücken durchgedrückt, sodass ihr Hintern noch weiter rausstand. „Ich habe mich schon gefragt, warum du so lang brauchst." Sie marschierte zu ihm herüber, ihre Körperbewegungen auf verführerische Art übertrieben.

Cash hatte noch nie gesehen, dass sich Harlow so bewegte. Sie war athletisch und anmutig und hundert Prozent authentisch. In seinen Gedanken gab es keinen Zweifel mehr, dass Shaun richtig gelegen hatte. Harlow war besessen. Er schaute sich die Zerstörung an. „Imogen hat gesagt, du würdest hier drin aufräumen."

Sie wedelte unbeteiligt mit der Hand. „Wir können jemanden anheuern, der das macht. Sehen wir doch einfach zu, dass wir hier rauskommen." Cora kam zu Cash und legte ihm eine Hand auf die Brust. Sie schaute ihn durch gesenkte Lider an und sagte dann mit einer verführerischen Stimme: „Ich habe Pläne mit dir."

„Ach ja?", fragte Cash, der versuchte, sich ihrem Tonfall anzupassen, während er leicht die Finger um ihr Handgelenk legte. „Und was für Pläne wären das genau?"

Cora starrte auf seine Lippen und ließ dann ihren Blick seinen Körper hinabwandern.

Ihre Aufmerksamkeit ließ ihn fast aus der Haut fahren. Obwohl sie aussah wie Harlow, war nichts an dieser Person, das sie verkörperte.

„Sagen wir mal, wenn ich mit dir fertig bin, wird das Leben niemals mehr so sein wie zuvor."

„Das könnte ich auch zu dir sagen." Er verfestigte seinen Griff um ihr Handgelenk und wirbelte sie herum, sodass ihr Arm hinter ihr war und ihr Rücken an seiner Brust. Nachdem er seinen freien Arm in einem Würgegriff um ihren Hals gelegt hatte, flüsterte er: „Mich kannst du nicht reinlegen, Cora. Hast du wirklich gedacht, ich würde es nicht merken?"

Sie stieß ein lautes Lachen aus. „Du bist klüger, als du aussiehst."

Er verdrehte die Augen. Was Fieslinge anging, war sie so klischeehaft. „Mach dich bereit, in der Hölle zu brennen."

„Wie willst du mich denn dorthin schicken?", fragte sie im Plauderton, als würde sie nicht in seinem schraubstockartigen Griff festsitzen.

„Wenn ich es dir sage, würde das die Überraschung ruinieren", knurrte er und schob sie dann weg, während er gleichzeitig nach seiner Eisenkette griff und sie vorpeitschen ließ. Bevor sie sich um sie legen konnte, schickte sie einen Funken Magie darauf zu, aber sie verfehlte sie. Die Kette legte sich um sie, setzte sie fest. „Das war nicht so schwer, oder?"

Sie schaute ihn finster an. „Das hier? Du und ich wissen beide, dass du Harlow brauchst, um zu helfen, mich auszutreiben. Da ich die Kontrolle über sie habe, wird das nicht passieren. Die einzige Art, wie du mich loswirst, ist, mich zu töten. Und wenn du das tust, gibt es keine Harlow mehr. Was soll es denn sein, Cash? Ein Leben mit der Hülle deiner ehemaligen Liebsten, oder überhaupt keine Liebste?"

Cash juckte es, ihr den Hals umzudrehen, aber sie hatte recht. Alles, was er ihr antat, würde nur Harlow verletzen, und das würde er auf keinen Fall tun.

„Nutze ihre Schwäche aus, Cash!", rief Cora, und dann klappte sie rasch den Mund zu. Ihr Gesicht wurde fast violett vor Zorn.

Ah, das war Harlow. Er hätte sie überall erkannt, und das bedeutete, dass sie immer noch ein wenig Verfügungsgewalt hatte. Mehr als Imogen gehabt hatte, als sie besessen gewesen war. Das stärkte seine Entschlossenheit, Cora in die Hölle zu schicken, in die sie gehörte. Hätte Harlow ihm nur ein Hinweis gegeben, was ihre Schwäche denn sein könnte.

„Ich bin nicht schwach", sagte Cora in einem eisigen Tonfall, der es Cash kalt den Rücken hinablaufen ließ. „Ich bin sogar stärker als je zuvor." Sie hob eine Hand und berührte die Eisenkette. Sie schloss die Augen und schien ihre Willenskraft zu konzentrieren. Ohne Vorwarnung stieg Rauch von dort auf, wo die Kette um sie lag.

„Was machst du denn, Cora? In Flammen aufgehen, nur damit du dich von dem Eisen befreien kannst?"

„Wenn ich das muss", fauchte sie.

„Du bringst dich um, wenn du das machst", sagte er mit mehr Zuversicht, als er derzeit aufbringen konnte. Seine Sorge um Harlow war größer als je zuvor. Er wusste, wie verrückt dieser Geist wirklich war, und wenn sie beschloss, aufs Äußerste zu gehen, war sie vermutlich irre genug, um zu riskieren, Harlows Körper zu verlieren, nur um diesen Kampf zu gewinnen.

„Und? Damit wäre ich nicht schlechter dran als vor einer Stunde. Außerdem wird es mir das nur leichter machen,

Imogen für mich zu beanspruchen. Harlow wird nicht da sein, um mich aufzuhalten."

„Ich aber schon!", brüllte Cash. „Genauso mein Bruder. Wenn du meinst, du kommst damit durch, denk noch mal nach."

„Gerade jetzt funktioniert es." Harlows Kleider brachen in Flammen aus, und Cash ließ sie sofort los und rang sie dann zu Boden, um das Feuer zu löschen. Aber bis die Flammen gelöscht waren, war Cora auf den Beinen, kicherte und war unterwegs zur Tür.

„Halt!", verlangte Cash. „Was willst du von mir?"

Sie drehte sich um und hob langsam eine Augenbraue. „Was bringt dich denn auf den Gedanken, dass ich etwas von dir will?"

„Würdest du nichts wollen, hättest du nicht hier gewartet, bis ich komme. Du hast bestimmt gewusst, was für ein Risiko das sein würde."

Sie nickte. „Das stimmt schon. Okay, es gibt etwas, das ich will. Und wenn du willst, dass Harlow überlebt, wirst du es mir geben."

„Und das wäre?"

„Harlows Leben. Hollywood. Das Geld, den Ruhm. Ich will das alles. Verschaff mir einen Vertrag, und ich werde deine teure Harlow sicher bewahren, bis ich mit diesem Körper fertig bin."

Cash wurde schlecht. „Und wie lange soll das sein?"

„Ungefähr bis zu dem Zeitpunkt, an dem ihr Stern in Hollywood untergeht. Bis dahin werde ich bereit für einen neuen und besseren Körper sein."

„Ruhm und Geld? Das ist es? Du willst im Scheinwerferlicht stehen?", wiederholte er. „Und in ein paar Jahren, wenn Harlows Körper nicht mehr als jung genug gilt, ziehst du weiter?"

„Ja", sagte sie, klang sehr zufrieden mit sich. „Jetzt kapierst du es. Ich verdiene es, bei der Elite zu weilen. Das liegt mir im Blut."

Cash hob die Augenbrauen. „Warst du in deinem vergangenen Leben von königlicher Abstammung oder so was?"

Ihre Lippen wurden fest zusammengekniffen. „Etwas in der Art."

„Eine Kammerfrau?"

Ihre Nasenlöcher blähten sich.

Cash musste darum kämpfen, das zufriedene Lächeln von seinem Gesicht fernzuhalten. Das war es. Er hatte ihre Schwäche gefunden. *Danke, Harlow.* Diese Frau würde immer unsicher sein, und dieses ganze schreckliche Ereignis wurde rein aus dem Glauben gespeist, dass sie was Besseres im Leben verdient hatte. „Lass mich raten, ein gewisser König hat sich dich jahrelang als Accessoire gehalten, aber eine andere geheiratet?"

„Der Adel hat eigene Regeln", sagte sie angespannt.

„Du warst eine Bürgerliche und nicht gut genug für ihn?", riet Cash.

„Nein! Ich hatte einen Titel. Ich war eine Dame, das lasse ich dich gern wissen. Es gab keinen Grund, weshalb er mich nicht hätte heiraten können. Ich hätte eine sehr viel bessere Königin abgegeben als diese schlaffe Nudel von einer Frau. Und ich wäre diejenige in Geschichtsbüchern, die jeder anbetet. Nicht sie."

Cash hatte keine Ahnung, von wem sie redete. Es war ihm auch wirklich egal. Er wusste nur, dass niemand diesen selbstsüchtigen, schrecklichen Menschen bewundert hätte. Aber er kriegte sie klein. Er konnte fast schon sehen, wie sie sich langsam zerfleischte. „Du glaubst, der Vertrag, den ich für dich ranholen kann, wird dich zu einem Star machen?"

„Ja", sagte sie zuversichtlich.

„Dir ist schon klar, dass sie uns beide wollen werden, oder? Das Zugpferd ist unsere Beziehung, nicht unbedingt unser Talent in der Geisterjagd."

„Hmm, ich schätze, das ist keine Überraschung, wenn man bedenkt, dass keiner von euch mich verbannen konnte", sagt sie mit einem Hauch Stolz.

„Bist du bereit, in den nächsten wie auch immer vielen Jahren meine Geliebte zu sein? Nach all der Zeit kann man das vor den Kameras nicht vorspielen. Die Öffentlichkeit wird das direkt durchschauen."

„Ach, jetzt sind wir im Gespräch." Sie musterte seinen Körper und wirkte dabei beinahe primitiv. „Ich könnte mich schon an so ein köstliches Häppchen Fleisch wie dich gewöhnen. Das macht mir keine Angst. Das versüßt nur die Abmachung, Cash Moses."

Cash drehte sich der Magen um, aber er musste das bis zum Ende durchstehen. Er griff nach oben und drückte ihr eine Hand an die Wange, und mit der anderen zog er sie an sich.

Sie keuchte, wartete voller Vorfreude.

Er knurrte, als er ihr eine Hand in die Haare stieß und so fest zerrte, wie er konnte, sodass sie sich nach hinten lehnen musste. „Du wirst niemals meine Berührung zu spüren bekommen, du schreckliches Stück Müll! Kein Wunder, dass der König dich nicht geheiratet hat. Du bist wertlos. Auf jeden Fall kein Material für eine Krone."

Ihre Lippen verzogen sich zu einem Fauchen, und dann passierten drei Dinge gleichzeitig. Cash riss sie zurück auf die Beine und wirbelte sie herum, sodass sie von ihm abgewandt war, als sich gleichzeitig Harlows Stimme befreien konnte und brüllte: *„Libetas!"*

In der Zwischenzeit knallte die Eingangstür auf, und

Imogen, Miranda Moon und zwei weitere Hexen, die er nicht kannte, drängten herein. Sie hielten alle weiße Säulenkerzen und sagten etwas auf Latein auf, das Cash nicht verstehen konnte.

Als er sich zurück zu Harlow drehte, sah er, wie sie auf dem Boden kniete und nach Luft schnappte. Und direkt vor ihr war der Umriss eines Geistes, der wohl Cora sein musste.

Die Hexen hatten sie umgeben und sangen lauter und lauter und lauter, bis die Lichter im Haus flackerten. Coras Umriss stieg in der Mitte des Kreises auf, und plötzlich fing sie an, so laut zu kreischen, dass Cash fast glaubte, sie könnte eine Banshee sein.

Und dann zerbrach der Geist plötzlich in eine Million Stücke und verblasste zu nichts.

„Sie ist weg", sagte Harlow mit zitternder Stimme. „Für immer."

Cash stolperte auf sie zu und nahm sie in die Arme, während alle anderen gleichzeitig zu reden anfingen.

KAPITEL 26

„Sie ist weg, oder?", rief Shaun, der in das Haus rannte. „Ich habe gespürt, wie sie geht. Sag mir, dass sie weg ist."

„Sie ist weg", sagte Imogen, die hinüber zu Shaun ging und sich in seine Arme warf.

Shauns Blick suchte den von Harlow. „Alles in Ordnung?"

Harlow nickte, hielt Cashs Hand in ihren beiden. Er hatte einen Arm um sie gelegt und sie an sich gezogen, sodass sie an ihm lehnte. „Du hast gespürt, wie sie geht?"

Er räusperte sich. „Ja. Tagelang habe ich mich jetzt, seit der Vorahnung, die nicht wahr wurde, ein bisschen neben mir gefühlt. Fast so, als würde ich krank werden. Und heute, als ich meine letzte Vorahnung hatte, hatte ich fast Fieber. Aber plötzlich, direkt nachdem ich die ganze Magie in der Luft gespürt hatte, ist dieses Unbehagen, von dem ich dachte, ich würde mich nur einfach ein bisschen krank fühlen, von mir gewichen, und jetzt erinnere ich mich völlig anders an diese Visionen."

Cash verfestigte seinen Griff um Harlow und sagte: „Ich schätze, sie hat deine Visionen manipuliert, als sie nicht wahr wurden."

Shaun versteifte sich. „Wie?"

„Wer weiß? Wie hat sie sowohl Imogen als auch Harlow in Besitz genommen?", fragte Cash.

„Sie war ein sehr alter, sehr mächtiger Geist", sagte Harlow, die endlich bereit war, die Führung in der Unterhaltung zu übernehmen. „Weil wir alle eine Verbindung zu Imogen haben, konnte sie uns vermutlich leichter anzapfen, denn sie hatte einen Teil von Imogens Energie. Das tut Besessenheit Menschen an."

„Ach, ihr Götter", sagte Imogen, die das Gesicht in Shauns Schulter vergrub. „Es tut mir so leid, dass ich sie in dein Leben gebracht habe."

„Entschuldige dich nicht", flüsterte er. „Das war nicht deine Schuld."

„Er hat recht, Gen", sagte Harlow. „Nichts von dem ist deine Schuld. Wir haben alle unter ihrer Selbstsucht gelitten." Harlow schaute sich unter den Hexen um, die Imogen mitgebracht hatte, und spürte ein Gefühl der Dankbarkeit, von dem ihre Seele schmerzte. „Wie wusstet ihr denn, wie man herkommt, oder dass wir Hilfe brauchen?"

Imogen räusperte sich. „Nach dem Abend draußen in den Golfmobilen habe ich ein Gefühl von der erheblichen Macht der Hexen von Keating Hollow bekommen, und beschlossen, dass ich das Schicksal nicht ganz in Cashs Händen lassen konnte. Ich wusste nicht, was ich tun sollte, um zu helfen, aber ich dachte mir, eine Hexe, die ein Medium ist, hätte vielleicht eine Antwort, also bin ich wie der Teufel zu Hollow Books und habe Brinn gesucht. Sobald ich erklärt habe, was passiert war, wollte sie unbedingt helfen, genauso Miranda, die gerade vorbeigeschaut hatte, um weitere Bücher zu signieren. Und dann hatte Brinn die Idee, Zya aus dem Wollshop zu holen, denn Brinn sagte, sie wäre das mächtigste Medium, das sie kennt. Sie alle haben gehandelt, ohne zu zögern."

Es war etwas, um das Harlow immer dankbar sein würde, das sie niemals vergessen würde. Darum ging es im Leben. Familie. Wahlfamilie. Das war ihr Glück. Nicht die Dollars, die auf ihrem Bankkonto lagen. Es waren die Leute, bei denen man auftauchen konnte, wenn man es am allermeisten brauchte. In ihren Augen brannten Tränen. Brinn, Miranda und Zya waren Freundinnen gewesen, wenn auch keine besonders engen Freundinnen, seit sie in die Stadt gezogen war, aber Harlow sah allmählich, dass das vielleicht ihre Schuld war. Diese herrlichen, mutigen Frauen waren ihr zu Hilfe gekommen, hatten keine Fragen gestellt, hatten sie und Imogen vor einem Geist gerettet, der ihr Leben über ein Jahr lang ruiniert hatte.

Sie löste sich von Cash, umarmte und dankte allen dreien und sagte: „Ihr seid jetzt Familie. Ihr sollt wissen, was immer ihr braucht, ich bin da. Es werden keine Fragen gestellt."

Miranda stieß ein leises Lachen aus. „Das wussten wir bereits, Harlow. So, wie du dich um alle während der Tagundnachtgleiche gekümmert hast, bist du einfach so. Wir haben Glück, dich hier in Keating Hollow zu haben."

Brinn und Zya stimmten beide zu, und dann umarmten sich alle vier gemeinsam, während Tränen über Harlows Wangen liefen. Als sie sich schließlich löste, war Imogen da, dankte ihnen und schwor, immer da zu sein, um zu helfen, falls sie sie brauchten.

„Na, ich glaube, hier ist unsere Arbeit getan", sagte Zya mit einem frechen Grinsen. „Wir haben zwei weitere Hexen in unserem Arsenal, die uns ihr Leben geschworen haben.

Kommt schon, Hexen. Es ist Zeit, dass wir unsere Weltherrschaft planen." Sie zwinkerte Harlow zu, und dann fingen sie alle an zu lachen. Als sie wieder nüchtern wurden, sagte Zya: „Nein, ernsthaft. Ihr beiden gehört jetzt zu unserem Zirkel. Treffen sind am Dienstagabend um sechs."

„Ihr habt Zirkeltreffen?", fragte Harlow, nicht sicher, ob sie eine Nacht pro Woche mit Zaubern verbringen wollte.

„Es ist ein Buchclub", sagte Brinn, die die Augen verdrehte. „Wir haben Wein oder Cocktails und Brotzeit. Ihr solltet kommen. Wir hätten euch gerne dabei." Sie wandte sich an Imogen. „Du auch. Du bist jetzt eine von uns."

„Ich bin dabei", sagte Imogen sofort.

Harlow lächelte ihre Schwester an. Sie hatte sich so lange vor ihr verschlossen, und jetzt öffnete sie sich und schloss Freundschaften. Auf gar keinen Fall würde sie den Buchclub verpassen. „Ich werde da sein. Sagt mir, was ich mitbringen muss."

„Wir werden euch in den Gruppen-Chat aufnehmen", sagte Brinn und drückte ihr die Hand. „Bereit, die Damen? Ich muss zurück in den Laden."

Die drei Hexen verabschiedeten sich, sodass Shaun, Imogen, Cash und Harlow in dem fremden Haus zurückblieben.

„Weißt du was?", fragte Harlow.

„Was denn, meine Schöne?", fragte Cash.

„Eine gute Idee hatte Cora. Wir sollten jemanden anheuern, um hier aufzuräumen und herauszufinden, wer der Besitzer ist, damit wir sie wissen lassen können, was hier los war."

„Das kann sicher Wanda sagen", schlug Imogen vor.

Harlow nickte, mehr als bereit für ein heißes Bad und ein riesiges Glas Wein. „Gut, wir haben einen Plan. Sollen wir hier abhauen?"

„Auf jeden Fall."

Sobald sie draußen waren, wollte Imogen ihre Magie einsetzen, um die Tür abzusperren, zögerte dann aber. „Ich glaube, ich kann es nicht", sagte sie, schaute sich nervös um.

„Klar kannst du", drängte Harlow. „Du hast hier doch einwandfrei aufgesperrt."

„Aber ich habe damit auch Cora beschworen. Was, wenn sie zurückkommt?" Ihr Gesicht wurde blass. „Was, wenn meine Magie noch einen Geist heraufbeschwört?"

„Cora ist für immer weg", sagte Harlow ernst. „Dieser Zauber, den ihr zusammen gewirkt habt, das war eine dauerhafte Verbannung. Das habe ich bis in die Knochen gespürt, Gen. Ich verspreche es dir. Aber falls irgendein anderer Geist auftaucht, was, stellen wir uns den Tatsachen, immer meine Verantwortung sein wird, wenn ich da bin, kümmern wir uns darum. Ich bin da. Genauso Shaun und Cash. Wir werden damit zusammen fertig."

Cash und Shaun, die hinter ihnen standen, murmelten beide zustimmend.

Imogen stand an der Tür, ihre Hand bebte. Aber sie war eine Thane, und nichts hielt die Thane-Mädchen lange unten. Nach einem Augenblick berührte sie den Türgriff. Das Schloss ging klickend zu, und dann warteten sie alle.

Nichts.

Es gab keine Geister, nichts Schreckliches war passiert, und das Hexenleben war wieder zurück in die Normalität gekehrt.

Imogen stieß ein erleichtertes Seufzen aus. „Den Göttern sei es gedankt." Sie umarmte Harlow und ging dann hinüber zu Shaun. Die beiden verschränkten die Finger ineinander und gingen voraus zu Cashs Jeep.

Als sie endlich wieder Empfang auf dem Handy hatte, rief Harlow den Abschleppwagen wegen des Mustangs an, und dann machten sie erst an ihrem Mietshaus halt. Shaun und Imogen verschwanden in dem Augenblick ins Haus, als Cash das Auto anhielt.

Harlow lachte leise, während sie beobachtete, wie sie hineinliefen. „Die daten doch total. Mir ist egal, was sie sagen."

„Ganz bestimmt", stimmte Cash zu. „Ich denke, sie fürchten sich beide davor, irgendwas festzulegen. Aber wir wissen es besser. Wenn es so weitergeht, werden wir aufwachen, und sie sind schon zwei Jahre zusammen und sagen uns immer noch, dass es nichts Ernstes ist."

Harlow lachte. „Was ist mit uns? Sind wir ernst?"

„So ernst eine Beziehung nur sein kann", sagte Cash, der die schwarze Samtschatulle aus seiner Tasche zog. „Ich wollte länger warten, um dir den zurückzugeben, aber nach heute will ich einfach keine weitere Minute mehr verschwenden."

„Moment!" Harlow hob den Zeigefinger. „Ich brauche nur ganz kurz, bevor du diesen Satz beendest. Kannst du das für mich tun? Mal kurz warten, während ich reinlaufe und was hole?"

Cash runzelte verwirrt die Stirn, nickte aber. „Du machst mir zwar meine Ansprache kaputt, aber klar. Ich kann kurz warten."

„Du wirst es nicht bedauern", sagte Harlow, die ihm ein umwerfendes Lächeln zukommen ließ. „Ich verspreche es." Sie sprang aus dem Jeep, lief in das Haus, packte rasch eine Übernachtungstasche, dann schnappte sie sich die Zigarrenkiste, die sie auf ihrer Kommode aufbewahrte. Als sie in den SUV zurückkehrte, fiel ihr auf, dass sie nur zwei Minuten weg gewesen war. „Jetzt bin ich bereit."

Er lachte leise. „Ich glaube, der Augenblick ist wohl vorüber."

„Kannst du vergessen", sagte sie und wandte sich ihm zu. „Hol die Samtschatulle raus, Kumpel."

Cash öffnete seine Hand, womit er zeigte, dass er sie die ganze Zeit gehalten hatte. „Harlow Thane, letztes Mal, als ich dir einen Antrag gemacht habe, war es in einem Auto. Würde dieses Auto nicht gerade zur Werkstatt abgeschleppt werden, während wir hier reden, hätte ich dich zum zweiten Mal in dem Auto gefragt, das wir so sehr lieben. Aber da ich das nicht kann, wird mein Jeep herhalten müssen."

Harlow stieß ein leises, schnaubendes Lachen aus. „Das wirkt passend nach allem, was passiert ist."

„Schon, oder?" Seine Augen glitzerten, während er die Samtschatulle öffnete, um den perfekten Ring zu enthüllen, denjenigen, den sie fast acht Monate getragen hatte, bevor sie ihn ihm letztes Jahr zurückgegeben hatte. „Harlow Thane, willst du mich heiraten. Meine Partnerin, Frau und beste Freundin sein, den Rest unseres Lebens lang?"

Harlows Herz würde gleich platzen. Bevor sie mit einem lauten Ja antwortete, öffnete sie die Zigarettenschachtel und holte eine kleine Tasche heraus, in der der Ring war, den sie für ihn gemacht hatte, kurz bevor letztes Jahr alles in die Brüche gegangen war. Sie hielt ihn vor und sagte: „Ich will, wenn du willst."

Cash nahm den Platinring und las das eingravierte Zitat laut vor. „*All unsere Tage und Nächte.*" Seine Augen wurden feucht. Es war das Zitat, das er immer zu ihr gesagt hatte, wenn er ausgesprochen hatte, dass er sie liebte. „So was von, meine Schöne", sagte er und wischte sich die Tränen aus den Augen. „Ich liebe dich. Und das werde ich immer tun, all meine Tage und Nächte lang."

„Gut." Sie schob ihren Diamantring auf ihren Finger, beugte sich hinüber und sagte: „Diesmal kommt er nie wieder runter. Ganz gleich, was passiert. Das ist ein Versprechen."

„Dann nehme ich dich beim Wort", sagte er, seine Stimme heiser vor Gefühlen.

„Das tust du lieber mal."

Cash zog sie in seine Arme und küsste sie, als wäre er am Verhungern. Als er sich schließlich zurückzog, sagte Harlow: „Fahren wir. Ich habe Pläne mit dir."

Seine Augen glitzerten schelmisch, während er den Gang einlegte und den ganzen Weg nach Hause raste.

KAPITEL 27

*E*twa eine Woche, nachdem sie Cora für immer verbannt hatten, fuhr Harlow in die Zufahrt ihres Mietshauses und drückte auf die Hupe. Als ihre Schwester nicht sofort auftauchte, hupte sie erneut, diesmal blieb sie länger drauf, einfach nur, um sie zu ärgern. Auf gar keinen Fall war Imogen die Hupe beim ersten Mal entgangen.

Die Tür schwang auf, und Imogen stapfte heraus, mühte sich immer noch mit ihrem Pulli ab. „Mach dich mal locker, ja? Du weckst sonst die Gartenzwerge auf."

Harlow lachte leise und lehnte sich auf ihrem Sitz zurück, mit einem besseren Gefühl als in … na ja, dem ganzen letzten Jahr. Es sah so aus, als ginge es Imogen genauso, denn sie strahlte einfach nur, als sie in den Subaru stieg.

„Okay, hier bin ich. Wo brennt's?", fragte sie, während sie sich anschnallte.

„In der Innenstadt. Wir müssen in etwa zehn Minuten dort sein. Bist du bereit?"

„Ich bin mir nicht sicher. Wenn ich ja sage, was stimme ich

denn dann zu?", fragte Imogen, die ihrer Schwester einen argwöhnischen Blick zuwarf.

„Kann ich dir nicht sagen. Es ist eine Überraschung."

Imogen stöhnte. „Das wird aber nicht wie diese Überraschungs-Geburtstagsparty, die du mir gegeben hast, bei der keiner aufgetaucht ist, oder?"

Harlow verzog das Gesicht. Das war ein epischer Reinfall gewesen. Harlow hatte ihrer Schwester nur die beste Party zum sechzehnten Geburtstag geben wollen, die man sich als Mädchen wünschen könnte. Leider hatte sie sie am selben Abend angesetzt, an dem ein heftiges Gewitter die Straßen geschlossen und für größere Stromausfälle gesorgt hatte. Sie hatten danach tagelang Kuchen essen müssen. „Hör mal, man kann mich doch nicht dafür verantwortlich machen, was Mutter Natur so anrichtet."

„In den Nachrichten wurde doch davor gewarnt, und zwar fast zwei Wochen lang!"

„Na ja, stimmt schon. Ich hätte es neu planen sollen, aber damals war ich jung und dumm. Jetzt bin ich sehr viel schlauer. Vertrau mir. Du wirst es lieben."

Imogen warf ihr einen skeptischen Blick zu. „Das werden wir sehen."

Harlow lachte, und Imogen tat es ihr nach. Es fühlte sich gut an, wieder mit ihrer Schwester zu lachen. Harlow hatte das fast genauso vermisst wie alles andere.

Fünf Minuten später fuhren sie auf einen Parkplatz an der Hauptstraße neben einem metallisch grünen Jeep.

„Der ist ja herrlich", sagte Imogen, die ihn bewunderte. „Sieh dir mal diesen Lack an. Und auch noch das perfekte Modell. Jeep Wrangler mit einem festen Verdeck. Da ist aber jemand ein Glückspilz."

„Komm schon", sagte Harlow, die aus ihrem Subaru stieg. Der Mustang war immer noch in der Werkstatt. Wie es sich erwiesen hatte, hatte er nicht nur ein Problem mit dem Keilriemen, sondern auch noch eins mit dem Getriebe, und sie warteten immer noch auf Ersatzteile. Da sie bereits zugestimmt hatten, dass Harlow den Mustang zurücknahm, zahlte Harlow für die Reparaturen und hatte es nicht wirklich eilig damit, ihn zurückzuerhalten. Sie wollte es diesmal einfach richtig erledigt haben. Sie hatte es nicht genossen, auf einer einsamen Straße draußen mitten im Wald gestrandet zu sein. Nicht noch einmal.

Imogen folgte Harlow auf das Kopfsteinpflaster des Bürgersteigs, aber als Harlow sie nirgendwo hinführte, sagte sie: „Nun? Wohin jetzt? Und können wir beim Incantation Café haltmachen? Ich könnte echt ein Stück Kuchen vertragen. Chez Thane gibt es immer nur schmale Küche."

„Echt? Warum? Fährt dich Shaun nicht in den Laden, um Nachschub zu holen?"

Ihr Gesicht wurde ganz rot, während sie wegschaute und irgendetwas murmelte, das Harlow nicht verstand.

„Was hast du gesagt?"

Sie räusperte sich. „Wir wollten gestern Abend raus, aber wir wurden ein bisschen abgelenkt."

„Ich verstehe." Harlow stieß ein lautes Lachen aus. „Die Flitterwochenphase ist einfach so intensiv."

„Wir sind nicht in unserer Flitterwochenphase", sagte sie und verdrehte die Augen. „Wir sehen uns einfach an, wohin das alles läuft."

„Aha. Einfach mal ansehen, wohin alles läuft, während er direkt bei dir einzieht. Klingt für mich nach einer ernsthaften Beziehung."

„Er ist nicht eingezogen", beharrte Imogen. „Er lässt dir und Cash einfach nur Platz."

„Klar. Platz", sagte Harlow mit einem Kichern. Am Tag, nachdem sie und Cash sich erneut verlobt hatten, hatten sie die Entscheidung gefällt, dass sie in Tante Janes Haus ziehen würden. Und Harlow hatte Imogen gesagt, sie könne in ihrem Mietshaus bleiben, solange sie wollte, da es sowieso für zwei Jahre unter Vertrag war. Imogen hatte sich dagegen gewehrt, aber Harlow hatte darauf bestanden und ihr gesagt, sobald ihr Geschäft stabil genug war, dass sie sich einen angemessenen Lohn auszahlte, konnte sie ja auch anfangen, Miete zu bezahlen.

Imogen hatte schließlich angenommen, aber beharrt, dass sie alles zurückzahlen würde. Harlow hatte ihr gesagt, sie würde das nur in eine gute Anlage in Imogens Namen einzahlen, weshalb sollte sie sich also die Mühe machen. Da hatte der Streit ein Ende gefunden, und Harlow hatte ihr Zeug eingepackt und war umgezogen. Bisher funktionierte dieses Arrangement perfekt. Tante Jane war glücklich und hatte angefangen, alle paar Tage köstliche Leckerbissen für sie zu backen. Shaun kam nur zurück zum Haus, um Cash zu helfen, wenn er ihn beim Umbauen brauchte, und sie hatten ein wöchentliches Brunch am Sonntag eingerichtet, wo die vier zusammenkamen. Alles war einfach nur perfekt.

Fast.

„Können wir jetzt essen?", fragte Imogen.

„Klar." Harlow ging zu zwei leeren Läden rechts vor ihnen und holte ein paar Schlüssel heraus. „Gleich nachdem wir unsere neuen Büros gesehen haben."

Imogen blinzelte sie an. „Wie bitte?"

Harlow grinste, während sie die Tür rechts aufsperrte. „Was für eins möchtest du? Das linke oder das rechte? Ich dachte vielleicht ans rechte, denn es ist ein Blumenladen gleich nebenan. Aber das linke ist näher am Incantation Café, also ist es eigentlich echt schwer."

„Harlow!", rief Imogen mit einem ungläubigen Lachen. „Was um alle Welt geht hier vor?"

„Sehen wir mal." Harlow deutete auf das Büro und sagte: „Warum setzt du dich nicht mal."

Imogen schaute sich in dem leeren Raum um und sagte: „Wohin?"

„Hinter den Tresen", erwiderte Harlow und ging, um sich an etwas zu lehnen, das wohl früher mal ein Kassentresen gewesen war, das man aber leicht in einen Empfangstisch oder einen Ort verwandeln konnte, an dem Beispielalben und Hochzeitsmagazine aufbewahrt wurden.

Imogen trat zögerlich hinter den Tresen und lachte leise, als sie einen der Hocker aus ihrer Küche sah. „Wann hast du denn den aus dem Haus geschmuggelt?"

„Kümmer dich um deinen eigenen Kram", sagte Harlow mit einem Zwinkern. „Sag mir, was du meinst. Ich habe vor ein paar Tagen mit Chad gesprochen, und er hat erwähnt, dass man diese zwei Büros mieten kann. Und weil sie ziemlich klein sind, sind sie echt billig. Die meisten Leute hier, die einen Laden an der Hauptstraße wollen, brauchen mehr Quadratmeter. Aber wir nicht. Wir brauchen eigentlich nur Büros. Die Miete ist billiger, wenn ich beide nehme, und dann darf ich entscheiden, wen ich als Nachbarn habe, anstatt mit irgendjemandem festzusitzen, der den ganzen Tag lang vor meiner Tür raucht."

„Tut mir leid", sagte Imogen. „Warum brauchst du denn ein Büro?"

Das war der Teil, vor dem Harlow sich gefürchtet hatte. Sie hatte gehofft, die Aufregung über ein Büro an der Hauptstraße würde den Biss aus dem herausnehmen, was Harlow ihrer Schwester sagen musste. „Okay, aber hör mir erst mal zu, bevor du was sagst, in Ordnung?"

„Ich höre", sagte Imogen, die ungeduldig klang.

Harlow konnte es ihr nicht übel nehmen. Sie benahm sich wie eine verrückte Närrin. Sie war einfach so nervös gewesen, dass sie nicht gewusst hatte, wie sie damit umgehen sollte. „Cash und ich haben geredet, und wir würden gern Teilzeit, und zwar ziemlich Teilzeit, als Geisterjäger arbeiten."

Imogens Augen wurden düster, und Harlow konnte bereits sehen, wie sie sich verschloss.

„Nicht so, wie wir es vorher gemacht haben. Hör einfach zu, okay?"

„Ich höre doch noch zu."

„Genau. Na ja, nachdem du besessen warst, und ich dann dasselbe durchgemacht hatte, habe ich nur das Gefühl, dass es jemanden geben muss, zu dem die Leute, die sich mit Geistern auf Abwegen herumschlagen, gehen können, um Hilfe zu finden. Ich will keinen Ärger einladen, wie wir das bei unserer Serie gemacht haben. Ich meine, ich werde nicht an alte Orte gehen und Geister bitten, sich zu zeigen, aber wenn es bei jemandem spukt oder jemand von einem sturen Geist bedrängt wird, wollen Cash und ich helfen. Ich dachte mir, wenn wir ein Geisterjägerbüro eröffnen und nur mit Privatkunden mit Termin arbeiten, würde das unser Bedürfnis befriedigen, zur Verfügung zu stehen, falls Leute uns brauchen. Aber ich will wirklich, wirklich niemanden ins Haus einladen, bei dem es spukt. Also war das die Lösung." Harlow verzog nervös das Gesicht vor ihr. „Wie findest du das?"

Imogen starrte sie einfach nur an, ihr stand der Mund offen.

Harlows Herz wurde schwer. Sie hatte da einen ziemlich starken Drang, aber sie wollte nichts tun, was die Beziehung zu ihrer Schwester zerstörte. Sie wusste nicht, was sie tun sollte, falls Imogen das hasste. Konnte sie nicht sehen, dass Harlow und Cash einfach nur helfen wollten?

„Harlow", sagte Imogen schließlich, ihre Stimme etwas heiser vor Gefühlen. „Ich glaube, alles, was du gerade gesagt hast, war einfach wunderbar. Natürlich solltet ihr eure Gaben nutzen, um Leuten zu helfen." Ihre Miene wurde weicher. „Ich weiß, dass ich dich im letzten Jahr durch die Hölle geschickt habe, aber da ging es um mich und meine Ängste. Nicht darum, wie sehr ich dir vertraue."

„Ich muss auch eine Beichte ablegen", gab Harlow zu.

„Wozu denn das?", fragte Imogen mit verzogenem Gesicht.

„Das Jahr, das ich mir von der Geisterjagd freigenommen habe, und meine Trennung von Cash. Das habe ich nicht nur für dich gemacht. Das habe ich auch für mich gemacht."

„Ich verstehe das nicht", sagte Imogen, ihr Gesicht vor Sorge in Falten gelegt. „Was bedeutet das?"

Harlow stieß ein Seufzen aus und stellte sich der Wahrheit, die sie immer gekannt hatte, aber bis jetzt nicht in Worte hatte fassen können. „Als du besessen warst, hat mich das bis ins Innerste erschüttert. Und als ich dich fast verloren habe? Na ja, das war alles, was ich monatelang in meinen Träumen sehen konnte. Ich wollte nichts mehr mit der Geisterjagd zu tun haben, nachdem das passiert ist. Und deshalb habe ich mich für verbrannte Erde entschieden. Ich hatte riesige Angst. Aber da hatte ich Cash nicht. Ich hatte dich nicht. Und die Geister wären sowieso aufgetaucht. Meine Pläne, mich von ihnen fernzuhalten, waren zum Scheitern verurteilt, und dann … Den Rest kennst du ja. Es ist Zeit für mich, dass ich zu dem zurückkehre, was mir bestimmt ist, und darum bete, dass die Menschen, die ich liebe, das in Ordnung finden."

„Ich finde es in Ordnung", sagte Imogen. „Das verspreche ich."

„Es mach dir echt nichts aus?", fragte Harlow, die betete, dass sie das nicht falsch verstand.

„Nein. Dazu wurdest du geboren, und wir haben beide schon gesehen, selbst wenn du versuchst, deine Gabe zu ignorieren, findet sie dich trotzdem immer wieder. Davor davonzulaufen ist töricht." Sie nahm die Hände ihrer

Schwester und drückte sie. „Pass nur einfach auf, okay? Denn obwohl ich das für eine gute Idee für dich halte, halte ich mich lieber an die Hochzeiten."

„In einem Büro neben meinem?", fragte Harlow hoffnungsvoll.

„Du bist echt schlimm. Das weißt du, oder? Du zahlst bereits die Miete für mein Haus. Ich kann dich doch nicht auch noch die Miete für mein Büro zahlen lassen."

„Klar kannst du das. Ich brauche doch wirklich nicht so viel mehr für das zweite Büro zu bezahlen, also nehme ich es sowieso. Ich hoffe nur einfach, dass ich nebenan ein freundliches Gesicht sehe, wenn ich da drin arbeite. Wenn es dich nervt, dass du keine Miete zahlst, kannst du ja das Saubermachen übernehmen. Besonders diese Eingangsfenster. Die muss man echt mal gut schrubben, bevor wir unsere Schaufensterdekoration aufstellen."

Imogen schaute sich im Raum um, musterte den Raum wirklich. „Das wäre ein toller Raum, um Stoffe und Blumen auszusuchen. Durch das Eingangsfenster fällt wirklich sehr viel Licht rein."

„Also bist du dabei?", fragte Harlow.

„Ich bin dabei. Und ich schrubbe die Fenster. Hör nur auf, Dinge für mich zu tun. Da fühle ich mich ja wie so eine Gesellschaftsdame, die nie selbst Geld ausgibt."

Harlow verzog das Gesicht. „Na ja, nur noch eine weitere Sache, dann bin ich fertig."

Imogen schüttelte den Kopf. „Harlow, ich brauche sonst nichts mehr, bis auf ein Auto, aber …"

Harlow hob einen Schlüsselanhänger und reichte in ihrer Schwester. „Ich weiß, ich habe dich nicht mitgenommen, um es dir anzuschauen, aber ich glaube, dir gefällt es trotzdem."

Imogen folgte Harlows Blick zu dem grünen Jeep hinaus,

der neben dem Subaru geparkt war. „Das hast doch nicht getan", flüsterte sie.

„Doch", flüsterte Harlow zurück.

Imogen drückte auf den Knopf auf dem Schlüsselanhänger und sah, wie die Lichter des Jeeps aufblitzen. Sie stieß ein Quietschen aus und nahm ihre Schwester in eine heftige Umarmung. „Du bist echt schlimm", sagte ihr Imogen ins Ohr.

„Vermutlich, aber ich habe auch viel zu viel, nur weil ich in dieser Fernsehserie war. Das mit dem Menschen zu teilen, den ich auf der ganzen Welt am meisten liebe, scheint einfach das Richtige zu sein."

„Mit Cash also?", scherzte Imogen.

„Haha. Cash hat sein eigenes Geld. Er kommt allein klar. Du allerdings baust dein Leben neu auf, und ich will nichts mehr, als dir damit zu helfen. Sag doch einfach ja, Gen. Es ist nicht deine Schuld, dass dein Leben von einem Geist ruiniert wurde. Lass mich helfen, dich wieder auf die Beine zu stellen."

Imogens Kinn bebte, und Tränen standen in ihren Augen. „Es war niemals deine Verantwortung, das zu tun, Harlow." In ihrem Tonfall lag keine Heftigkeit oder Verurteilung. Nur Resignation, die von großen Gefühlen gesäumt wurde. „Ich habe dich nicht verdient, nach dem, wie ich dich behandelt habe."

Harlows Herz zog sich zusammen, und sie dachte, sie würde gleich umkippen, weil es zu viel war. Aber als Imogens Arme sich um sie schlossen, war die Welt plötzlich wieder richtig. Sie hatte Cash, ihre Schwester und einen neuen Laden, der sie in die Lage versetzen würde, Leuten zu helfen, die das brauchten.

Es war alles, was sie immer gewollt hatte.

KAPITEL 28

*S*adie Lewis schnappte sich einen Bierkrug, und bevor sie ihn unter den Hahn halten konnte, glitt das Glas aus ihrer Hand und zerbrach auf dem Zementboden. Sie verbiss sich den Fluch, der ihr auf der Zunge lag, und wandte sich an den Gast. „Das tut mir so leid. Lass mich das nur schnell zusammenkehren, und dann hole ich dir dieses Bier."

„Kein Problem", sagte der gut aussehende Mann, der eher erheitert wirkte als verärgert.

Natürlich fand er das witzig. Er war ja nicht derjenige, der sich um die Glasscherben kümmern musste.

Die Tür schwang auf, und eine weitere Gruppe Leute kam herein, sodass sich ihre Eingeweide noch weiter anspannten. Weshalb musste ausgerechnet heute Abend die halbe Stadt hier auftauchen?

„Sadie! Hier ist ja heute Abend richtig was los!", rief Imogen Thane durch den Raum und hielt zwei Daumen hoch, als sie Sadies Blick auf sich zog. Sie saß bei ihrer Schwester Harlow und ihren beiden Freunden. Nachdem sie mit Imogen an der Hochzeit ihrer Cousine gearbeitet hatte, waren die beiden echt gute Freundinnen geworden. Die Art Freundinnen, die auftauchten, um einander zu unterstützen offensichtlich. Sehr zu Sadies Leidwesen.

Sadie winkte, sowohl dankbar als auch genervt von der Unterstützung ihrer Freundin. Verstand sie nicht, je mehr Leute heute Abend im Publikum waren, umso nervöser würde Sadie sein?

Nein, Sadie, denn das hast du ihr nie erzählt, tadelte Sadie sich.

„Deine Freundin hat recht. Hier sind heute Abend echt viele Leute aufgetaucht", sagte der gut aussehende Fremde, der sie beobachtete. „Ist hier drin immer so viel los?"

Sadie kehrte weiter das Glas zusammen und warf ihm nur einen kurzen Blick zu. „Manchmal schon. Die Keating Hollow Brauerei ist ein Pub, der Preise gewonnen hat. Die meisten Leute, die in die Stadt kommen, landen früher oder später normalerweise hier."

„Wenn das Bier genauso interessant ist wie die Angestellten, dann verstehe ich das schon", sagte er mit einem sexy schiefen Grinsen.

Okay, das war nett. Es kam nicht jeden Tag vor, dass jemand mit Sadie flirtete. Aber das hatte vermutlich eher mit der Tatsache zu tun, dass hier der Großteil ihrer Gäste verheiratet war als mit irgendwas anderem. Keating Hollow schien ein Städtchen zu sein, in dem man sich festlegte, und die Auswahl an verfügbaren Männern in ihrer Altersklasse war ziemlich dürftig. Die meisten Matches auf Dating-Apps kamen bei ihr von Männern, die dreißig oder fünfzig Meilen entfernt wohnten. Nicht, dass sie sich als guter Fang erwiesen hätten, natürlich. Ansonsten hätte sie ja keine Dating-Apps mehr benutzen müssen. Aber der Typ? Der hatte Potenzial.

Sobald sie mit dem Kehren fertig war und sich die Hände gewaschen hatte, kümmerte sie sich rasch um das Bier, das sie diesem heißen Kerl schuldete. Dann sagte sie: „Tut mir leid, dass du warten musstest. Kann ich dir ein Häppchen aufs Haus anbieten?" Ganz genau. Sadie Lewis war durchaus dazu bereit, süße Männer zu bestechen, damit sie sie mochten.

„Aufs Haus, was? Na ja, da wäre ich ja blöd, wenn ich das ablehne." Rasch musterte er die Speisekarte. „Der Krabbendip wirkt interessant."

„Krabbendip, kommt sofort", sagte sie und zwinkerte ihm ebenfalls zu. Während sie es ins Bestellsystem eintippte, fragte sie: „Was bringt dich nach Keating Hollow?"

„Ich habe nur einfach mal eine Veränderung gebraucht. Ich habe einen Freund, der hier wohnt, und der gesagt hat, ich könnte sein Haus nutzen, also bin ich da. Bisher würde ich sagen, das war eine hervorragende Entscheidung." So, wie er sie beäugte, ließ sich die Zweideutigkeit nicht übersehen. „Und du? Du arbeitest ja offensichtlich hier, bist du hier aufgewachsen oder bist du auch hergezogen?"

„Hier geboren und aufgewachsen", sagte sie, während sie ein weiteres Bier ausschenkte. „Keating Hollow wirkt ja vielleicht ein bisschen zahm und öde, aber es ist ein toller Ort voller fantastischer Menschen. Ich hoffe, es macht dir Spaß, während du hier bist."

„Wird es … wenn du bereit bist, dich von mir ausführen zu lassen", sagte er und beäugte sie mit einem frechen Lächeln.

Sadie konnte nicht anders. Sie lachte. „Ich wette, das läuft bei dir immer. Ich wette, jedes Mal, wenn du jemanden so um ein Date bittest, fressen sie dir gleich aus der Hand."

Er zuckte mit einer Schulter. „Ich schlage mich ganz gut beim Daten."

„Da möchte ich wetten. Wenn man so aussieht, ist es ja auch schwer, einen Reinfall zu erleben."

Nun war es an ihm, zu lachen. „Du meinst, du weißt schon alles über mich, oder?"

„Vielleicht nicht alles. Lass mich mal raten. Du bist ein

Schauspieler aus der D-Riege, der verzweifelt versucht, seinen Stern in Hollywood aufsteigen zu lassen, und du bist hier, um Miranda und Cameron zu bezirzen, damit du eine Rolle in ihrem nächsten Projekt bekommst."

„D-Riege? Autsch." Er griff sich an die Brust, als hätte sie auf ihn geschossen. „Du verletzt mich. Aber nein. Kein Schauspieler. Versuch's noch mal."

„Kein Schauspieler. Okay, ein Reality-TV-Star? So was wie *Liebe unter Mammutbäumen*", versuchte sie es noch mal. Der Mann hatte so was Elegantes an sich, das einfach nach Hollywood schrie. Und wenn er einen Freund hatte, dessen Haus er einfach leihen konnte, war das ja durchaus im Bereich des Möglichen. Viele Stars landeten irgendwann mal in Keating Hollow.

Das brachte ihn zu einem lauten Lachen. „Auf keinen Fall ein Star aus dem Reality-TV. Was hast du denn noch?"

„Reicher Erbe?"

„Weit entfernt", sagte er und nippte an seinem Bier.

„Sadie?", rief Clay, der Geschäftsführer der Brauerei, vom anderen Ende der Bar. „Bist du bereit für deine Pause?"

„Klar, Boss." Sie schaute auf den Gast. „Brauchst du noch was, bevor ich ein paar Minuten lang rausgehe?"

„Deine Telefonnummer." Er hielt ihr sein Handy hin, damit sie sie eintippen konnte.

Sadies Lippen zuckten vor Erheiterung. Normalerweise stand sie nicht auf so dreiste Typen, aber der hier hatte einen Charme, dem sie anscheinend nicht widerstehen konnte. Sie schenkte ihm den Hauch eines Lächelns und tippte dann ihre Nummer ein.

In dem Augenblick, als er sein Handy zurückhatte, drückte er auf Anrufen. Als ihr Handy in ihrer hinteren Hosentasche zu klingeln begann, grinste er. „Hab nur mal getestet. Genieß deine Pause, Sadie."

Sie verdrehte vor ihm die Augen, doch während sie ging, konnte sie nicht anders, als über die Schulter auf den Mann mit den dunkelblauen Augen und den dunklen, lockigen Haaren zu schauen. Er wies mit dem Kopf zur Tür, fragte sie stumm, ob sie wollte, dass er mit ihr kam.

Warum zum Teufel nicht?, fragte sie sich. Sie war siebenundzwanzig Jahre alt und hatte es verdient, an diesem Abend einen gut aussehenden Fremden zu genießen, oder? Mit einem kurzen Nicken änderte sie ihren Kurs und folgte ihm nach vorne draußen. In dem Augenblick, in dem sie aus dem Pub waren, nahm er ihre Hand in seine und führte sie auf dem Kopfsteinpflasterbürgersteig weiter, bis sie vor dem magischen Schaufenster von *Ein Löffelchen Magie* standen. Es war verzaubert, um Schoko-Häschen zu zeigen, die mit gelben Marshmallow-Enten Hüpfen spielten. Aus runden Gummibärchen entstand ein Regenbogenfluss, und alles daran strahlte Glück und Freude aus.

„Wie heißt du?", fragte ihn Sadie.

Er lächelte sie trocken an. „Du hast deine Nummer einem völlig Fremden gegeben. Ich dachte, das würde man sogar in Kleinstädten nicht so cool sehen."

Sie zuckte mit einer Schulter. „Sobald du mir deinen Namen verrätst, sind wir keine Fremden mehr, oder?"

Er lachte leise. „Ich heiße King."

„Oh, also kein Hollywood. Du bist adlig. Wie abgehoben von dir", scherzte sie.

Er schnaubte. „Wohl kaum. Ich glaube nur, meine Mom wollte einfach so tun, als wären wir mehr, als wir wirklich sind. Es ist harmlos, aber ich bin etwa so weit von einer Krone entfernt, wie man es nur sein kann."

„Man muss ihr zumindest ein paar Punkte für Originalität geben, schätze ich", sagte Sadie.

Er lächelte sie an. „Vielleicht."

Nach ein paar Augenblicken Stille sagte Sadie: „Diesen Laden habe ich immer geliebt. Das Schaufenster ändert sich normalerweise jeden Monat, und die Besitzerin, Miss Maple, ist einfach die netteste Person, der ich je begegnet bin."

„Deshalb bin ich hergekommen", sagte er sehnsüchtig.

„Wegen Schokolade? Die ist gut, aber ich bin mir nicht sicher, ob es sich lohnt, dafür eine Reise zu unternehmen."

„Nein, Sadie aus Keating Hollow. Ich meinte dieses Kleinstadtgefühl. Wo ich herkomme, bekommt man das nicht. Nicht mal annähernd."

Sadie neigte den Kopf, um zu ihm aufzuschauen. „Ich habe so ein Gefühl, dass mein erster Eindruck von dir ziemlich daneben war."

„Könnte man so ausdrücken", sagte er mit einem trockenen Lächeln.

Sie nickte. „Okay. Ich bin neugierig."

„Gut." Er warf ihr dieses sexy schiefe Lächeln zu. „Wann hast du frei?"

„Heute Abend? Um neun Uhr."

„Ich bin dann da." Dann ging er in die entgegengesetzte Richtung von der Brauerei weg, ließ sie am Fenster stehen. Sadie schüttelte den Kopf und fragte sich, was in aller Welt los war, und dann ging sie zurück an die Arbeit, dankbar um die kurze Ablenkung.

Eine Stunde später stieg Abby Garrison auf die kleine Bühne der Brauerei und sagte: „Guten Abend, ihr alle. Wir haben heute Nacht etwas ganz Besonderes für euch. Seid ihr bereit für richtig hervorragende Musik?"

Ein ohrenbetäubendes Jubeln füllte die Bar, und Abby strahlte.

„Wunderbar. Na ja, darf ich euch Austin Steele vorstellen, Keating Hollows eigenen Musikproduzenten. Klatscht mal für Austin."

Alle jubelten, während seine Frau Brinn einen lauten Pfiff ausstieß.

Sadie blieb ein Nervenbündel. Heute war der Abend, an dem sie bei ihm Vorsingen sollte. Es war ihre offizielle Probe, um bei Austins Plattenlabel unter Vertrag zu gehen. Sie wusste nur nicht, wann es dazu kommen würde. Gleich jetzt? Später? Sie wünschte sich, ihre Nerven würden sich beruhigen. Ansonsten würde sie ihr Mittagessen zusammen mit ihrem Mut von sich geben.

Austin kam auf die Bühne. „Ich mache es ganz kurz und süß. Heute Abend haben wir einen Spezialgast. Applaus bitte für King McGrath."

Die Band fing an zu spielen, und sofort erkannte Sadie das Lied. Es war vor ein paar Jahren ein beliebter Hit gewesen. „Smalltown Love." Es war eingängig, aber für ihren Geschmack ein bisschen zu poppig. Und da kam es ihr, dass der Typ, dem sie begegnet war, der Popstar King McGrath war. Er kam mit seiner Gitarre heraus auf die Bühne, schlug sie bereits an. Dann sprach er ins Mikrofon und sagte: „Wir haben heute Abend eine weitere Überraschung für euch. Sadie Lewis? Kannst du hier raufkommen?"

Sie stand da, starr wie ein Reh im Scheinwerferlicht. Als Austin gesagt hatte, dass er wollte, dass sie heute Abend als Teil ihrer Probe sang, hatte er nichts davon gesagt, dass sie mit einem Popstar singen würde.

„Sadie?" Kings Blick traf ihren, und plötzlich stellte sie fest, dass sie die Bühne hinaufging und sich direkt neben den gut aussehenden Mann stellte, mit dem sie den halben Abend lang geflirtet hatte.

Er spielte Gitarre und sagte: „Kennst du das hier?"

Sie nickte.

„Okay, bei der zweiten Strophe kommst du dran." Er zwinkerte, versuchte eindeutig, sie zu beruhigen.

Hatte er die ganze Zeit gewusst, dass sie Sängerin war? War das der Grund, weshalb er sich für sie interessiert hatte? Das würde sie jetzt nicht gleich herausfinden. Sie hatte ein Lied, das sie singen musste.

„Im Rückspiegel ein heller Punkt", setzte er an. „Nach dir war das Leben nicht mehr wie vorher. Ich suche nach etwas Größerem als dieser Nacht unter dem Nordlicht."

Sadie spürte, wie das Lied in ihrem Körper zum Leben erwachte, und sang: „Im Rückblick warst du den Kampf wert, mein Trost, mein Licht. Ich gebe alles, um mit dir unter dem Nordlicht zu liegen."

Die Gitarre wurde abrupt nicht mehr weitergespielt, und King starrte sie mit einer Mischung aus Verwunderung und reinem Abscheu an. Dann sagt er: „Du bist es."

Sie blinzelte ihn an. „Wie bitte?"

King funkelte sie an und stürmte dann ohne ein weiteres Wort von der Bühne, ließ sie vor einem ganzen Restaurant voller Menschen stehen, alle genauso verblüfft wie sie.

Austin erschien und reichte ihr eine Gitarre. „Sing was. Egal was." Dann rannte er seinem Musiker nach.

Sadie räusperte sich und beendete dann Kings Lied. Als sie fertig war, ging sie unter gemischtem Applaus von der Bühne und machte sich auf die Suche nach King, um herauszufinden, was passiert war. Aber er war weg, und von seiner Nummer war eine Nachricht auf ihrem Handy.

Diesmal bin ich derjenige, der abhaut.

ÜBER DIE AUTORIN

New York Times- und *USA Today*-Bestsellerautorin Deanna Chase wurde in Kalifornien geboren und in den behäbigeren Lebensstil des südöstlichen Louisiana versetzt. Wenn sie nicht schreibt, faulenzt sie oft mit ihrem Mann in New Orleans oder spielt mit ihren beiden Shih Tzus. Weitere Informationen und Neuigkeiten zu ihren neuesten Veröffentlichungen findet man auf ihrer Website unter deannachase.com.

www.ingramcontent.com/pod-product-compliance
Lightning Source LLC
Chambersburg PA
CBHW052039240626
47153CB00006B/2149